CW00373490

Mary Shelley

FRANKENSTEIN
ossia
IL MODERNO PROMETEO

Traduzione di Chiara Zanolli e Laura Caretti

Con uno scritto di Muriel Spark

OSCAR MONDADORI

© 1982 Arnoldo Mondadori Editore S.p.A., Milano
Titolo originale dell'opera: *Frankenstein, or the modern Prometheus*
© Norwood Editions, 1977
per l'introduzione di Muriel Spark

I edizione Oscar narrativa marzo 1982

ISBN 88-04-50845-0

Questo volume è stato stampato
presso Mondadori Printing S.p.A.
Stabilimento NSM - Cles (TN)
Stampato in Italia. Printed in Italy

Ristampe:

20   21   22   23   24   25   26   27

2004   2005   2006   2007   2008

La prima edizione Oscar classici
è stata pubblicata in concomitanza
con la nona ristampa
di questo volume

www.librimondadori.it

Introduzione[1]
di Muriel Spark

I

Otello, Don Juan, Micawber e Becky Sharpe sono tutti personaggi i cui nomi sono divenuti popolari; ma fuori dall'orrore vampiresco del nebbione conosciuto come romanzo gotico inglese, solo il minaccioso e pungente nome di Frankenstein rimane di uso comune.[2]

Chiamare *Frankenstein* un romanzo gotico non è, ovviamente, la definizione esatta, anzi smentisce l'affermazione che io intendo dimostrare, che cioè questo romanzo fu il primo di un nuovo e ibrido genere romanzesco. Ma se ricordiamo, per il momento, che la ripetuta pletora di thriller di Mrs Radcliffe aveva già catturato l'immaginazione del pubblico lettore prima che Mary Shelley nascesse, e che l'amore di Shelley per il soprannaturale, l'orribile e il mostruoso era sufficiente ad acuire l'interesse di Mary stessa per questi temi, allora dobbiamo riconoscere una fondamentale influenza gotica sul *Frankenstein*. Possiamo tuttavia guardare questo romanzo sia come l'espressione più alta del romanzo gotico, sia co-

---

[1] Il saggio qui riportato, intitolato *Frankenstein*, è tratto da: Muriel Spark, *Child of Light. A Reassesment of Mary Wollstonecraft Shelley*, Norwood Editions, Norwood 1977, pp. 128-149, (trad. it. di Maria Elena Colantoni).

[2] Nell'«uso comune», d'altra parte, questo nome viene spesso erroneamente associato al Mostro creato da Frankenstein e non a Frankenstein stesso. Per un chiarimento sul significato di questo errore comune, si veda più avanti.

me l'ultimo del genere: pur dovendo ancora nascere molti altri lavori dalla scuola di Radcliffe, il loro colpo mortale era scoccato, i loro misteri risolti dall'indagine razionale di *Frankenstein*.

Nell'anno 1818, l'opera provocò uno splendido e *nouveau frisson*.[3] I limiti del romanzo dell'orrore erano stati raggiunti, e i vecchi scenari di castelli infestati di spettri, di immagini di bambini impiccati e di pugnali illuminati dalla luna cominciavano a suscitare un'alzata di spalle, più che un brivido d'orrore. Molto prima, il giovane e percettivo Coleridge aveva previsto il crollo della letteratura gotica, scrivendo, nella recensione ai *Misteri di Udolpho*: «Nella ricerca di ciò che è nuovo, l'autore ha la tendenza a dimenticare ciò che è naturale e, rifiutando le conclusioni più ovvie, a giungere a quelle meno soddisfacenti».

Questa era, certo, un'opinione del diciottesimo secolo, e ci si aspettava che quel che era «naturale» fosse il razionale prolungamento di un'idea.

Frankenstein, allora, fu un bestseller; arrivò nel momento propizio in cui la narrativa aveva bisogno di produrre non solo ripugnanti e immaginari colpi alla bocca dello stomaco, ma riflessioni nella mente del lettore: il commento sull'«Edinburgh Magazine» al libro – «non è mai stata concepita storia più azzardata; tuttavia, come per la maggior parte delle opere della nostra epoca, possiede un aspetto legato alla realtà, essendo inserita nei progetti prediletti e nelle passioni del momento» – fu uno dei tanti che in qualche modo arrivò a questa conclusione.

«Penso,» scrisse Byron a John Murray «sia un ottimo lavoro per una ragazza di diciannove anni – *non* ancora diciannove, in verità, a quel tempo». Ma forse lo stupore nasce non malgrado la giovinezza di

---

[3] In francese nel testo. (*NdT*)

Mary, ma a causa di questa. *Frankenstein* è il migliore romanzo di Mary Shelley, perché, quando era così giovane, non era ancora, per così dire, ben in confidenza con la sua stessa mente. Più crebbe la sua autoconsapevolezza – e Mary era eccezionalmente introspettiva –, più il suo lavoro soffrì per ragioni che erano l'opposto delle sue intenzioni; e quello che spesso rovinerà i suoi lavori successivi sarà la loro estrema franchezza. Mary arrivò a capire ogni frase che scriveva e a non scrivere niente che non le fosse chiaro. In *Frankenstein*, comunque, è la parola implicita a dare forza al soggetto.

Non fu prima del 1831, quando pubblicò la seconda edizione del *Frankenstein*, che Mary ne scrisse la Prefazione. (Il libro, la prima volta, era apparso con una Prefazione di P.B. Shelley che dava a intendere fosse scritto da lui.) All'epoca Mary aveva raggiunto un più alto grado di coscienza, ma ora sembrò addirittura stupita dall'audacia dell'opera: la sua «ripugnante creatura», come la chiamava. La domanda che poneva a se stessa – «Come ho potuto, così giovane, arrivare a concepire, poi ampliare, un'idea tanto ripugnante?» – era la medesima che in molti si erano fatti, e alla quale lei ora voleva rispondere, dando un resoconto delle circostanze in cui *Frankenstein* era nato, dando un nome ai luoghi, alle persone e ai libri che l'avevano ispirata. Si prese questo impegno molto seriamente, e lo svolse come pochi artisti che vogliano recuperare le radici del proprio lavoro avrebbero potuto fare. La Prefazione è troppo lunga per essere qui interamente riprodotta, ma i passi più illuminanti è utile che vengano esaminati.

Nell'estate del 1816 visitammo la Svizzera, e diventammo vicini di casa di Lord Byron. [...] Ma fu un'estate piovosa e poco clemente; la pioggia incessante ci costrinse spesso in casa per giornate intere. Ci capitarono tra le mani alcuni volumi di storie di fantasmi tradotti in francese dal tedesco. C'era la storia dell'Amante Infedele, che, nel momento in cui credeva di abbracciare la sposa con cui aveva appena scambiato i voti, si ritrovava tra le braccia il pallido fantasma di colei che aveva abbandonato. C'era il racconto del capostipite di una casata, un peccatore, il cui destino miserando era di dare il bacio della morte a tutti i discendenti della sua sventurata stirpe proprio quando questi raggiungevano la giovinezza. La sua ombra gigantesca, completamente ricoperta dell'armatura, come il fantasma nell'*Amleto*, ma con la visiera alzata, si vedeva avanzare lentamente a mezzanotte, alla luce intermittente della luna, lungo un cupo viale. La forma si perdeva sotto le mura del castello; ma, all'improvviso, un cancello si spalancava, si sentiva un passo, la porta della camera si apriva, ed egli si avvicinava al giaciglio dei giovinetti, immersi in un placido sonno. Un dolore eterno gli si scorgeva in viso mentre si chinava a baciare in fronte i ragazzi, che da quel momento appassivano come fiori recisi sullo stelo. Da allora non ho più riavuto tra le mani quei racconti, ma la loro trama è ancora impressa nella mia mente, come li avessi letti ieri.

«Ciascuno di noi scriverà una storia di fantasmi», disse Lord Byron, e la sua proposta fu accettata. Eravamo in quattro. [...]

Io mi detti molto da fare a *pensare a una storia* – una storia che potesse reggere il paragone con quelle che ci avevano indotto a tale impresa. Una storia che parlasse alle misteriose paure sepolte nella nostra natura, e che risvegliasse brividi di orrore – una storia che facesse temere al lettore di guardarsi alle spalle, che facesse gelare il sangue e accelerare i battiti del cuore. Se non riuscivo a raggiungere questo scopo, la mia storia di fantasmi non sarebbe stata degna del suo nome. Pensai e ripensai, ma invano. Sentivo quella vuota incapacità di inventare che è la peggiore disperazione di chi scrive, quando solo il Nulla risponde alle nostre ansiose invocazioni. *Hai pensato a una storia?* mi si chiedeva ogni mattina, e ogni mattina ero costretta a rispondere con un *No* mortificante.

Questa, dunque, è l'atmosfera in cui nasce *Frankenstein*. La serie di storie di fantasmi, i monti svizzeri che appaiono attraverso la pioggia e gli argomenti soprannaturali delle conversazioni notturne tra amici: tutto ciò bastava a infondere l'elemento gotico nel progetto di storia di Mary. Ma non bastava a dargli la sostanza. «Ogni cosa ha bisogno di un inizio» sono le sue parole, quando vuole raccontare le circostanze che rivelarono, tra le sue nebbiose immaginazioni, una singola, concreta idea.

L'invenzione consiste nell'abilità di intuire le possibilità insite nel soggetto, e nella capacità di formare e plasmare le idee che le vengono offerte.

Lunghe e frequenti erano le conversazioni tra Byron e Shelley, a cui io partecipavo come ascoltatrice attenta ma quasi completamente silenziosa. Durante una di queste furono discusse varie questioni filosofiche, tra cui la natura del principio vitale e se vi fossero probabilità che venisse scoperto e reso noto. Parlarono degli esperimenti del Dottor Darwin (non mi riferisco a quel che il Dottor Darwin fece in realtà o disse di avere fatto, ma, in quanto più adatto per i miei fini, di quel che si diceva che avesse fatto), di come avesse conservato un pezzo di vermicelli in un vaso di vetro finché per qualche ragione straordinaria cominciò a muoversi di moto spontaneo. Non era così, comunque, che si poteva infondere la vita. Forse si sarebbe potuto rianimare un cadavere; il galvanismo aveva dato speranze in questo senso; forse era possibile fabbricare, mettere insieme e dotare di calore vitale le parti che compongono un essere vivente. [...] Quando posai la testa sul cuscino, non presi sonno, ma non si poteva neppure dire che stessi pensando. L'immaginazione mi pervadeva non richiesta e mi guidava dando alle immagini che si susseguivano nella mente una nitidezza che andava ben oltre le solite visioni della rêverie. Vedevo – a occhi chiusi ma con una percezione mentale acuta – il pallido studioso di arti profane inginocchiato accanto alla «cosa» che aveva messo insieme. Vedevo l'orrenda sagoma di un uomo sdraiato, e poi, all'entrata in funzione di un qualche potente macchinario, lo vedevo mostrare segni di vita e muoversi di un movimento impacciato, quasi vitale. Una cosa terrificante, perché terrificante sarebbe il risultato di qualsiasi tentativo umano di imitare lo stupendo meccanismo del Creatore del mondo. La riuscita terrorizzava l'artista pieno di orrore, si precipitava lontano dall'odioso prodotto delle sue mani. Sembrava sperare che, lasciata a se stessa, la debole scintilla di vita che aveva comunicato si spegnesse, che questa «cosa», che aveva ricevuto una imperfetta animazione, ricadesse nella materia inerte; e che lui stesso potesse addormentarsi nella certezza che il silenzio della tomba avrebbe soffocato per sempre la momentanea esistenza di quell'orrido cadavere a cui egli aveva guardato come alla culla della vita. Ora dorme, ma si riscuote, apre gli occhi: ecco che l'orrenda «cosa» è in piedi accanto al letto, apre le cortine e lo guarda con occhi gialli, acquosi ma pieni di domande.

Aprii i miei terrorizzata. La scena aveva posseduto la mia mente a tal punto che un brivido di paura mi aveva scosso, e desideravo sostituire l'orribile immagine della fantasia con la realtà che mi circondava. [...] Improvvisa e gradita come l'apparire della luce, l'idea mi si presentò. «Ho trovato! Quello che ha terrorizzato me può ben terrorizzare gli altri, devo solo descrivere lo spettro che ha visitato il mio capezzale a mezzanotte.» Il giorno dopo annunciai che avevo *pensato a una storia*.

Quindi, nel materiale grezzo di *Frankenstein* erano presenti due forze, che infine si combinarono: innanzi tutto, e in generale, quella del soprannaturale e dell'atroce; poi, nello specifico, la frase scientifica: «Forse un cadavere potrà essere riportato alla vita; il galvanismo ha fatto parlare di questa possibilità: forse gli ingredienti che compongono una creatura potranno essere riprodotti, riuniti, e dotati di calore vitale».

Non è sorprendente che Mary sia stata attratta da un argomento scientifico e razionale insieme; per tutto il *Frankenstein* si riconosce la voce di Godwin, suo padre:

> Sentii parlare della divisione della proprietà, della immensa ricchezza e della squallida povertà, del rango, discendenza e sangue nobile.
>
> [...] Avevo imparato che il bene più stimato dai tuoi simili è una nobile e immacolata discendenza unita a delle ricchezze. Si può rispettare un uomo che abbia uno solo di questi vantaggi, ma privo di entrambi, eccettuati rarissimi casi, egli viene considerato un vagabondo e uno schiavo, costretto a sprecare le sue energie per il profitto di pochi eletti!

Questa era la lezione che Mary sapeva a memoria. E non cadde nel vuoto la recitazione cui Mary assistette, da bambina, del *Marinaio antico*, dalle labbra del poeta stesso; e questo poema non finì mai di affascinarla. Il suo personaggio Walton, che viene introdotto solo per riferire la storia di Frankenstein, ma la cui vocazione lo rende, nondimeno, una sorta di ombra di Frankenstein, dice alla sorella·

> Sto andando verso regioni inesplorate, verso «la terra della nebbia e delle nevi», ma non ucciderò alcun albatros, quindi non ti allarmare per la mia incolumità; e se invece dovessi tornare da te distrutto e carico di affanni come il «Vecchio Marinaio»? Sorriderai di questa allusione, ma ti voglio rivelare un segreto. Ho spesso attribuito il mio attaccamento, il mio appassionato entusiasmo per i pericolosi misteri dell'oceano a quella composizione del più immaginifico dei poeti moderni. C'è un meccanismo, nel mio animo, che non capisco.

E lo stesso Frankenstein, nella sua prima fuga dal Mostro, si sente

Come uno che, per strada deserta,
cammina tra paura e terrore,
e, guardatosi indietro, prosegue
e non volta mai più la testa
perché sa che un orrendo demonio
a breve distanza lo insegue.

E, certamente, le numerose conversazioni tra Godwin e Coleridge che Mary ascoltava non ebbero poca influenza su di lei. Le autorevoli correnti di queste due menti – di cui Godwin rappresentava l'empirismo scientifico del secolo precedente, e Coleridge la risposta immaginativa ottocentesca – si incontrarono nel primo romanzo di Mary. Tale risposta immaginativa, in *Frankenstein*, è molto violenta, e colloca l'opera nella categoria dell'«orrore», per quanto si scosti da quella del «terrore», essendo la prima caratterizzata dal disgusto e dallo sgomento (Mary è ripetutamente stressata dalla detestabilità e dall'indecenza dell'impresa di Frankenstein, non meno che da quelle del Mostro), la seconda solamente dal panico e dal batticuore.

Avvenne, allora, nel *Frankenstein*, una fusione tra i modi di pensare di due epoche, che generò il capostipite di quel genere romanzesco che fu poi fatto proprio da H.G. Wells e M.P. Shiel, e di cui vi sono ancora numerosi esempi nella letteratura di oggi.

Proprio la letteratura recente può, probabilmente, meglio illustrare dove *Frankenstein* e il romanzo gotico si separano, visto, poi, che quest'ultimo era destinato a perdere lo *status* di genere letterario, da riesumare solo per la sua capacità di esercitare un ascendente sul movimento surrealista, per il quale è diventato oggetto di curiosità. E potremmo dire che quanto il romanzo scientifico «wellsiano» si differenzia dalla letteratura surrealista, così *Frankenstein* si distingue dalle opere di Horace Walpole e

Mrs Radcliffe. Possiamo dire che, sebbene queste due arterie principali abbiano preso strade diverse, vi sono precise affinità tra il romanzo scientifico moderno e il surrealismo, che indicano una relazione più stretta e più vicina alle fonti. Quando Richard Church[4] scrive di Frankenstein che «possiede un tocco del genio di Edgar Allan Poe», indica una fase di questa affinità, nonostante la rinuncia di Poe al tardo surrealismo. Frankenstein non manca certo di momenti dall'effetto surrealista come quando, per esempio, valica le Alpi attraverso il buio e la tempesta, pensando al suo giovane fratello assassinato:

> intravidi nell'oscurità una figura che scivolava via da una macchia d'alberi vicino a me; restai immobile, aguzzando gli occhi: non potevo sbagliarmi. Un bagliore di lampo la illuminò e ne delineò chiaramente la forma: la statura gigantesca e la deformità del suo aspetto, troppo orribile per appartenere a essere umano, mi rivelarono immediatamente che si trattava dello sciagurato, dell'empio demone a cui avevo dato vita. Che cosa faceva lì? Poteva forse trattarsi (rabbrividii al pensiero) dell'assassino di mio fratello? L'idea mi era appena balenata nella mente che fui convinto della sua verità; cominciai a battere i denti e fui costretto ad appoggiarmi a un albero per non cadere. La figura mi oltrepassò velocemente e la persi di vista nell'oscurità. Niente che avesse forma umana avrebbe potuto distruggere quel bel bambino. *Lui* era l'assassino! Non potevo aver dubbi. Il fatto stesso che me ne fosse venuta l'idea era una prova inconfutabile. Pensai di inseguire quel demonio, ma sarebbe stato inutile, perché un altro lampo me lo fece vedere aggrappato alle rocce di una parete quasi a perpendicolo del monte Salêve.

[4] R. Church, *Mary Shelley*, Howe, London 1928.

Il processo intuitivo che si rivela nelle parole «L'idea mi era appena balenata che fui convinto della sua verità», l'immagine finale del demonio «aggrappato alle rocce di una parete quasi a perpendicolo», in verità tutto il passo, impregnato di congetture e di immagini oniriche (così più ampie della realtà), contiene il gusto e gli specifici elementi gotici del surrealismo. A quanto io sappia, i recenti surrealisti non fecero riferimento a *Frankenstein* nei loro progetti, e di questo mi stupisco.

II

Probabilmente a causa del fatto che *Frankenstein* nacque da idee realizzate dall'autrice non in modo cosciente, ma attraverso la visione onirica che lei stessa ci ha descritta, vi sono diversi modi in cui il romanzo può essere considerato. Questa varietà di livelli interpretativi contribuisce alla sua validità artistica.

Due sono le figure centrali, o, piuttosto, due in una, giacché Frankenstein e il suo significativamente innominato Mostro sono strettamente legati dalla natura della loro relazione. La condizione umana di Frankenstein risiede in quella del Mostro, e quella del Mostro in Frankenstein. Che questo fatto abbia ricevuto un ampio, anche se involontario, riconoscimento è confermato dall'errore molto comune di chiamare «Frankenstein» il Mostro, e scaturisce dal fondamentale principio del romanzo: Frankenstein si perpetua nel Mostro. Le questioni implicite che vorrei esaminare mostrano questi personaggi nel loro essere complementari e antitetici.

Il tema più ovvio è quello suggerito dal titolo: *Frankenstein, ossia il moderno Prometeo*. Questo casuale, alternativo *ossia* non vuole dire nulla, poiché sebbene inizialmente sia Frankenstein a incarnare Prometeo, appena viene creato è invece il Mostro ad assumere questo ruolo. La sua condizione di solitudine – «...non sono forse solo, miserabilmente solo?» piange –, e ancor più la ribellione contro il suo creatore caratterizzano i suoi tratti prometeici. Quindi, sottintende il titolo, il Mostro è l'alternativa a Frankenstein.

Il mito di Prometeo occupò Shelley non solo quando scrisse il suo *Prometeo liberato*, e l'influenza che egli esercitò su Mary fornì la visione della condizione umana, che era stata propria di Godwin, di forma simbolica. È curioso che Shelley abbia scritto nella sua Prefazione a *Frankenstein*: «Non si può pensare che le opinioni che naturalmente scaturiscono dal carattere o dalle condizioni dell'eroe siano necessariamente proprie anche del mio [ovvero di Mary] modo di pensare; né che vi siano nelle pagine seguenti deduzioni che pregiudichino alcuna dottrina filosofica o altro del genere».

Curioso, perché non si può aiutare a supporre un'attitudine filosofica; ma non così curioso, se pensiamo al rifiuto di Shelley ad ammettere l'elemento didascalico nella sua stessa poesia.

Meno curiosa, d'altra parte, è l'epigrafe apposta al romanzo (sfortunatamente omessa nell'edizione *Everymen*):

> Ti ho chiesto io, creatore, dalla creta
> Di farmi uomo? Ti ho sollecitato io
> A trarmi dall'oscurità?
> *Paradiso Perduto*, X, 743-45

Il *motif*[5] della rivolta contro l'oppressione divina e, certamente, contro il concetto di divinità benevola,

---

[5] In francese nel testo. (*NdT*)

che è rilevante in tutto il pensiero di Shelley, evidenzia il tema del «Prometeo moderno» presente anche in *Frankenstein*. «Mi accusi di omicidio,» risponde il Mostro al suo artefice, «eppure, con la coscienza a posto, distruggeresti la tua stessa creatura»: non è il solo degli echi di Shelley in *Frankenstein*.

Il mito di Prometeo è di azione, non di movimento: la storia originale si svolge tutta intorno al Prometeo stesso, incatenato a un punto. Un romanzo, comunque, esige una certa catena di eventi, e in *Frankenstein* l'azione viene liberata dalla sua compressione originale da un secondo tema, quello dello della ricerca (influenzato, probabilmente, dal *Caleb Williams* di Godwin). Questo è il tema che conferisce al romanzo non solo movimento, ma anche una struttura.

Il movimento, dunque, comincia nel capitolo V con la creazione del Mostro, che diventa, per le prime due pagine, il cacciatore di Frankenstein. Viene poi allontanato dalla sua preda per qualche tempo, ma continua a percorrere i territori dell'immaginazione di Frankenstein, finché si scopre che in realtà il Mostro stava vivendo il suo ruolo attraverso l'assassinio del giovane fratello di Frankenstein, William. Frankenstein scappa dalla sua terra nelle remote isole di Orkney, dove, per rabbonire il suo torturatore, si dedica alla creazione di una sposa-mostro per lui.

Se possiamo visualizzare il disegno dell'inseguimento come una sorta di *macabaresque*[6] figura a otto, eseguito da due partner che si muovono con la bravura di capaci pattinatori, allora vediamo come la struttura prenda forma in un movimento di andata e ritorno. Entrambi i partner si muovono, in direzione opposta, eppure ognuno sta seguendo l'altro. All'incrocio dell'otto quasi si scontrano. Questo in-

[6] In francese nel testo. (*NdT*)

contro avviene quando Frankenstein affronta il Mostro, solo, tra le montagne, e ancora quando Frankenstein prende infine la decisione di distruggere la sua donna-mostro, ormai quasi completata. Una volta superate le due crisi, comunque, troviamo Frankenstein e il Mostro che si muovono apparentemente in direzioni opposte, ma seguendo il corso della figura. I ruoli si invertono solo quando Frankenstein, la notte delle nozze, trova sua moglie uccisa dal Mostro. Frankenstein (per mantenere la nostra immagine) aumenta la velocità dell'esecuzione; il Mostro la diminuisce. Ora, nel capitolo XXVI, Frankenstein diventa il cacciatore, il Mostro la preda.

D'ora in poi, questo sarà il tema centrale della storia. I motivi originari sono ormai stabiliti, e siamo indotti a dimenticarli. Cacciatore e preda trovano entrambi un crescente rinvigorimento nella caccia, attraverso i deserti ghiacciati dell'Artico, finché questa non diventa la loro sola ragion d'essere. Frankenstein è incalzato nella sua ricerca, e aiutato, in effetti, dal Mostro:

> A volte lasciava tracce scritte sulla corteccia degli alberi o incise nella pietra, che mi guidavano e alimentavano la mia furia. [...] Qui vicino, se non mi segui troppo a distanza, troverai una lepre morta; mangiala e ristorati. Su, mio nemico.

Uno dei passi memorabili del libro è quello in cui il Mostro nuovamente istruisce il suo creatore:

> avvolgiti in pellicce e procurati del cibo, perché presto inizieremo un viaggio in cui le tue sofferenze daranno finalmente soddisfazione al mio odio eterno».

Trovo quel «avvolgiti in pellicce» molto convincente; come anche la razionalizzazione da parte di

Frankenstein della sua fanatica attrazione per la caccia; giura:

> di inseguire il demone che ha causato tutta questa
> infelicità, finché o lui o io periamo in una lotta morta-
> le. A questo scopo mi conserverò in vita

fino a quando arriverà a concepire se stesso designato da Dio all'impresa, e il suo disegno «assegnato... dal Cielo».

L'intera, ironica ruota degli eventi credo sia un colpo di genio. Il modo in cui Mary tratta questi temi basta da solo a elevare il suo libro al di sopra di *Caleb Williams* e di altri romanzi che trattano del tema cacciatore-cacciato tout-court. A questo punto, se ripensiamo all'analogia con i pattinatori, le figure mantengono l'equilibrio davvero fino alla fine. Non ci sono scontri, e il disegno si conclude solo con la morte naturale di Frankenstein e la rappresentazione del Mostro, afflitto, accanto a lui. Essi si fondono l'uno nell'altro, intrecciati nella rassegnazione finale.

Ciò che ho denominato struttura dell'inseguimento è la cornice del romanzo, ed è un tema che ne racchiude in sé un altro: il rapporto di Frankenstein con il Mostro si esprime nel paradosso dell'identità e del conflitto – un'anticipazione del tema Jekyll/Hyde – da cui emergono determinate situazioni simboliche.

Frankenstein stesso afferma:

> Mi ritrovai a pensare all'essere che avevo immesso
> tra gli uomini, [...] come quasi al mio vampiro, il mio
> stesso spirito, liberato dalla tomba e costretto a di-
> struggere tutto quello che mi era caro.

Possiamo immaginare il sosia, o Mostro, di Frankenstein, innanzi tutto come rappresentazione della ragione in isolamento, essendo il prodotto di uno sforzo razionale ossessivo. (Richard Church ha, infatti, visto un significato autobiografico in questo aspetto del Mostro. «Quella creatura» scrive Church «era il simbolo della coscienza intellettuale sovraeccitata di Mary. Figlia di sua madre, testarda, impetuosa, e generosa con tutti, Mary fu istruita dal padre a non fidarsi delle intuizioni e degli impulsi.»)

L'evidente cambiamento della natura di Frankenstein dopo la creazione del Mostro può essere motivata dalla separazione del suo intelletto dalle altre sue facoltà. Diventa una sorta di figura amletica, irresoluta e presa troppo tardi dal rimorso. Decide di distruggere il Mostro, ma poi si convince ad avere pietà di lui; decide di dare al Mostro una donna, ma all'ultimo momento fallisce; riceve dal Mostro minacce di vendetta e non reagisce: «Perché non l'ho seguito e non l'ho affrontato in un conflitto mortale? Ma l'ho lasciato andare...», Frankenstein rimugina con amarezza quando il danno è fatto. E ammette che

> durante tutto il periodo in cui fui schiavo della mia creatura mi lasciavo governare dall'impulso del momento.

Dopo la nascita del Mostro, Frankenstein è un essere disintegrato, è l'incarnazione di emozione e immaginazione, meno intelletto. Quando, nella sua riflessione finale, realizza che non era sempre stato così, ed esclama:

> Avevo una immaginazione vivace, e tuttavia le mie capacità di analisi e di applicazione erano intense; con l'unione di queste qualità concepii ed eseguii la creazione di un uomo

ci ricorda quei geni del diciottesimo secolo (e in quel secolo è ambientata la storia di Frankenstein) il cui equilibrio troppo perfetto tra immaginazione e facoltà razionali fu così spesso proprio la causa della loro stessa disintegrazione e, in ultimo, distruzione.

In generale, quindi, sono l'emozione e l'intelletto che lottano nella forma di Frankenstein e il Mostro. L'apogeo della frustrazione dell'emozione da parte dell'intelletto è raggiunta nell'assassinio della sposa di Frankenstein per mano del Mostro. Di conseguenza, la ricerca isterica di Frankenstein della propria ragione fuggitiva completa la storia della sua follia, condizione percepita nel racconto solo dal magistrato ginevrino, che, quando Frankenstein esige da lui l'arresto del Mostro, «si sforzò» dice Frankenstein «di consolarmi come una balia con un bambino».

Church, ancora una volta, riconosce un parallelo nella vita di Mary Shelley, quando parla dell'uccisione di William, il fratello di Frankenstein. «Ai tempi in cui Mary stava scrivendo il romanzo» fa notare Church «suo figlio William era nella più tenera e delicata fase di dipendenza infantile... È quasi inconcepibile che abbia potuto introdurre nella narrazione un bambino, chiamandolo deliberatamente William, descrivendolo nei termini esatti in cui ritrae suo figlio in una lettera, e che poi abbia lasciato che il Mostro lo sequestrasse nella valletta boschiva e lo strangolasse.»

È quasi inconcepibile; e Church descrive il movente di Mary come un «miserabile piacere nell'autotortura». Ma tornerei a una sua affermazione precedente per trovare l'indizio di questa coincidenza. La creatura che ha ucciso William «era il simbolo della coscienza intellettuale sovraeccitata di Mary». Il conflitto tra il Frankenstein intellettuale e il Frankenstein emozionale era lo stesso di Mary. Sappiamo che suo figlio William fu quello che lei amò di più; e quando cominciò a sentire il suo intelletto crescere sotto la spinta della nuova impresa, Mary automaticamente identificò il figlio con le sue emozioni minacciate.

La ramificazione simbolica del tema Jekyll/Hyde, d'altra parte, andava al di là della vita di Mary. Nella misura in cui lei, come altri del suo tempo, cominciava a elaborare la propria salvezza, *Frankenstein* esprimeva questa stessa frustrante situazione, così diffusa, e la reazione a essa; gli aspetti dicotomici nel romanzo erano quelli che tormentavano le idee della società. Come Frankenstein si scontrò con il Mostro, così le credenze religiose acquisite fecero con la scienza; così gli elementi sostitutivi, immaginativi ed emozionali, della religione fecero con il razionalismo scientifico; così, infine, le passioni intuitive e rigogliose della nuova era fecero con le passioni dialettiche, materiali e concise del diciottesimo secolo.

Frankenstein rappresenta anche l'irrisolvibile aspetto del temperamento romantico che si esprimeva con il «quasi-culto» del Dubbio. Shelley, è vero, portò avanti queste discussioni con una voce più enfatica: le sue erano convinzioni, non dubbi, e Mary adattò alcune di quelle al suo romanzo. Ma *Frankenstein*, io credo, porta la firma di un modo di pensare meno positivo, che tuttavia apparteneva a un gran numero di menti intelligenti. Shelley, per esempio, vide Frankenstein, nel suo ruolo di creatore, come il perpetuatore della miseria umana, e quindi oggetto di odio. Mary disse che Frankenstein è la vittima della miseria umana, di conseguenza deve essere oggetto di compassione; ma, aggiunse anche, egli è un prodotto amorale della natura, a cui non si può affidare nessuna responsabilità e nei confronti del quale non si possono provare delle passioni. Probabilmente, fu intuendo il punto morto a cui giungevano tali affermazioni che Shelley scrisse la sua equivoca Prefazione.

Sebbene tali questioni, tipiche della visione romantica, siano lo spirito morale del suo romanzo, Mary non permette loro di finire in un punto morto, ma li risolve introducendo un processo di compensazione psicologica, che possiede la sua controparte nella storia. La sua immagine intellettuale, il Mostro, alla fine si pente, ma il suo pentimento non ha il sapore del calvinismo; la sua decisione di morire nel fuoco possiede tutto il sentimento estatico del revivalismo:

> Salirò trionfalmente il mio rogo funebre, ed esulterò nell'agonia delle fiamme che mi tortureranno.

Quindi più rigida è la logica, più fervente sarà la risposta immaginativa.

III

«Vorrei che dedicassi la tua penna ad argomenti più geniali,» scrisse Leight Hunt a Mary dopo avere letto il *Frankenstein* «e che suscitassi in noi una fontana di tenere lacrime. Il raffinato brano in cui parli dei villeggianti mostra ciò che potresti fare.» Quel brano mostra, in realtà, il peggio che Mary potesse fare. Hunt a quell'epoca si comportava da impostore, in particolare con le donne, e recò realmente profonda offesa a Mary, nel suo disapprovare questo e quello, molto più ancora di quanto facesse Hogg, che la detestava alla luce del sole.

Le recensioni a *Frankenstein* non erano, però, tutte così zoppicanti. L'autore del romanzo, generalmente, si pensava fosse un uomo; l'articolo sul «Blackwood's» scritto da Sir Walter Scott fu uno di quelli favorevoli: «L'autore sembra rivelare una forza non comune di immaginazione poetica. Il sentimento con cui abbiamo percorso l'imprevisto e lo spaventoso, pur dando la possibilità all'evento, conclusione molto naturale dell'esperimento di Frankenstein, ha sciccato un poco anche i nostri saldi nervi. [...] E non è disdegnabile ai nostri occhi, il merito che il racconto, sebbene azzardato nell'episodio, sia scritto in un inglese chiaro ed efficace, e non presenti quelle miscellanee di iperbolici germanismi che solitamente si incontrano nei racconti fantastici [...] In generale, di quest'opera ci hanno colpito il genio originale dell'autore e la sua felice forza espressiva. Saremmo lieti di sapere che l'autore aspiri *paulo majora*, e ci rallegriamo con i lettori di questo romanzo che eccita nuove riflessioni e inesplorate ricerche emotive».[7]

Ovviamente, anche *Frankenstein* subì il solito stroncamento, riservato alle opere originali, del «Quarterly Review», che serbava verso questo romanzo ancora più rancore, visto che era dedicato all'implacabile Godwin. Il «Quarterly» decise: «Il nostro gusto e il nostro giudizio sono entrambi disgustati da questo genere di scrittura, e maggiore è l'abilità con cui viene eseguita, peggio è: non dà lezioni di condotta, né di comportamento, o moralità; non migliora, né tanto meno diverte i suoi lettori, a meno che il loro gusto non sia deplorabilmente corrotto»;[8] poi aggiunse una concessione forzata: «L'autore ha facoltà di concetto e di linguaggio, che, se impiegate per scopi migliori, forse (ma abbiamo dubbi sulla possibilità che ciò accada) gli darebbero un posto tra quelli che con le loro opere migliorano e divertono il prossimo».

Come fu sottolineato nel «Blackwood's», la prosa di Mary Shelley, in relazione a quella di altri scrittori di romanzi dell'orrore, era molto sobria. Come scrit-

[7] «Blackwood's Edinburgh Magazine», marzo 1818.
[8] «Quarterly Review», gennaio 1818.

trice di prosa, non sviluppò mai un'idiosincrasia tale da dichiarare i suoi scritti peculiarmente suoi; e, acquistando maggior autoconsapevolezza di scrittrice, i suoi sforzi nel trasmettere gli strati più profondi del suo pensiero devitalizzarono l'effetto del suo stile. Ma in *Frankenstein* il suo pacato, e a volte noioso, linguaggio è riscattato dal fatto che la sua concentrazione sia interamente rivolta all'effetto diretto, più che all'elaborazione. Concentrando ogni parola su un'inesorabile esplorazione del suo macabro soggetto, raggiunse effetti di grande lucidità stilistica.

> Chi potrà mai immaginare gli orrori di quel mio lavoro segreto, quando frugavo nell'empia umidità delle tombe, o torturavo un animale vivente per animare la materia senza vita? [...] Raccolsi ossa dai cimiteri, e disturbai con mano profanatrice i tremendi segreti del corpo umano. In una stanza solitaria, o meglio in una cella all'ultimo piano della casa, separata dagli altri appartamenti da una galleria e una rampa di scale, avevo il laboratorio per la mia orrenda creazione.

Solo l'effetto è gotico, ma il linguaggio è quello del realismo. Se lo confrontiamo, per esempio, con un brano gotico «classico» del *Vathek* di William Beckford: «"Cosa!?" esclamo lei; "Devo perdere la mia torre! i miei mutanti! le mie mummie! e, peggio ancora, il laboratorio in cui ho speso tante notti! [...] No! Non mi farò ingannare! Mi precipiterò a difendere Morakanabad. Con la mia formidabile arte, le nuvole getteranno la grandine in faccia agli assalitori, e punte incandescenti sulle loro teste. Io solleverò nidi di serpenti e aizzerò torpedini contro di loro"», vediamo, per contrasto, che lo stile narrativo di Mary Shelley suona più vicino a un trattato scientifico; eppure, il suo effetto è ancor più spaventoso che in *Vathek*.

C'è, infatti, anche una sorta di convincente testimone oculare nella vivida descrizione dei suoi personaggi, come quando Frankenstein descrive il ri-creato Mostro:

> Le sue membra erano proporzionate, e avevo scelto le sue sembianze mirando alla bellezza. Bellezza! Gran Dio! La sua pelle gialla a malapena copriva la trama dei muscoli e delle arterie; i suoi capelli erano fluenti e di un nero lucente, i denti di un bianco perlaceo, ma questi pregi facevano solo un più orrido contrasto con gli occhi acquosi che sembravano quasi dello stesso colore delle orbite biancastre in cui erano infossati, con la sua pelle corrugata e le labbra nère e tirate.

La descrizione così particolareggiata dei capelli, dei denti, degli occhi, delle cavità, delle labbra racconta esattamente quello che deve aver notato colui che mise insieme i pezzi della sua creatura, e solamente se non si sprecano parole sugli «effetti» si ottiene tutto questo, come si può meglio dimostrare attraverso un altro confronto, con questo brano del tardo gotico del *Rookwood* di William Harrison Ainsworth che a suo tempo riscosse grande successo: «La sua pelle era gialla come il corpo di un rospo, corrugata come la sua schiena. Come se fosse stata immersa nello zafferano dalla punta delle dita, le cui unghie erano della stessa tinta, fino al collo, sproporzionato, raggrinzito come la gola di una tartaruga. A guardarla, sembrava che l'imbalsamatore avesse sperimentato la sua arte su lei stessa. Così morta, così esangue sembrava la sua carne, dove ne era rimasta, che si sarebbe cicatrizzata in cuoio, più duro della pelle. Sembrava una mummia animata».

Questo è scrivere bene, e, in quanto a immagini e fraseologia, è superiore a Mary. Ma fallisce dove

Mary ha successo: nell'effetto di immediatezza e realismo. Ainsworth, infatti, commette l'errore di girare intorno agli argomenti, errore che un testo romantico non può reggere e che *Frankenstein* evita accuratamente. Neanche la suprema narratrice di atmosfere, Mrs Radcliffe, crea quelle limpide stilettate di orrore che troviamo nel *Frankenstein*. Il brano descrittivo di Mary può, ancora una volta, essere confrontato con il ritratto del monaco di Mrs Radcliffe: «Il suo aspetto era sorprendente, ma non aggraziato; era alto ma, nonostante fosse molto magro, i suoi arti risultavano voluminosi e grossolani. Mentre avanzava, avvolto nel nero abito dell'ordine, c'era qualcosa di terribile, quasi di sovrumano, nella sua figura. Anche il cappuccio, gettando un'ombra sul livido pallore del volto, ne aumentava la severità e dava allo sguardo melanconico un effetto simile all'orrore. [...] C'era qualcosa di estremamente singolare nelle sue fattezze che non può facilmente essere descritto».

Quelle ultime parole – «non può facilmente essere descritto» – sembrano l'irritata ammissione di inettitudine di chi avrebbe invece voluto definire. Ho citato un passo rappresentativo della Radcliffe, poiché quel vago «qualcosa di estremamente singolare nelle sue fattezze», o il «qualcosa di terribile, quasi di sovrumano» ritornano continuamente attraverso i suoi volumi. Mary Shelley, avendo nella mente un'immagine ben definita del suo personaggio, riesce a trasmetterla in uno stile che, se esaminiamo attentamente, è denudato da un'elaborazione melodrammatica; sono i fatti, di per sé, a essere melodrammatici. Quello che è probabilmente il passo più melodrammatico del romanzo fornirà da esempio, come quando Frankenstein scopre il cadavere della sposa:

Era lì, inanimata e senza vita, buttata attraverso il letto, la testa che le pendeva a terra, e i tratti pallidi e distorti seminascosti dai capelli. Dovunque mi giri, vedo sempre la stessa figura: le braccia esangui e il corpo abbandonato scagliato dall'assassino sulla sua bara nuziale.

Ciò che vorrei chiarire non è tanto la bellezza della prosa di Mary Shelley, quanto la particolarità del suo stile nel momento in cui si combinano la sua prosa utilitaristica con un argomento complesso. Nel caso di *Frankenstein*, questa combinazione contribuì notevolmente al suo carattere innovativo e al suo successo come *genre*[9] romanzesco. L'orrore prodotto dalla narrativa gotica si disperdeva in vapore, mentre i nitidi profili di *Frankenstein* intensificavano l'elemento orrorifico fino al più alto grado della nequizia.

Nel *Frankenstein* vi sono errori, in particolare per quanto riguarda la tecnica: la storia avrebbe potuto essere costruita meglio, e la catena degli eventi, a volte, è indebolita da situazioni improbabili. [...]

Molto spesso, tuttavia, gli sforzi di Mary sono effettivamente giustificati. È vero che tra i capitoli V e X l'assenza del Mostro dalla scena è evidente; ma, immediatamente dopo la sua ricomparsa, si crea l'impatto che Mary voleva, appunto, che si creasse. Avendo appena appreso che l'assassino di William, e la causa della morte di Justine, è il Mostro, nel capitolo XI il lettore passa dalla sua parte. Il Mostro si guadagna la simpatia di chi legge nel momento in cui narra la storia dei suoi struggimenti e delle sue infinite pene. Assassino e demonio, queste sono le parole del suo racconto che sembrano destare la compassione più profonda. Se il Mostro fosse comparso prima nel-

[9] In francese nel testo. (*NdT*)

la narrazione, il lettore sarebbe a questo punto ormai abituato alla sua condizione. Per esempio, egli racconta di aver trovato un fuoco nella foresta, e, dopo aver scoperto i suoi elementari vantaggi, di aver dovuto, causa forza maggiore, abbandonare quel luogo:

> In questa migrazione rimpiansi amaramente la perdita del fuoco che avevo trovato per caso e che non sapevo come riprodurre. Passai alcune ore a considerare seriamente questa difficoltà.

L'essenza di un passo come questo, che sta nelle ultime parole – «Passai alcune ore» –, con tutte le sue primitive implicazioni che riguardano i ripetuti sforzi dell'uomo nella lotta contro la natura, dà un efficace tono commovente al racconto del Mostro, che, non sarebbe stato così ovvio, se noi lettori non fossimo stati finora concentrati sulla sorte di Frankenstein, sull'assassinio di suo fratello e la morte di Justine; se non avessimo, insomma, inizialmente concepito il Mostro come malvagio.

Questo movimento alternato della simpatia del lettore è il grande successo di *Frankenstein* per quanto riguarda la sua tecnica strutturale, venendo a compensare quei difetti minori degli episodi improbabili, che avrebbero dovuto essere evitati. Io penso che siano errori minori nel momento in cui la storia, nella sua interezza, induce comunque a una sostanziale «sospensione di incredulità». È vero che la convenzione epistolare delle prime pagine non è convincente (sebbene sia abilmente svolta nelle ultime pagine, quando la situazione iniziale viene ripresa e la suspence mantenuta piacevolmente). Ed è improbabile che la balia Justine venga condannata con prove così deboli; che il Mostro abbia trovato così comodamente il travestimento sotto l'albero; abbia scoperto un nascondiglio così sicuro e così vicino all'abitazione dei villeggianti; che lo straniero visitatore abbia ricevuto delle istruzioni linguistiche proprio nel momento in cui il Mostro era nel posto giusto per poterle ascoltare e trarne profitto. Ma il Mostro, di per sé, è talmente straordinario e, siamo persuasi, è un essere così reale, che accettiamo questi aiuti artificiali per lo svolgimento della storia. [...]

Concentrandosi intenzionalmente sulle sue due figure principali, Mary Shelley compì un'impresa di ritrattistica individuale che non fu più in grado di ripetere. Sebbene per i primi cinque capitoli la sostanza reale del racconto sia posposta, questi non sono certo sprecati, perché fanno crescere metodicamente l'interesse del lettore per Frankenstein. Costui è delineato come una persona straordinaria, e nella sua fase di adolescente sembrerebbe riflettere la persona di Shelley, ruolo che abbandona quando il Mostro viene creato, e che viene ripreso invece dal personaggio di Clerval. Il temperamento di Frankenstein viene delineato in un chiaro, breve passo:

> Confesso che né la struttura delle lingue, né l'ordinamento degli stati né la loro politica avevano molte attrattive per me. Erano i segreti del cielo e della terra che desideravo conoscere, e, sia che mi occupassi della sostanza apparente delle cose o dello spirito nascosto della natura, o dell'animo misterioso dell'uomo, tutte le mie ricerche tendevano sempre ai segreti metafisici o, nel significato più alto, fisici del mondo.

Con lodevole capacità di comprensione del comportamento adolescenziale, poi, sono rappresentate la reazione del giovane nei confronti dei genitori e le sue conseguenze:

> mi capitò tra le mani un volume degli scritti di Cornelio Agrippa. Lo aprii distrattamente; la teoria che egli tenta di dimostrare e i fatti straordinari che espone,

mutarono presto la mia indifferenza in entusiasmo. Una nuova luce sembrò accendersi nella mia mente, e, pieno di gioia, corsi a comunicare la scoperta a mio padre. Questi diede un'occhiata distratta al frontespizio del libro e esclamò: «Ah! Cornelio Agrippa! Mio caro Victor, non sprecare il tuo tempo con lui: è robaccia».

Se invece di questa osservazione mio padre si fosse sforzato di spiegarmi che i principi di Agrippa erano stati completamente invalidati, e che era stato introdotto un metodo scientifico moderno che aveva meriti ben maggiori dell'antico, perché le possibilità di quest'ultimo erano chimeriche mentre quelle del nuovo erano pratiche e concrete, in tal caso avrei certo messo da parte Agrippa e avrei soddisfatto la mia immaginazione così eccitata applicandomi con ardore rinnovato ai miei studi precedenti. È persino possibile che il corso dei miei pensieri non avrebbe mai ricevuto l'impulso fatale che portò alla mia rovina.

Mary capì anche (d'altra parte lei stessa era così giovane) quanto profondamente la mente di un ragazzo possa essere influenzata dall'apparenza e dalla personalità, più che dall'intelligenza e dalla saggezza di una persona adulta. La questione di Cornelio Agrippa sembra aver formato in Frankenstein un istintivo centro nervoso. Quando arriva al college, Monsieur Krempe, il primo professore in cui si imbatte, inconsapevolmente, lo colpisce esattamente in quel punto della sua sensibilità; e questo fa sì che Frankenstein si renda conto dell'aspetto negativo dell'anziano professore:

Era un uomo rozzo, ma profondamente versato nei segreti della sua scienza. Mi fece molte domande sui miei progressi nei vari rami della filosofia naturale. Risposi senza troppo riflettere, e con un certo disprezzo, feci i nomi dei miei alchimisti quali autori principali che avevo studiato. Il professore sbarrò gli occhi: «Voi» disse, «avete veramente passato il vostro tempo a studiare tali sciocchezze?». [...] Monsieur

Krempe era un ometto tozzo, con una voce aspra e un'espressione per niente invitante; l'insegnante quindi non mi dispose certo a favore delle sue ricerche.

Sarà un altro professore, Monsieur Waldman, tollerante, generoso e affascinante, che diventerà l'angelo custode della carriera di Frankenstein. La sua lezione di chimica è il punto di svolta:

«Gli antichi maestri di questa scienza» disse, «promettevano cose impossibili, e non ottennero alcun risultato. I maestri moderni promettono molto poco; sanno che i metalli non possono essere trasmutati e che l'elisir di lunga vita è una chimera. Ma questi filosofi, le cui mani sembrano fatte solo per frugare nel fango, e i loro occhi per fissarsi solo sul microscopio o sul crogiolo, hanno in effetti compiuto dei veri miracoli. Essi penetrano nei recessi della natura e mostrano come essa lavori nei suoi nascondigli. Ascendono al cielo, scoprendo la circolazione del sangue e la composizione dell'aria che respiriamo. Hanno acquisito nuovi e quasi illimitati poteri: possono comandare ai fulmini del cielo, riprodurre il terremoto, e persino sfidare il mondo invisibile e le sue ombre.»

In questo modo Frankenstein venne sedotto. Gli antichi stregoni cedettero il passo agli scienziati moderni, stregoni anch'essi tuttavia. La personalità di Monsieur Waldman fu, comunque, lo stimolo essenziale (la sua voce, diceva Frankenstein, era la più dolce che io avessi mai udito), ma solo successivamente Frankenstein riconobbe questo fatto:

Tali furono le parole del professore, o piuttosto, lasciatemi dire, quelle pronunciate dal fato per distruggermi. Mentre continuava, sentivo come se la mia anima stesse lottando con un nemico in carne e ossa; una per una le varie chiavi che formavano il meccanismo del mio essere vennero toccate; corda dopo corda fu fatta vibrare, e presto la mia mente si riempì di un solo pensiero, una sola idea, un solo scopo.

Dopo la creazione del Mostro, con il fatto che Frankenstein cede a lui una parte integrante del suo essere, il personaggio del creatore diventa uno studio, fatto molto bene, della crescente ossessione della ricerca da parte di se stessa di un'anima perduta.

Ma lo sviluppo del Mostro è un progetto più ampio di quello di Frankenstein. Egli non eredita, come Frankenstein, una forma di pensiero civilizzata, egli eredita solo la vita stessa, e l'intero percorso umano, dai tempi primitivi a quelli moderni, si svolge attraverso gli anni della sua vita.

È con notevole difficoltà che ricordo la prima epoca della mia esistenza tutti gli avvenimenti di quel periodo mi appaiono confusi e indistinti. Una strana molteplicità di sensazioni si impossessò di me, e io vidi e sentii, percepii suoni e odori tutto in una volta.

Tra tutte queste sensazioni elementari, egli distingue prima la fame, la sete e il freddo. Mangia, beve, si copre; poi l'istinto successivo si rivela nell'adorazione della luna:

Nessuna idea precisa occupava la mia mente: tutto era confuso. Percepivo la luce e il buio e la fame e la sete; una molteplicità di suoni mi frastornava le orecchie, e da ogni lato mi avvolgevano odori diversi; la sola cosa che riuscivo a distinguere era la luna splendente, e io vi fissavo gli occhi con piacere.

Le sue facoltà di discernimento si sviluppano e comincia ad acquisire anche il senso estetico:

distinguevo l'insetto dall'erba e, a poco a poco, un'erba dall'altra. Scoprii che il passero emetteva note aspre, mentre quelle del merlo o del tordo erano dolci e avvincenti.

Attraverso l'esperimento, la prova e l'errore, il Mostro apprende i rudimenti della sopravvivenza; i comportamenti dei villeggianti che lui osserva dallo spioncino del suo tugurio risvegliano il suo istinto collettivo; mentre i libri di cui entra in possesso – *Le vite* di Plutarco, *I dolori del giovane Werther* e *Il paradiso perduto* – sono accuratamente selezionati dall'autore per stimolare il processo mentale cominciato con l'apprendimento della lingua.

Ancora una volta Mary Shelley enfatizza l'influenza dell'aspetto esteriore nelle relazioni umane. Il Mostro si è evoluto in un uomo semplice ma intelligente, «Chi sono? Cos'ero? Da dove sono arrivato? Qual era la mia destinazione?» lui divenne capace di chiedersi; e ha acquisito una morale:

> Sentivo crescermi in petto un immenso amore per la virtù, e ripugnanza per il vizio, per quanto potevo capire di questi termini, per me connessi solo al piacere e al dolore ai quali li applicavo.

Tuttavia, si rende conto che tutte le creature che incontra fuggono ancora prima del suo ripugnante approccio. Il rancore lo corrode ed è Frankenstein, il suo creatore, che egli accusa per la propria miserabile condizione. Quando trova un ragazzetto, nella speranza di educarlo a essere suo amico, anche questa prospettiva si infrange, appena scopre che quello è un parente di Frankenstein:

> Si dibatté con violenza: «Lasciami!» gridò; «mostro! brutto miserabile! vuoi mangiarmi e farmi a pezzi! Sei un orco! Lasciami andare, o lo dico al mio papà».
>
> «Bambino, non vedrai più tuo padre; devi venire con me.»

«Orribile mostro! Lasciami. Papà è un magistrato; è Monsieur Frankenstein, e ti punirà. Non ti azzardare a trattenermi.»

«Frankenstein! appartieni al mio nemico allora! A colui contro il quale ho giurato vendetta eterna: sarai la mia prima vittima.»

Il bambino continuava a dibattersi, e mi copriva di insulti che riempivano il mio cuore di disperazione; gli afferrai la gola per farlo tacere, e un attimo dopo giaceva morto ai miei piedi.

L'evoluzione del personaggio del Mostro non finisce qui, anche se il suo primo omicidio gli dà una nuova direzione. Solo dopo la distruzione da parte di Frankenstein della sua quasi completa controparte femminile, il Mostro viene dipinto come il vero perpetratore del diavolo. Un fattore importante per lo svelamento del suo carattere è la sua mancanza di emozioni. Quello che sembra emozione – il suo bisogno di compagnia, il sentimento di vendetta verso Frankenstein – sono in realtà passioni intellettuali che passano attraverso canali razionali. Egli è asessuato, ed esige una moglie come alleata, non come amante o compagna. Le sue emozioni risiedono nel cuore di Frankenstein, così come l'intelletto di Frankenstein è in lui. [...]

Frankenstein ha intrattenuto, deliziato e tormentato generazioni di lettori fino a oggi. [...] Il giudizio di Church (pronunciato in un momento in cui probabilmente il romanzo veniva condannato, perché «d'evasione») che *Frankenstein* «debba essere considerato un tassello permanente della letteratura macabra mondiale» suonò, credo, supponente, nel 1828.

Dieci anni più tardi, Glynn Grylls[10] disse che «*Frankenstein* rimane un "pezzo d'epoca", storicamente inte-

---

[10] R.G. Grylls, *Mary Shelley: A Biography*, Oxford University Press, London 1838.

ressante, ma non è uno dei romanzi viventi della letteratura mondiale». Non so se con le parole «romanzi viventi» Glynn Grylls si riferisse a Dostoevskij, Conrad, Tolstòj o Dickens: in questo caso, sono d'accordo. Ma un romanzo deve essere potente per essere vivo; non deve essere il prodotto di un genio per sopravvivere come classico; e se *Northanger Abbey*, *Jane Eyre*, *The Antiquarian* e *Vanity Fair* sono romanzi vivi, allora anche *Frankenstein* lo è.

Cronologia

1797

Mary Wollstonecraft Godwin nasce a Londra il 30 agosto. I suoi genitori sono personaggi di spicco nell'ambiente intellettuale progressista della società contemporanea, entrambi molto noti nelle sfere progressiste londinesi. William Godwin, filosofo, aveva elaborato una proposta di riforma sociale, ispirata ai valori di autentica libertà e giustizia, nel suo *Enquiry Concerning Political Justice* (1793); Mary Wollstonecraft, autrice di *A Vindication of the Rights of Women*, era una donna impulsiva e spericolata, pioniera femminista, che aveva abbracciato la causa della Rivoluzione francese e si era dedicata particolarmente al problema dell'istruzione femminile. Morendo pochi giorni dopo il parto, lasciò il marito William con due bambine: Mary e Fanny, figlia di una relazione precedente con l'affascinante americano Gilbert Imlay.

1801

Godwin sposa la sua vicina di casa, Mrs Clairmont, donna di media istruzione e incline alla malignità, con cui Mary si scontrerà per tutta la vita. Da una precedente relazione aveva avuto due figli: Charles e Jane (che nel 1814 cambiò il suo nome in Claire); darà poi un figlio a Godwin, William. I componenti di questa eterogenea famiglia vivono tutti insieme a Londra.

1802-1808

Casa Godwin è frequentata da numerosi intellettuali amici del padre, tra cui Hazlitt, Lamb e Coleridge. Mary ha così occasione di venire a contatto con il mondo delle lettere fin dalla sua infanzia. Ricorda, infatti, di essere stata incuriosita dalla lettura che lo stesso Coleridge fece, in casa loro, del manoscritto di *Ancient Mariner*. Nel 1808, Godwin, che era editore di libri per bambini, pubblica un piccolo racconto di Mary: *Mounseer Nongtongpaw; or The Discoveries of John Bull in a Trip to Paris* (Juvenile Library).

1812-1813
Mary soggiorna in Scozia presso la famiglia di un amico di suo padre, William Baxter; in questo paesaggio pittoresco e desolato, lontana da casa e soprattutto dalla sua matrigna, assapora finalmente la libertà. La sua lunga visita in Scozia verrà poi da lei ricordata come un periodo di gestazione creativa.

1814
Mary torna definitivamente a Londra. Nel frattempo, era entrato nel circolo di Godwin il poeta P.B. Shelley, allora sposato (il suo matrimonio con Harriet sarà destinato a finire in quello stesso anno), che frequentava il grande filosofo abbracciando le sue teorie, ma anche aiutandolo economicamente. Giunta l'estate, fra Mary e Shelley esplode una forte passione. I due amanti, la cui relazione non è approvata da tutta la società, ma soprattutto osteggiata dal padre di lei, organizzano una fuga, portando con loro la sorella Claire. Da luglio a settembre, sempre a corto di soldi, attraversano la Francia, la Svizzera e l'Olanda, immergendosi insieme in nuove letture e redigendo un diario comune. Mary abbozza un racconto, *Hate*. La presenza di Claire, inizialmente gradita, si fa sempre più soffocante, ma, anche una volta tornati a Londra, la sorella rimane insieme a loro. I rapporti con Skinner Street (la casa paterna) sono sempre difficili. Mary, Shelley e Claire si circondano di amici, tra cui T.L. Peacock e Hogg, che danno loro anche sostegno economico. Questi entrano nelle loro vite con legami sempre molto limpidi e a volte anche passionali. Il desiderio dimostrato da parte di Hogg per Mary, infatti, e il fatto che sia in parte corrisposto, non solo non infastidisce Shelley, ma viene considerato da tutti e tre semplicemente un omaggio al concetto astratto di amore libero.

1815

Shelley, per sfuggire ai creditori, spesso è costretto ad allontanarsi da casa, e questi momenti di separazione dall'amata sono lo stimolo per un'amorosa corrispondenza, piena di reciproche tenerezze. Queste lettere saranno materiale autobiografico per alcuni passi del romanzo di Mary *Lodore*. In febbraio, Mary partorisce una bambina, che muore però dopo pochi giorni. Shelley riceve una piccola eredità e per il momento i creditori vengono soddisfatti. Si inaugura per la giovane coppia una stagione di insolita calma e prolungata serenità. Sono finalmente soli, a Bishopsgate, vicino a Windsor Park.

1816

Claire, appassionata di teatro e aspirante attrice, frequenta il Drury Lane Teathre, dove conosce Byron e se ne innamora. Il poeta, tutt'altro che in buona fede, la illude e la mette incinta. Mary mette al mondo William. Mary, Shelley, William e Claire si trasferiscono per alcuni mesi in Svizzera e alloggiano non lontani da Villa Diodati, dove risiede Byron, con il medico Polidori. Tra Shelley e Byron nasce un'intensa armonia intellettuale, ed è in una sera di lunghe conversazioni sui temi, cari a Shelley, del soprannaturale e delle potenzialità della scienza, che Byron lancia la famosa sfida (di gareggiare con un racconto che fosse il più terrificante possibile) che, accolta dai presenti, porta Mary al concepimento di *Frankenstein*, con il quale si aggiudicherà la vittoria. Degli altri romanzi, rimasti incompiuti, ci restano il *Vampiro* di Polidori e il *Mazeppa* di Byron. In settembre tornano in Inghilterra, e qui li coglie la notizia del suicidio di Fanny, la sorellastra di Mary. Considerata scandalosa, questa morte viene in tutti i modi tenuta segreta, e il cadavere lasciato in una fossa comune. Nasce nel dicembre la profonda amicizia che legherà per lungo tempo Mary e Shelley a Leigh Hunt, allora editore del «The Examiner». L'ex moglie di Shelley si toglie la vita, gettandosi in un canale. Egli vuole ottenere l'affidamento dei due figli che con lei aveva concepito, Charles e Ianth, ma viene dichiarato inadatto, per immoralità. Il 30 dicembre Mary e Shelley si uniscono in matrimonio, nella chiesa di St Mildred a Londra. Il padre di

Mary, Godwin, finalmente addolcisce il suo atteggiamento nei confronti della coppia e partecipa alle nozze.

1817

Claire partorisce una bambina, Allegra, e insieme agli Shelley si trasferisce a Marlow, sul Tamigi. Frequentano Hunt e i suoi amici, tra cui John Keats. Mary è nuovamente incinta e sta cercando un editore per il suo *Frankenstein*, portato ormai a termine in aprile. Esce invece *History of a Six Weeks' Tour through a part of France, Switzerland, Germany and Holland, with Letters descriptive of a Sail round the Lake of Geneva, and of the Glaciers of Chamouni*, pubblicato da Hookham & Ollier. Nasce Clara.

1818

Esce la prima edizione di *Frankenstein; or The Modern Prometheus*, pubblicato anonimo, con prefazione di Shelley, da Lackington, Hughes, Harding, Mavor & Jones, in 3 volumi. Mary, Shelley, Claire e i tre bambini partono nuovamente alla volta dell'Italia. Arrivano a Livorno, dove si fermano e incontrano la famiglia Gisborne, amici dei Godwin. Sono momenti di felicità e ardore comune nell'apprendimento della lingua e della letteratura italiana. Byron si trova a Venezia. Claire vorrebbe che riconoscesse la figlia, ma il poeta decide che provvederà ad Allegra solo se la madre accetterà di perdere ogni diritto su di lei. Claire accetta il terribile compromesso. Durante il viaggio per Venezia, organizzato appositamente perché Shelley intervenga tra Claire e Byron, la piccola Clara muore. Con questo dolore, si spostano verso Sud; visitano Napoli; leggono furiosamente Livio, Dante e Virgilio; poi si stabiliscono nell'amatissima Roma. Shelley lavora al *Prometheus Unbound*.

1819

Sono a Roma. Mary lentamente si risolleva dalla profonda sofferenza per la perdita della figlia. Si distrae prendendo lezioni di disegno e coltivando numerose amicizie, come quella per la pittrice Amelia Curran. In giugno, però, una nuova orribile tragedia riporta Mary alla disperazione: William si ammala di malaria e muore. Viene seppellito nel cimitero protestante di Roma. Mary scrive *Matilda*, romanzo che sarà pubblicato solo postumo, nel 1959 (edito da Chapel Hill, University of North Carolina Press, a cura di Elizabeth Nitchie). Si trasferiscono a Livorno, poi a Firenze, dove Mary dà alla luce Percy Florence. Nasce l'amicizia con Lady Mountcashell, figlia di Lord Kingsborough ed ex allieva di Mary Wollstonecraft. Si dedica alla scrittura del suo terzo romanzo: *Valperga*.

1820

Si stabiliscono temporaneamente a Pisa, dove fanno ia conoscenza di Tom Medwin e, attraverso uno studioso dell'Università, Pacchiani, entrano nei circoli intellettuali. Conoscono il principe Alessandro Mavrocordato, giovane e affascinante greco, che rivestirà un ruolo importante nella rivoluzione del suo Paese. Egli si offre di insegnare il greco a Mary, e tra di loro nasce immediatamente una forte attrazione. Entra poi nella loro vita Emilia Viviani, con la quale Shelley instaura una sorta di relazione platonica, e conoscono la splendida coppia Edward e Jane Williams. In agosto Mary scrive *Maurice or the Fisher's Cot*, per Lauretta Tighe, figlia di Lady Mountcashell.

1821

A Pisa approdano anche E.J. Trelawny, amico dei Williams, e Byron. È questo, per Mary, un periodo di ritrovata tranquillità e di lunghi momenti di riflessione. Shelley e Williams hanno una barca con cui fanno grandi traversate e si recano spesso a La Spezia cercando una casa dove potersi trasferire tutti.

1822

Mary è incinta. Allegra, figlia di Claire, muore di febbre tifoidea in convento. Gli Shelley e i Williams si stabiliscono a San Terenzo, villaggio di pescatori nella baia di Lerici. Tra Shelley e Jane nasce una complicità particolare, mentre Mary si chiude sempre più in se stessa, demoralizzata da un doloroso aborto che la sfinisce fisicamente e moralmente. L'atmosfera, dopo la nuova sistemazione, è molto tesa. Shelley è frequentemente in preda a visioni terrificanti. A metà giugno gli Hunt avrebbero dovuto unirsi al gruppo. Proprio durante la traversata, sulla loro barca, di ritorno da una visita presso di loro a Genova, Edward Williams e Shelley sono colti da una burrasca e muoiono in mare.

1823

Mary, afflitta, si rifiuta di tornare subito a Londra con Jane e vuole dedicare la sua vita allo studio e guadagnarsi da vivere scrivendo. Si stabilisce con il figlio a Genova, dove comincia a lavorare ai manoscritti di Shelley e collabora con il nuovo giornale di Hunt, «The Liberal». Versa in serie difficoltà economiche. Il padre da Londra non l'aiuta, chiede protezione a Byron, ma è soprattutto l'amico Trelawny a sostenerla. In luglio si decide a partire per l'Inghilterra, dove la famiglia Shelley le promette del denaro, almeno per fare studiare il figlio. Partecipa a una delle prime rappresentazioni teatrali di *Frankenstein*. Lavora, con Bryan Waller Procter (Barry Cornwall), a un'edizione dei poemi di Shelley, che uscirà l'anno successivo e otterrà grande successo. La pubblicazione di *Posthumous Poems of Percy Bysshe Shelley* (ed. John & Herry L. Hunt) suscita, però, l'indignazione del padre del poeta, Sir Timothy, che da quel momento cercherà sempre di ostacolare Mary nel suo lavoro sui manoscritti. Mary frequenta i vecchi amici, come Isabel Baxter e la famiglia Novello. Pubblica *Valperga; or The Life and Adventures of Castruccio, Prince of Lucca* (G. & W.B. Whittaker).

1824

Byron muore a Missolungi. Claire, nel frattempo, fa la dama di compagnia presso una famiglia moscovita. Trelawny, dalla Grecia, invia a Mary un articolo, in cui parla di un nascondiglio sul monte Parnaso dove i partigiani si sarebbero rifugiati se la causa greca fosse perduta. Mary si lascia affascinare dalle descrizioni che legge e si appassiona alla Grecia, così che nel nuovo romanzo a cui si dedica, *The Last Man*, potrà descrivere scenari greci come se li avesse visti. In seguito conosce John Howard Payne, attore americano, pretendente alla sua mano, e Washington Irving, brillante uomo di lettere, che la affascina molto.

1825-1826

Charles muore e Percy Florence rimane l'unico erede del patrimonio della famiglia Shelley. Mary pubblica *The Last Man* (Colburn & Bentley, 3 voll.).

1827

Conosce Tom Moore, che le presenta l'editore John Murray, e Frances Wright, seguace di Lafayette, paladina delle libertà civili. Si incontra spesso con Jane Williams, credendo di trovare in lei, compagna nella sventura, un'amica con cui condividere il futuro; ma costei non solo preferisce accettare la corte di Hogg e vivere con lui, ma fa circolare anche pungenti pettegolezzi sull'intimità che si era creata negli ultimi tempi tra Shelley e lei, e su quanto Mary avesse fatto soffrire il poeta con i suoi malumori e la sua freddezza. Amareggiata, Mary si chiude sempre più in un'indifferenza autoprotettiva nei confronti del mondo. Durante un soggiorno a Parigi conosce Prosper Mérimée (autore di *Carmen*), che la corteggia e chiede in sposa, ma Mary non si unirà mai una seconda volta in matrimonio.

1828-1830

Scrive una ventina di racconti, che escono sull'almanacco popolare «The Keepsake», e collabora con articoli letterari a «The Westminster Review». Suggestionata dalla lettura di W. Scott, scrive il romanzo storico *The Fortunes of Perkin Warbek*, pubblicato nel 1830 da Colburn & Bentley. La sua amicizia con Trelawny è sempre più profonda. Lui vorrebbe scrivere una *Vita di Shelley*, ma Mary si oppone e non gli mette a disposizione nessun materiale, perché teme che Sir Timothy, per questo, neghi a Percy l'indispensabile aiuto economico. Collabora alla *Cabinet Cyclopaedia*, curata da Dionysius Lardner, con saggi biografici e critici su scrittori italiani, francesi e spagnoli. Questi testi saranno pubblicati nelle raccolte *Lives of the Most Eminent Literary and Scientific Men of Italy, Spain and Portugal* (1835-1837) e *Lives of the Most Eminent Literary and Scientific Men of France* (1838-1839).

1831
Esce la nuova edizione di *Frankenstein*, con il suo nome e una sua prefazione (Colburn & Bentley). Scrive *Proserpine: A Mythological Drama in Two Acts*.

1832-1834
Mary vuole che il figlio studi a Harrow, sperando che questo risvegli in lui qualche velleità creativa. Si stabiliscono così entrambi a Harrow, ma lei è isolata, infelice. Si dedica alla scrittura di *Lodore*.

1835
Pubblica *Lodore* (Colburn & Bentley, 3 voll.).

1836-1837
Muore William Godwin. Mary si dedica assiduamente all'organizzazione di tutta l'opera di Shelley, corredandola di note critiche e biografiche, e si tormenta nello sforzo del ricordo. Hunt collabora con lei nella redazione delle opere in prosa. Pubblica *Falkner* (Saunders & Otley, 3 voll.). Percy entra alla Cambridge University.

1839-1840
In questi due anni vengono pubblicati dall'editore Edward Moxon le opere di Shelley curate interamente da Mary: *The Poetical Works of Percy Bysshe Shelley* (5 voll.), ed *Essays, Letters from Abroad, Translations and Fragments, by P.B. Shelley* (2 voll.). Nei mesi estivi, Mary e Percy intraprendono un viaggio attraverso Germania, Svizzera e Italia. Mary torna nei luoghi della sua fuga giovanile, ricorda e scrive *Rambles in Germany and Italy*, pubblicato a Londra quattro anni più tardi.

1842-1844
Mary si preoccupa che Percy non abbia amicizie stimolanti, organizza allora altri viaggi, perché il mondo lo possa incuriosire. Girano, insieme, tutta l'Europa. Si fermano, poi, a lungo, a Parigi, dove Mary incontra Claire, che la introduce presso un gruppo di amici italiani rifugiati politici. Fra questi un certo Gatteschi si guadagna la sua più sincera

ammirazione e la sua protezione, cosicché, quando torna a Londra, Mary cerca denaro da inviargli, incoraggiata dall'ardore da lui dimostrato nei suoi confronti. Gatteschi si rivelerà presto un profittatore. Dopo la morte di Sir Timothy, la situazione finanziaria migliora, ma Mary è afflitta da una serie di ricatti e tradimenti, insultata da opere «pirata» sulla sua vita e su quella di Shelley che la tormentano.

1845
G. Byron, nobile falsario che si spaccia per figlio di Lord Byron, si presenta a Mary sostenendo di possedere alcune lettere di Shelley a lei indirizzate (che Mary poteva effettivamente aver perso durante il suo primo viaggio per Parigi). Questi riesce a estorcerle denaro, ma arreca anche grossi danni al materiale manoscritto, in particolare a quello riguardante i rapporti tra Shelley, Keats e Byron.

1847-1850
Mary trova un po' di dolcezza nell'amicizia della giovane Jane St John, che diventerà presto la sposa di Percy. Intraprendono un viaggio, girano la Francia e si fermano a Nizza per qualche tempo. Tornati a Londra, Jane e Percy si prendono cura di Mary e la ospitano presso di loro.

1851
Dopo una serie di colpi apoplettici che la paralizzano, Mary muore, il 1° febbraio, a cinquantatré anni. Viene sepolta a Bournemouth, vicino alle tombe del padre e della madre.

(a cura di Maria Elena Colantoni)

Bibliografia

Opere

Tutta l'opera di Mary Shelley, in lingua inglese, è facilmente reperibile. Qui segnaliamo solo le traduzioni in italiano più recenti:

Shelley M., *Le signore dell'orrore: racconti di Mary Shelley*, Longanesi, Milano 1973.
—, *Mathilda*, Ed. delle donne, Milano 1980.
—, *Frankenstein ossia il moderno Prometeo*, Mondadori, Milano 1982.
—, *Lettere d'amore*, Essedue, Verona 1983.
—, *La sposa dell'Italia moderna e altri racconti*, Ladisa, Bari 1997.
—, *L'ultimo uomo*, Mondadori, Milano 2001.
—, *Maurice o la capanna del pescatore*, Mondadori, Milano 2003.
Shelley P.B. – Shelley M., *Storia di un viaggio in sei settimane: 1817*, Aletheia, Firenze 1999.
—, *Itinerari romantici nel golfo dei poeti*, Giacché, La Spezia 2000.

Prime edizioni di «Frankenstein»

Frankenstein; or The Modern Prometheus, Lackington, Huges, Harding, Mavor & Jones, London 1818, 3 voll. Preface by P.B. Shelley.
Frankenstein; or The Modern Prometheus, Colburn & Bentley, London 1831, 1 vol. Introduction by Mary Shelley.

Studi critici

Bennett B.T., *The Letters of Mary Wollstonecraft Shelley*, The John Hopkins University Press, Baltimore & London, 1980-88.

—, *Mary Wollstonecraft Shelley, an Introduction*, The John Hopkins University Press, Baltimora & London, 1998.

Bennett B.T. – Robinson C.E., *The Mary Shelley Reader: Containing Frankenstein, Mathilda, Tales and Stories, Essays and Reviews*, Oxford University Press, New York 1990.

Bloom H. (edited by), *Mary Shelley*, Chelsea House Publishers, Modern Critical Views, New York 1985.

Blunden E., *Shelley: A Life Story*, Collins, London 1946.

Cameron K.L. – Reiman D.E. – Fisher D.D., *Shelley and his Circle 1773-1822*, Carl H. Pforzheimer Library, Harvard University Press, Cambridge Mass., 1961-86, 8 voll.

Church R., *Mary Shelley*, G. Howe, London 1928.

Crook N. (edited by), *The Novels and Selected Works of Mary Shelley*, Pickering, London 1996, 8 voll.

—, *Mary Shelley's Literary Lives and Other Writing*, Pickering and Chatto, London 2000.

Feldman P.R. – Scott Kilvert D., *The Journals of Mary Shelley*, Claredon Press, Oxford 1987.

Fusini N., *Mary Shelley: il dolore*, in *Nomi*, Feltrinelli, Milano 1986.

Gilbert S. – Gubar S., *The Madwoman in the Attic*, Yale University Press, New Haven 1979.

Grylls R.G., *Mary Shelley: A Biography*, Oxford University Press, London 1938.

Hill Miller K.C., *My Hideous Progeny: Mary Shelley, William Godwin and the father-daughter relationship*, Associated University Presses, London 1995.

Jones F.L., *The Letters of Mary W. Shelley*, University of Oklahoma Press, Norman 1944.

Lyles W.H., *Mary Shelley: An Annotated Bibliography*, Garland, New York 1975.

Maurois A., *Ariel ou la vie de Shelley*, Grasset, Paris 1923.

Mellor A., *Mary Shelley: Her Life, Her Fiction, Her Monsters*, Methuen, New York 1988.

Paul C.K., *William Godwin, his Friends and Contemporaries*, Henry S. King & Co., London 1876, 2 voll.

Porte J., *In the Hands of an Angry God: Religious Terror in Gothic Fiction*, in *The Gothic Imagination Essays in Dark Romanticism*, Washington University Press, Washington 1974.

Robinson C.E. (edited by), *The Collected Tales and Stories of Mary Shelley*, John Hopkins University Press, Baltimore & London 1976.

Sanborn F.B., *The Romance of Mary Shelley, John Howard Payne and Washington Irving*, Boston Bibliophile Society, Boston 1907.

Scott W.S., *Harriet and Mary*, The Golden Cockerel Press, London 1944.

—, *New Shelley Letters*, The Bodley Head, London 1948.

Spark M., *Child of Light. A Reassesment of Mary Wollstonecraft Shelley*, Tower Bridge Publications, Hadleigh Essex 1951; ristampa: *Mary Shelley*, E.P. Dutton, New York 1987.

—, *My Best Mary: The Selected Letters of Mary Wollstonecraft Shelley*, Wingate, London 1953.

—, *Mary Shelley: una biografia*, Le Lettere, Firenze 2001.

Seymour M., *Mary Shelley*, John Murray, London 2000.

Spina G., *Il Prometeo di Mary Shelley*, in AA.VV., *Il superuomo e i suoi simboli nelle letterature moderne*, La Nuova Italia, Firenze 1971.

Sunstein E.W., *Mary Shelley: Romance and Reality*, The John Hopkins University Press, Baltimore 1991.

Studi critici su «Frankenstein»

Baldwick C., *In Frankenstein's Shadow: Mith, Monstrosity and Nine-teenth Century Writing*, Oxford University Press, Oxford 1987.

Bann S., *Frankenstein, Creation and Monstrosity*, Reaktion Books, London 1994.

Bloom H., *Mary Shelley's Frankenstein*, Chelsea House, New York 1987.

Botting F., *Making Monstrous. Frankenstein, Criticism, Theory*, Manchester University Press, Manchester 1991.

Butler M., *Introduction*, in *Frankenstein; or The Modern Prometheus*, Oxford University Press, Oxford 1994.

Forry S., *Hideous Progeny: Dramatizations of Frankenstein from Mary Shelley to the Present*, University of Pennsylvania, Philadelphia 1990.

Glut D., *The Frankenstein Legend: a Tribute to Mary Shelley and Boris Karloff*, Scarecrow, Metuchen 1973.

Lecercle J.-J., *Frankenstein: mithe et philosophie*, Presses Universitaire de France, Paris 1988.

Levine G. – Knoepflmacher U.C., *The Endurance of Frankenstein: Essays on Mary Shelley's novel*, University of California Press, Berkeley 1979.

Nitchie E., *Mary Shelley – Author of Frankenstein*, Rutgers University Press, New Brunswick 1953.

Praz M., *Introduzione*, in *Frankenstein*, BUR, Milano 1999.

Scott W., *Frankenstein*, in «Blackwood's Edinburgh Magazine», marzo 1818.

Shelley P.B., *On Frankenstein*, in *The Works of P.B. Shelley in Verse and Prose*, Reeves and Turner, London 1880.

Small C., *Ariel like a Harpy: Shelley Mary and Frankenstein*, Gollancz, London 1972.

Smith J.M. (edited by), *Frankenstein*, St Martin Press, Boston 1992.

Tropp M., *Mary Shelley's Monster*, Houghton Mifflin, Boston 1976.

Veeder W., *Mary Shelley & Frankenstein: The Fate of Androgyny*, University of Chicago Press, Chicago 1986.

Principali versioni cinematografiche di «Frankenstein»

Frankenstein (USA 1931), di James Whale, con Colin Clive, Mae Clark, Boris Karloff, Dwith Frye, John Boles. Prodotto da Carl Laemmle jr per la Universal.

La moglie di Frankenstein (USA 1935), di James Whale, con Colin Clive, Boris Karloff, Elsa Lanchester, Valerie Hobson.

La maschera di Frankenstein (GB 1957), di Terence Fisher, con Peter Cushing, Christopher Lee.

Frankenstein: The True Story (USA-GB 1973), di Jack Smight, con James Mason, Leonard Whiting, Michael Sarrazin.

Frankenstein Junior (USA 1974), di Mel Brooks, con Gene Wilder, Peter Boyle, Marty Feldman, Gene Hackman.

Frankenstein di Mary Shelley (USA 1994), di Kenneth Branagh, con Robert De Niro, Kenneth Branagh, Tom Hulce, Helena Bonham Carter.

(*a cura di Maria Elena Colantoni*)

Frankenstein

Introduzione all'edizione del 1831

Gli editori delle Standard Novels, nello scegliere *Frankenstein* per una loro collana, hanno espresso il desiderio che io fornisca qualche notizia sulle circostanze in cui è nato il racconto. Sono tanto più felice di accontentarli in quanto potrò rispondere una volta per tutte alla domanda che mi sento porre con insistenza: come ho potuto io, allora così giovane, arrivare a concepire e a sviluppare un'idea tanto mostruosa? È vero che sono molto restia a parlare di me in pubblico; tuttavia, poiché queste chiarificazioni appaiono solo per completare un'opera precedente e si limiteranno ad argomenti connessi esclusivamente al mio lavoro di scrittrice, non credo di potermi accusare di un intervento troppo personale.

Non è affatto strano che io, figlia di due persone di chiara fama letteraria, abbia molto presto pensato a scrivere. Da bambina scribacchiavo, e il mio passatempo preferito, durante le ore concessemi per la ricreazione, era "scrivere storie". Pure, c'era una cosa che mi faceva ancora più piacere, ed era fare castelli in aria – indulgere in sogni a occhi aperti – inseguire pensieri che avevano per oggetto la creazione di tutta una serie di eventi immaginari. I miei sogni erano più fantastici e piacevoli allo stesso tempo dei miei scritti. In questi ultimi mi limitavo a imitare – a fare ciò che altri avevano fatto piuttosto che a buttar giù quello che la mia mente mi suggeriva. Quanto scrivevo era destinato agli occhi di almeno un'altra persona – il compagno e l'amico della mia fanciullezza; ma i sogni erano solo miei, non ne dovevo render conto a nessuno; erano il mio rifugio quando non ero felice – il piacere più caro quando ero libera.

Da ragazza vissi soprattutto in campagna, e passai molto tempo in Scozia. Visitai alcune delle sue zone più pittoresche, ma la mia residenza abituale erano le tetre e desolate spiagge settentrionali del Tay, vicino a Dundee. Le chiamo tetre e desolate retrospettivamente, ma allora non erano tali per me. Erano un santuario di libertà e la terra beata dove, lasciata a me stessa, potevo comunicare con le creature della mia fantasia. A quel tempo scrivevo, ma nello stile più banale. Era sotto gli alberi del parco intorno alla nostra casa, o sui pendii squallidi delle brulle montagne poco distanti, che le mie vere composizioni, i voli aerei della mia fantasia nascevano e crescevano. Non mi raffiguravo come l'eroina dei miei racconti: la mia vita mi pareva una faccenda troppo prosaica. Per me non riuscivo a immaginare romantici dolori o magnifiche sorti, ma non ero costretta entro i limiti della mia identità e potevo popolare le ore con creazioni molto più interessanti, a quell'età, delle mie sole sensazioni.

Dopo questo periodo la mia vita divenne più indaffarata, e la realtà prese il posto della finzione. Mio marito, però, fino dall'inizio era ansioso che mi dimostrassi degna dei miei genitori e che scrivessi il mio nome nel libro della fama. Mi incitava spesso a conquistare una reputazione letteraria, che mi auguravo anch'io a quell'epoca, benché da allora mi sia diventata assai indifferente. A quel tempo desiderava che io scrivessi non tanto perché mi credesse capace di produrre qualcosa degno di nota, ma per poter

4

giudicare se avevo qualità tali da far sperare, in seguito, cose migliori. Pure non ne feci nulla. I frequenti viaggi e le cure della famiglia occupavano tutto il mio tempo; e lo studio nel senso di leggere e migliorare le mie idee a contatto di una mente tanto più colta quale la sua, era l'unica attività intellettuale che impegnasse la mia attenzione.

Nell'estate del 1816 visitammo la Svizzera, e diventammo vicini di casa di Lord Byron. All'inizio, trascorremmo ore piacevoli sul lago o a passeggiare lungo le rive; Lord Byron, che stava scrivendo il terzo canto del *Childe Harold*, era il solo tra noi che mettesse per iscritto i suoi pensieri. Questi, quando poi ce li fece leggere, rivestiti della splendida armonia dei versi, sembrarono consacrare come divine le glorie del cielo e della terra le cui influenze condividevamo con lui.

Ma fu un'estate piovosa e poco clemente; la pioggia incessante ci costrinse spesso in casa per giornate intere. Ci capitarono tra le mani alcuni volumi di storie di fantasmi tradotti in francese dal tedesco. C'era la storia dell'Amante Infedele, che, nel momento in cui credeva di abbracciare la sposa con cui aveva appena scambiato i voti, si ritrovava tra le braccia il pallido fantasma di colei che aveva abbandonato. C'era il racconto del capostipite di una casata, un peccatore, il cui destino miserando era di dare il bacio della morte a tutti i discendenti della sua sventurata stirpe proprio quando questi raggiungevano la giovinezza. La sua ombra gigantesca, completamente ricoperta dell'armatura, come il fantasma nell'*Amleto*, ma con la visiera alzata, si vedeva avanzare lentamente a mezzanotte, alla luce intermittente della luna, lungo un cupo viale. La forma si perdeva sotto le mura del castello; ma, all'improvviso, un cancello si spalancava, si sentiva un passo, la porta della camera si apriva, ed egli si avvicinava al giaciglio dei giovinetti, immersi in un placido sonno. Un dolore eterno gli si scorgeva in viso mentre si chinava a baciare in fronte i ragazzi, che da quel momento appassivano come fiori recisi sullo stelo. Da allora non ho più riavuto tra le mani quei racconti, ma la loro trama è ancora impressa nella mia mente, come li avessi letti ieri.

«Ciascuno di noi scriverà una storia di fantasmi», disse Lord Byron, e la sua proposta fu accettata. Eravamo in quattro. Il grande scrittore cominciò un racconto, di cui pubblicò un frammento alla fine del suo poema *Mazeppa*. Shelley, più portato a tradurre idee e sentimenti in radiose immagini di luce e nella musica di versi tra i più melodiosi che adornino la nostra lingua, piuttosto che a inventare meccanismi per una storia, ne cominciò una basata su un'esperienza che aveva avuto da ragazzo. Al povero Polidori venne una certa orrenda idea a proposito di una dama con un teschio al posto della testa, che era stata così punita per aver spiato attraverso il buco della serratura per vedere, non ricordo più bene che, qualcosa comunque di molto scioccante e peccaminoso; ma quando l'ebbe ridotta in queste condizioni, peggio del Tom di Coventry, non seppe più che farne e fu costretto a spedirla nella tomba dei Capuleti, l'unico posto che le si addicesse. Anche gli illustri poeti, stanchi della banalità della prosa, abbandonarono rapidamente questo compito poco congeniale.

Io mi detti molto da fare a *pensare a una storia* – una storia che potesse reggere il paragone con quelle che ci avevano indotto a tale impresa. Una storia che parlasse alle misteriose paure sepolte nella nostra natura, e che risvegliasse brividi di orrore – una storia che facesse temere al lettore di guardarsi alle spalle, che facesse gelare il sangue e accelerare i battiti del cuore. Se non riuscivo a raggiungere questo scopo, la mia storia di fantasmi non sarebbe stata degna del suo nome. Pensai e ripensai, ma invano. Sentivo quella vuota incapacità di inventare che è la peggiore disperazione di chi scrive, quando solo il Nulla risponde alle nostre ansiose invocazioni. *Hai pensato a una storia?* mi si chiedeva ogni mattina, e ogni mattina ero costretta a rispondere con un *No* mortificante.

Ogni cosa deve avere un inizio, per parafrasare Sancho Panza, e questo inizio deve essere collegato a qualcosa che lo precede. Gli indù hanno messo un elefante a sorreggere il mondo, ma poi hanno raffigurato l'elefante sorretto da una tartaruga. La capacità di inventare, bisogna umilmente ammetterlo, non consiste nel creare dal vuoto ma dal caos; bisogna innanzi tutto procurarsi la materia prima; l'invenzione può dare forma alla sostanza scura e informe ma non può creare la sostanza stessa. Quando si tratta di scoperte e invenzioni, anche di quelle che appartengono alla fantasia, viene sempre fatto di pensare a Colombo e al suo uovo. L'invenzione consiste nell'abilità di intuire le possibilità insite nel soggetto, e nella capacità di formare e plasmare le idee che le vengono offerte.

Lunghe e frequenti erano le conversazioni tra Byron e Shelley, a cui io partecipavo come ascoltatrice attenta ma quasi completamente silenziosa. Durante una di queste furono discusse varie questioni filosofiche, tra cui la natura del principio vitale e se vi fossero probabilità che venisse scoperto e reso noto. Parlarono degli esperimenti del Dottor Darwin (non mi riferisco a quel che il Dottor Darwin fece in realtà o disse di avere fatto, ma, in quanto più adatto per i miei fini, di quel che si diceva che avesse fatto), di come avesse conservato un pezzo di vermicelli in un vaso di vetro finché per qualche ragione straordinaria cominciò a

7

muoversi di moto spontaneo. Non era così, comunque, che si poteva infondere la vita. Forse si sarebbe potuto rianimare un cadavere; il galvanismo aveva dato speranze in questo senso; forse era possibile fabbricare, mettere insieme e dotare di calore vitale le parti che compongono un essere vivente.

La notte trascorse in questa conversazione, e anche l'ora delle streghe era passata prima che ci ritirassimo a dormire. Quando posai la testa sul cuscino, non presi sonno, ma non si poteva neppure dire che stessi pensando. L'immaginazione mi pervadeva non richiesta e mi guidava dando alle immagini che si susseguivano nella mente una nitidezza che andava ben oltre le solite visioni della rêverie. Vedevo – a occhi chiusi ma con una percezione mentale acuta – il pallido studioso di arti profane inginocchiato accanto alla "cosa" che aveva messo insieme. Vedevo l'orrenda sagoma di un uomo sdraiato, e poi, all'entrata in funzione di un qualche potente macchinario, lo vedevo mostrare segni di vita e muoversi di un movimento impacciato, quasi vitale. Una cosa terrificante, perché terrificante sarebbe il risultato di qualsiasi tentativo umano di imitare lo stupendo meccanismo del Creatore del mondo. La riuscita terrorizzava l'artista pieno di orrore, si precipitava lontano dall'odioso prodotto delle sue mani. Sembrava sperare che, lasciata a se stessa, la debole scintilla di vita che aveva comunicato si spegnesse, che questa "cosa", che aveva ricevuto una imperfetta animazione, ricadesse nella materia inerte; e che lui stesso potesse addormentarsi nella certezza che il silenzio della tomba avrebbe soffocato per sempre la momentanea esistenza di quell'orrido cadavere a cui egli aveva guardato come alla culla della vita. Ora dorme, ma si riscuote, apre gli occhi: ecco che l'orrenda "cosa" è in piedi accanto al letto, apre le cortine e lo guarda con occhi gialli, acquosi ma pieni di domande.

Aprii i miei terrorizzata. La scena aveva posseduto la mia mente a tal punto che un brivido di paura mi aveva scosso, e desideravo sostituire l'orribile immagine della fantasia con la realtà che mi circondava. Ne vedo ancora i dettagli: la stanza, il *parquet* scuro, le persiane chiuse, con la luce della luna che tentava di entrare, e la sensazione che al di là c'erano il lago ghiacciato e le cime bianche delle Alpi. Non riuscii facilmente a liberarmi dall'orrendo incubo; continuava a perseguitarmi. Dovevo cercare di pensare a qualcosa d'altro. Ricorsi alla mia storia di fantasmi – quella noiosa, sfortunata storia di fantasmi! Oh, se solo fossi riuscita a trovarne una che spaventasse i miei lettori come mi ero spaventata io stessa quella notte!

Improvvisa e gradita come l'apparire della luce, l'idea mi si presentò. «Ho trovato! Quello che ha terrorizzato me può ben terrorizzare gli altri, devo solo descrivere lo spettro che ha visitato il mio capezzale a mezzanotte.» Il giorno dopo annunciai che avevo *pensato a una storia*. La cominciai quel giorno stesso con le parole *Era una terribile notte di novembre*, trascrivendo semplicemente i cupi terrori del mio incubo a occhi aperti.

All'inizio, pensavo solo a poche pagine – un racconto breve; ma Shelley mi spronò a sviluppare e ad ampliare l'idea. Non devo a mio marito alcun episodio né alcuno spunto emotivo; tuttavia, se non fosse stato per i suoi incitamenti, l'idea non avrebbe preso la forma con cui poi si presentò al mondo. Da questa dichiarazione devo escludere la prefazione. Per quanto mi ricordo, fu scritta interamente da lui.

E ora, ancora una volta, chiedo alla mia mostruosa progenie di andare per il mondo, augurandole buona fortuna. Nutro un certo affetto per lei, perché è la creatura di giorni felici, quando morte e dolore erano solo parole che non trovavano un'eco nella realtà del mio cuore. Le sue pagine parlano di tante passeggiate, gite in carrozza e conversazioni, quando non ero sola, e mi era compagno colui che non rivedrò più in questo mondo. Ma ciò riguarda solo me: i miei lettori non hanno nulla a che spartire con queste associazioni di idee.

Aggiungerò solo poche parole sui cambiamenti che ho apportato. Si tratta essenzialmente di cambiamenti di stile. Non ho variato alcuna parte della storia, né ho introdotto nuove idee o situazioni. Ho corretto il linguaggio dove era tanto crudo da interferire con l'interesse della narrazione e questi cambiamenti sono stati fatti quasi esclusivamente all'inizio del primo volume. Tutti si limitano comunque a parti che sono secondarie rispetto alla storia vera e propria, e non ne toccano il cuore e la sostanza.

M.W.S.

Londra, 15 ottobre 1831.

Prefazione all'edizione del 1818

Il Dottor Darwin e alcuni fisiologi tedeschi hanno ritenuto che l'ipotesi su cui si basa questo racconto non sia un caso impossibile. Spero non si supponga che io presti la benché minima fede alla realtà di questo frutto dell'immaginazione; d'altra parte, quando l'ho preso come punto di partenza per un lavoro di fantasia, non mi vedevo semplicemente nell'atto di tessere una serie di episodi soprannaturali e terrificanti. Il fatto da cui dipende tutto l'interesse della narrazione non presenta gli svantaggi tipici del mero racconto di spettri o di magia. Esso si raccomanda per la novità delle situazioni che permette di sviluppare, e, per quanto impossibile come realtà fisica, offre tuttavia all'immaginazione un punto di vista più ampio e inclusivo, nel delineare le passioni umane, di quello consentito dai normali rapporti tra eventi realmente accaduti.

Ho così tentato di restare fedele alla verità dei principi fondamentali della natura umana, mentre non mi sono fatta scrupolo di innovarne le combinazioni. L'*Iliade*, la poesia tragica greca – Shakespeare nella *Tempesta* e nel *Sogno di una notte di mezza estate* – e in particolar modo Milton nel *Paradiso perduto* seguono la stessa regola; e il più umile romanziere che cerchi di divertirsi o di divertire con il proprio lavoro, può senza presunzione permettersi nella narrativa in prosa un tipo di licenza, o meglio una regola, adottando la quale si sono già realizzate tante squisite combinazioni di sentimenti umani nei più alti capolavori di poesia.

La circostanza su cui si basa la mia storia fu suggerita per caso durante una conversazione. La storia stessa la cominciai in parte per divertimento e in parte per mettere alla prova le risorse inesplorate della mente. Altri motivi si mescolarono a questi man mano che il lavoro procedeva. Non sono affatto indifferente al modo in cui le tendenze morali implicite nei sentimenti e nei personaggi della storia possono influenzare il lettore, ma la mia preoccupazione principale in questo senso è stata solo di evitare gli effetti debilitanti dei romanzi odierni, e di mostrare le dolcezze degli affetti familiari e l'eccellenza della virtù come valore universale. Le opinioni che scaturiscono naturalmente dal carattere e dalla situazione del protagonista non debbono affatto essere considerate come sempre appartenenti alle mie convinzioni; né sarebbe giusto trarre dalle pagine che seguono delle conclusioni in contrasto con una qualsiasi dottrina filosofica.

Un ulteriore motivo di interesse per l'autore è il fatto che questa storia fu iniziata nelle regioni maestose dove si svolgono le scene principali, e in compagnia di persone che non si può non continuare a rimpiangere. Passai l'estate del 1816 nei dintorni di Ginevra. La stagione era fredda e piovosa, e la sera ci riunivamo intorno al camino acceso, e a volte ci divertivamo leggendo racconti di fantasmi, tradotti dal tedesco, che ci erano capitati tra le mani. Questi risvegliarono in noi il desiderio di imitarli, per gioco. Io e due altri amici (un racconto di uno di loro sarebbe molto più accetto al pubblico di qualsiasi cosa io possa mai sperare di produrre) decidemmo di scrivere una storia ciascuno, basata su qualche avvenimento soprannaturale.

Ma all'improvviso il tempo si rasserenò, e i miei due amici mi lasciarono per un viaggio sulle Alpi, e dimenticarono tra i loro magnifici scenari ogni memoria delle visioni di fantasmi che avevano avuto. Il racconto che segue è l'unico che sia stato portato a termine.

Marlow, settembre 1817.

Lettera 1

Alla Signora Saville, Inghilterra

Pietroburgo, 11 dicembre 17--

Ti rallegrerai nell'apprendere che nessun disastro ha accompagnato l'inizio di un'impresa alla quale tu guardavi con tanti cattivi presentimenti. Sono arrivato qui ieri, e la prima preoccupazione è stata di rassicurarti, cara sorella, sul fatto che sto bene e che nutro una fiducia crescente verso quanto ho intrapreso.

Sono già molto più a nord di Londra, e mentre cammino per le strade di Pietroburgo sento una fredda brezza di settentrione che mi sfiora le guance, mi rinvigorisce i nervi e mi riempie di gioia. Puoi capire questo mio sentimento? Questa brezza, che arriva dalle regioni verso cui sto andando, mi dà un assaggio di quei climi ghiacciati. Incoraggiati da questo vento pieno di promesse, i miei sogni a occhi aperti diventano più vividi e appassionati. Cerco invano di convincermi che il polo è il regno del gelo e della desolazione: alla mia fantasia si presenta sempre come una regione piena di bellezza e di delizia. Là, Margaret, il sole è sempre visibile: il suo ampio disco sfiora appena l'orizzonte e diffonde uno splendore perpetuo. Là – se mi consenti, sorella mia, di fidarmi dei navigatori che mi hanno preceduto – la neve e il gelo sono banditi, e, veleggiando su un mare calmo, si può essere trasportati in una terra che sorpassa per bellezza e meraviglia ogni regione del mondo finora scoperta. I suoi prodotti e il suo aspetto potrebbero essere senza uguali, come certo senza uguali sono i fenomeni dei corpi celesti in quelle solitudini mai raggiunte. Cosa non ci si può aspettare in un paese di luce eterna? Potrei scoprire là il meraviglioso potere che attira l'ago della bussola, e dare ordine alle migliaia di osservazioni celesti che attendono solo questo viaggio per essere sottratte alla loro apparente eccezionalità. Sazierò la mia ardente curiosità osservando una parte del mondo mai visitata prima, e potrò forse posare il piede su una terra che non ha mai visto orma umana. Queste sono le cose che mi attirano, e sono sufficienti a superare ogni timore di pericolo o di morte, nonché a indurmi a cominciare questo viaggio faticoso con la gioia di un bambino che sale sulla sua piccola barca, con i compagni di vacanza, per una spedizione alla scoperta del fiume natio. Ma anche supponendo che tutte queste congetture siano false, non puoi negare l'inestimabile beneficio che offrirei a tutta l'umanità fino all'ultima generazione se scoprissi, vicino al polo, un passaggio verso quelle terre che oggi richiedono molti mesi per raggiungerle, o se facessi luce sul segreto del magnetismo, cosa che, se mai è possibile, lo è solo con un'impresa come la mia.

Queste riflessioni hanno sciolto l'agitazione con cui avevo cominciato la mia lettera, e sento il cuore caldo di un entusiasmo che mi fa toccare il cielo, poiché nulla contribuisce a tranquillizzare la mente quanto un fermo proposito – un punto su cui l'animo possa fissare il suo occhio intellettivo. Questa spedizione è stata il mio sogno preferito fino dalla fanciullezza. Ho letto con ardore le varie relazioni di viaggi intrapresi con l'intento di arrivare all'Oceano Pacifico settentrionale attraverso i mari che circondano il polo. Forse ricordi che una storia di tutti i viaggi di esplorazione costituiva l'intera biblioteca del buon zio Thomas. La mia educazione fu trascurata, ma avevo una passione per la lettura. Studiavo su quei volumi giorno e notte, e questa familiarità accrebbe retrospettivamente il dispiacere provato da bambino, quando seppi che un ordine di mio padre sul letto di morte aveva proibito allo zio di lasciarmi imbarcare per la vita di mare.

Queste visioni impallidirono quando, per la prima volta, presi a scorrere le pagine di quei poeti le cui effusioni mi incantarono l'anima e l'innalzarono fino al cielo. Divenni poeta anch'io, e per un anno vissi in un paradiso di mia creazione; immaginavo di potere anch'io ottenere una nicchia nel tempio in cui erano venerati i nomi di Omero e di Shakespeare. Tu conosci bene il mio fallimento, e come mi sia stata dura la delusione. Ma proprio allora ereditai la fortuna di mio cugino, e il corso dei miei pensieri tornò alle inclinazioni precedenti.

Sei anni sono passati da quando mi sono deciso a questa spedizione. Posso ancora adesso ricordare il momento in cui presi a dedicarmi alla grande impresa. Cominciai addestrando il corpo alle fatiche. Mi unii ai pescatori di balene in diversi viaggi nel Mare del Nord, sopportai volontariamente il freddo, la fame, la sete e la mancanza di sonno; spesso lavoravo più duramente dei semplici marinai durante il giorno, e dedicavo la notte a studiare matematica, le teorie mediche e quei rami della fisica da cui un navigatore avventuroso può trarre i maggiori vantaggi pratici. Due volte, di fatto, mi arruolai come sottocapo su una baleniera groenlandese, e assolsi il mio compito alla perfezione. Devo confessare che mi sentii alquanto orgoglioso quando il capitano mi offrì il grado di secondo sulla nave e mi invitò calorosamente a restare: tanto preziosi considerava i miei servigi.

E ora, cara Margaret, non merito forse di compiere qualche grande impresa? La mia vita avrebbe potuto trascorrere tra gli agi e il lusso, ma ho preferito la gloria a ogni lusinga che la ricchezza ha posto sul mio cammino. Oh se qualche voce incoraggiante mi rispondesse affermativamente! Il mio coraggio e la mia risolutezza sono saldi, ma le mie speranze ondeggiano e lo spirito è sovente depresso. Sto per iniziare un lungo e difficile viaggio le cui incognite richiedono tutta la mia forza d'animo: mi si chiede non solo di risollevare lo spirito agli altri, ma qualche volta di sorreggere il mio quando il loro cede.

Questo è il periodo più favorevole per viaggiare in Russia. La gente vola veloce sulla neve con le slitte; esse sono piacevoli, e, a mio avviso, molto più comode delle diligenze inglesi. Il freddo non è eccessivo, se sei avvolto nelle pellicce – un modo di vestire che ho già adottato, perché c'è una grande differenza tra il camminare sul ponte di una nave e il restare seduto immobile per delle ore, senza alcun esercizio che impedisca al sangue di gelare letteralmente nelle vene. Non ho nessuna voglia di perdere la vita lungo la strada che va da Pietroburgo ad Arcangelo.

Partirò per quest'ultima cittadina fra due o tre settimane; una volta là, ho intenzione di noleggiare una nave, e non mi sarà difficile pagando l'assicurazione a favore del proprietario; ingaggerò poi tutti i marinai che reputo necessari tra coloro che sono abituati alla pesca delle balene. Non intendo far vela fino al mese di giugno; e quando ritornerò? Ah, cara sorella, come posso rispondere a questa domanda? Se avrò successo, passeranno molti e molti mesi, forse anni, prima che tu e io ci si incontri di nuovo. Se fallisco, mi rivedrai presto, oppure mai più.

Addio, mia cara, ottima Margaret. Che il cielo ti elargisca le sue benedizioni, e mi protegga, così che io possa dimostrare ancora e sempre la mia gratitudine per il tuo amore e la tua bontà.

Il tuo affezionato fratello,

R. Walton

Lettera II

Arcangelo, 28 marzo 17--

Come passa lentamente qui il tempo, circondato come sono dal gelo e dalla neve! Tuttavia, ho fatto un secondo passo verso l'attuazione della mia impresa. Ho noleggiato una nave, e ora sto raccogliendo i marinai: quelli che ho già ingaggiato sembrano uomini di cui mi posso fidare, e possiedono senza dubbio un coraggio indomabile.

Ma ho un desiderio che finora non sono stato in grado di soddisfare, e la sua mancata realizzazione la sento attualmente come il male più crudele. Non ho nessun amico, Margaret: quando sarò preso dall'entusiasmo per il successo, non ci sarà nessuno a partecipare della mia gioia; quando sarò assalito dalla delusione, nessuno cercherà di trarmi dallo sconforto. Affiderò i miei pensieri alla carta, è vero, ma è un mezzo insufficiente per comunicare i sentimenti. Desidero la compagnia di un uomo che sia in consonanza con me, i cui occhi rispondano ai miei. Penserai che sono un romantico, mia cara sorella, ma sento amaramente la mancanza di un amico. Non ho nessuno vicino, di animo gentile e insieme coraggioso, con una mente colta e aperta, i cui gusti siano simili ai miei, che approvi o disapprovi i miei piani. Un tale amico, come supplirebbe ai difetti del tuo povero fratello! Io sono troppo impetuoso nell'azione e troppo impaziente di fronte alle difficoltà. Ma un male anche peggiore è l'essermi educato da solo: per i primi quattordici anni della mia vita non ho fatto che scorrazzare per i prati, senza leggere nulla, tranne i libri di viaggio dello zio Thomas. Giunto a quell'età, ho scoperto i famosi poeti inglesi; ma è stato solo quando non ero ormai più in grado di trarne i massimi benefici che ho sentito la necessità di familiarizzarmi con altre lingue, oltre quella del mio paese natale. Ora ho ventotto anni, e sono in realtà più ignorante di un ragazzo di quindici. È vero che ho avuto più tempo per pensare, e che i miei sogni sono più vasti e magnifici, ma mancano di quel che i pittori chiamano *proporzioni*, e io ho un gran bisogno di un amico che abbia abbastanza buon senso da non disprezzarmi come romantico, e abbastanza affetto da tentare di disciplinare la mia mente.

Basta, queste lamentele sono inutili: non troverò certo un amico sul vasto oceano, e nemmeno qui ad Arcangelo, tra mercanti e marinai. Tuttavia, alcuni sentimenti, liberi dalle scorie della natura umana, palpitano anche in questi rudi petti. Il mio secondo, per esempio, è un uomo di un coraggio e di una intraprendenza magnifici; ha un folle desiderio di gloria, o meglio, per dirla in termini più concreti, di fare carriera nella sua professione. È un inglese, e nonostante i molti pregiudizi nazionali e professionali, non corretti dall'educazione, ha conservato alcune delle più nobili qualità umane. L'ho incontrato per la prima volta a bordo di una baleniera, e, visto che si trovava in questa città senza lavoro, l'ho facilmente convinto a collaborare alla mia impresa.

Il nostromo è una persona di indole eccellente, e a bordo è famoso per la gentilezza e la mitezza con cui tiene la disciplina. Questo fatto, insieme alla sua ben nota integrità e al suo intrepido coraggio, mi ha spinto a ingaggiarlo. Una giovinezza trascorsa in solitudine, e i miei anni migliori passati sotto le tue dolci cure femminili, hanno talmente affinato le basi del mio carattere, che non riesco a superare un'intensa antipatia per la brutalità che di solito si esercita a bordo di una nave: non ho mai creduto che fosse necessaria; e quando ho saputo di un uomo di mare che si distingueva per la gentilezza d'animo, e insieme per il rispetto e l'obbedienza da parte dei marinai, mi sono sentito particolarmente fortunato d'essere riuscito a ottenere i suoi servigi. Ho udito parlare di lui per la prima volta in modo piuttosto romantico, da una signora che gli deve la felicità. Questa, in breve, la sua storia. Alcuni anni fa, si innamorò di una giovane russa di condizioni modeste, e, poiché era riuscito a mettere insieme una somma considerevole coi premi di viaggio, il padre acconsentì al loro matrimonio. Prima della cerimonia, ebbe un incontro con la promessa sposa, che però si sciolse in lacrime, e, gettandoglisi ai piedi, lo implorò di lasciarla libera, confessandogli al tempo stesso che amava un altro, ma che questi era povero e suo padre non avrebbe mai consentito alla loro unione. Il mio generoso amico rassicurò la donna, si informò del nome dell'innamorato e rinunciò immediatamente alle sue pretese. Col denaro aveva già comprato una fattoria, dove aveva deciso di passare il resto dei suoi giorni; ma donò tutto al rivale, anche quanto gli rimaneva della somma perché ci acquistasse del bestiame, e poi sollecitò personalmente il padre ad acconsentire al matrimonio della figlia con l'uomo amato. Ma il vecchio rifiutò ritenendosi impegnato sul suo onore con il mio amico; questi, quando vide che il padre era inflessibile, abbandonò il paese, e non tornò finché non venne a sapere che la sua innamorata di un tempo si era sposata secondo le proprie inclinazioni. «Che animo nobile!»

esclamerai. Lo è di certo, e tuttavia manca completamente di educazione: silenzioso come un turco, la rozza noncuranza delle sue maniere, se rende la sua condotta ancora più stupefacente, toglie molto all'interesse e alla simpatia che altrimenti ispirerebbe.

Non credere però, siccome mi abbandono a qualche lamentela o immagino per i miei travagli una consolazione che forse non conoscerò mai, che i miei propositi vacillino. Questi sono immutabili come il fato, e il viaggio è rinviato solo fino a che il tempo mi permetterà di imbarcarmi. L'inverno è stato terribilmente rigido, ma la primavera promette bene e sembra molto in anticipo, cosicché, forse, salperò prima di quanto prevedessi. Non farò niente di impulsivo: mi conosci abbastanza per poterti fidare della mia prudenza e della mia attenzione, quando la sicurezza degli altri è affidata alle mie cure.

Non riesco a descrivere le mie sensazioni nel vedere così vicina l'impresa. È impossibile comunicarti il tremito, parte di piacere parte di paura, con cui mi preparo a salpare. Sto andando verso regioni inesplorate, verso "la terra della nebbia e delle nevi", ma non ucciderò alcun albatros, quindi non ti allarmare per la mia incolumità; e se invece dovessi tornare da te distrutto e carico di affanni come il "Vecchio Marinaio"? Sorriderai di questa allusione, ma ti voglio rivelare un segreto. Ho spesso attribuito il mio attaccamento, il mio appassionato entusiasmo per i pericolosi misteri dell'oceano a quella composizione del più immaginifico dei poeti moderni. C'è un meccanismo, nel mio animo, che non capisco. Sono industrioso nelle cose pratiche – accurato; un esecutore che lavora con impegno e costanza. Ma, al di là di questo, c'è un amore per il meraviglioso, una fede nel meraviglioso, intessuta in tutti i miei progetti, che mi spinge oltre i sentieri generalmente battuti dagli uomini, fino al mare selvaggio e alle sconosciute regioni che sto per esplorare.

Ma torniamo a considerazioni che mi sono più care. Ti vedrò ancora, dopo avere attraversato mari immensi ed essere ritornato passando per il capo più meridionale dell'Africa o dell'America? Non oso attendermi un tale successo, e tuttavia non sopporto di guardare all'altra faccia della medaglia. Continua per ora a scrivermi a ogni occasione che si presenti. Potrei ricevere le tue lettere proprio nel momento in cui ne avrò più bisogno per sostenere il mio spirito. Ti amo molto teneramente. Ricordami con affetto se non dovessi più ricevere mie notizie.

Il tuo affezionato fratello,

Robert Walton

Lettera III

Alla Signora Saville, Inghilterra

7 luglio 17--

Mia cara sorella,
scrivo poche righe in fretta per dirti che sto bene e
che il viaggio è a buon punto. Questa lettera raggiun-
gerà l'Inghilterra per mezzo di un mercante che vi fa
ritorno da Arcangelo: più fortunato di me che, forse,
non rivedrò la terra natia ancora per molti anni. Comunque, ho il morale alto; gli uomini sono coraggiosi e appaiono decisi, né sembrano spaventarli i la-
stroni di ghiaccio galleggiante che ci passano
continuamente accanto, segnalandoci i pericoli della
regione verso cui stiamo avanzando. Abbiamo già
raggiunto una considerevole latitudine nord; ma siamo in piena estate, e, anche se non caldi come in Inghilterra, i venti del sud, che ci spingono veloci verso
quelle coste che tanto ardentemente desidero raggiungere, soffiano con un tepore benefico che non
mi aspettavo.

Non ci è finora capitato alcun avvenimento degno
di nota. Una o due burrasche, e l'aprirsi di una falla,
sono incidenti che i navigatori esperti si ricordano a
malapena di registrare: e sarò ben contento se durante il viaggio non ci capiterà niente di peggio.

Addio, cara Margaret. Stai sicura che per il mio bene, oltre che per il tuo, non affronterò temerariamente
i pericoli. Sarò calmo, perseverante e prudente.

Ma il successo *dovrà* coronare i miei sforzi. Per-

ché no? Sono arrivato fino a questo punto traccian-
do una via sicura per mari mai solcati: le stelle me-
desime provano e testimoniano il mio trionfo. Perché non procedere ancora su questo elemento
indomabile ma obbediente? Cosa può fermare un
animo deciso e la ferma volontà dell'uomo?

Il mio cuore gonfio involontariamente trabocca
nell'esprimersi così. Ma devo smettere. Il cielo bene
dica la mia amata sorella!

R.W

Lettera IV

Alla Signora Saville, Inghilterra

5 agosto 17--

Ci è capitato un incidente così strano che non posso fare a meno di registrarlo, anche se è molto probabile che tu mi riveda prima che queste carte arrivino in tuo possesso.

Lunedì scorso (31 luglio) siamo stati quasi completamente circondati dal ghiaccio, che serrava la nave tutt'intorno lasciandole appena lo spazio di mare su cui galleggiava. La situazione era alquanto pericolosa, tanto più che eravamo avvolti da una densissima nebbia. Di conseguenza ci mettemmo fermi, sperando che si verificasse presto qualche cambiamento delle condizioni atmosferiche.

Verso le due, la nebbia si dissolse e noi scorgemmo vaste e irregolari pianure di ghiaccio che sembravano stendersi senza fine in tutte le direzioni. Alcuni dei miei compagni gemettero, e la mia mente cominciò a essere agitata da pensieri ansiosi, quando all'improvviso una strana apparizione attirò i nostri sguardi e ci distrasse dai nostri timori. Scorgemmo un veicolo basso, fissato su dei pattini e trainato da cani, che ci oltrepassava verso nord alla distanza di mezzo miglio; un essere di forma umana, ma apparentemente di statura gigantesca, sedeva nella slitta e guidava i cani. Seguimmo con i cannocchiali il rapido procedere del viaggiatore, finché non si perse in lontananza tra le irregolarità del ghiaccio.

Questo spettacolo suscitò in noi un indefinito senso di stupore. Pensavamo di trovarci a molte centinaia di miglia dalla terraferma, ma l'apparizione sembrava indicare che in realtà non eravamo distanti tanto quanto credevamo. Tuttavia, imprigionati dal ghiaccio, era impossibile seguirne la pista che avevamo osservato con la massima attenzione.

Circa due ore dopo questo avvenimento, sentimmo il mare agitarsi con forza, e prima di notte il ghiaccio si ruppe e lasciò libera la nave. Restammo tuttavia fermi fino al mattino, per paura di incappare nel buio in quei grandi blocchi galleggianti che vanno alla deriva dopo la rottura del ghiaccio. Approfittai di questa pausa per riposare alcune ore.

Al mattino però, appena fece giorno, salii sul ponte, e trovai tutti i marinai impegnati su un lato della nave a parlare, sembrava, con qualcuno in mare. Si trattava in realtà di una slitta, simile a quella che avevamo visto in precedenza, che durante la notte era stata trascinata alla deriva fino a noi su un largo pezzo di ghiaccio. Solo uno dei cani era ancora vivo, ma dentro la slitta c'era un essere umano che i marinai stavano cercando di convincere a salire a bordo. Questo non era, come invece sembrava l'altro viaggiatore, un abitante selvaggio di qualche isola sconosciuta, ma un europeo. Quando comparvi sul ponte, il nostromo disse: «Ecco il nostro capitano, lui non vi lascerà perire in mare».

Appena mi vide, lo sconosciuto mi si rivolse in inglese, anche se con un accento straniero: «Prima di salire a bordo della vostra nave» disse «volete avere la cortesia di informarmi dove siete diretti?».

Puoi immaginare il mio stupore a sentirmi rivolgere una tale domanda da un uomo sull'orlo della morte, e per il quale avrei immaginato che la mia nave rappresentasse un bene più prezioso di qualsiasi ricchezza sulla terra. Comunque, risposi che eravamo in viaggio di esplorazione verso il polo nord.

Parve soddisfatto di questo, e acconsentì a salire a bordo. Buon Dio! Margaret, se tu avessi visto l'uomo che così aveva trattato per la sua salvezza, la tua sorpresa sarebbe stata immensa. Aveva gli arti quasi congelati e il corpo orribilmente emaciato dalla fatica e dalle sofferenze. Non ho mai visto un uomo in condizioni tanto disperate. Cercammo di trasportarlo in cabina, ma appena lasciata l'aria aperta svenne. Lo riportammo allora sul ponte, e lo rianimammo sfregandolo con dell'acquavite e forzandolo a inghiottirne qualche sorso. Appena mostrò segni di vita, lo avvolgemmo in alcune coperte e lo sistemammo vicino al tubo della stufa di cucina. Lentamente si riebbe, e mangiò un po' di minestra, che lo ristorò notevolmente.

Passarono così due giorni prima che fosse in grado di parlare, e spesso temetti che i patimenti gli avessero tolta la ragione. Quando si fu in parte rimesso, lo trasferii nella mia cabina, e lo assistetti quanto me lo permettevano i miei doveri. Non ho mai incontrato una creatura più interessante: i suoi occhi hanno di solito un'espressione selvaggia, quasi di pazzia; ma ci sono momenti in cui, se qualcuno fa un atto di gentilezza verso di lui o gli rende il più piccolo servigio, tutto il viso gli si illumina come di un raggio di bontà e dolcezza di cui non ho mai visto l'eguale. Ma per lo più egli sembra malinconico e disperato, e a volte digrigna i denti, come se non sopportasse il peso della pena che lo opprime.

Quando il mio ospite si fu un po' rimesso, feci molta fatica a tenere lontani gli uomini dell'equipaggio che desideravano fargli mille domande: ma non potevo permettere che venisse tormentato dalla loro superficiale curiosità, trovandosi in uno stato fisico e mentale la cui guarigione dipendeva chiaramente dall'assoluto riposo. Una volta, però, il mio secondo chiese perché si era avventurato tanto lontano sul ghiaccio con un veicolo così strano.

Il suo viso assunse di colpo l'espressione del più cupo abbattimento, ed egli replicò: «Per cercare uno che mi fuggiva».

«E l'uomo che inseguivate viaggiava con un mezzo come il vostro?»

«Sì.»

«Allora ho l'impressione che l'abbiamo visto, perché il giorno prima di raccogliervi scorgemmo tra i ghiacci dei cani che tiravano una slitta con dentro un uomo.»

Questo risvegliò l'attenzione dello sconosciuto, ed egli fece un'infinità di domande a proposito della direzione che il demonio, come lo chiamò, aveva preso. Poco dopo, quando restò solo con me, disse: «Senza dubbio, ho suscitato la vostra curiosità, oltre quella di questa brava gente; ma voi siete troppo discreto per interrogarmi».

«Certo: sarebbe molto inopportuno e crudele darvi pena con le mie domande.»

«Eppure mi avete salvato da una situazione ben strana e pericolosa, mi avete premurosamente riportato in vita.»

Poco dopo mi domandò se pensavo che la rottura dei ghiacci avesse distrutto l'altra slitta. Replicai che non potevo rispondere con certezza, perché il ghiaccio non si era spezzato che verso mezzanotte, e il viaggiatore poteva essersi già messo in salvo prima di allora: ma di questo non ero in grado di giudicare.

Da quel momento una nuova vitalità animò il corpo sfinito dello sconosciuto. Manifestò un gran desiderio di stare sul ponte per vedere se quella slitta riappariva; ma sono riuscito a persuaderlo a restare in cabina, perché è troppo debole per sopportare il rigore della temperatura. Gli ho promesso che qualcuno starà di guardia al suo posto, e gli farà immediatamente sapere se qualcosa di nuovo appare all'orizzonte.

Questo è, fino a oggi, il mio diario sullo strano episodio. Lo sconosciuto è gradualmente migliorato di salute, ma è molto silenzioso, e appare a disagio se qualcuno, tranne me, entra nella sua cabina. Tuttavia, i suoi modi sono così concilianti e gentili che i marinai sono tutti interessati a lui, anche se hanno avuto poche occasioni di parlargli. Da parte mia, comincio ad amarlo come un fratello, e la sua pena profonda e continua mi riempie di simpatia e di compassione. Deve essere stata una ben nobile creatura nei suoi giorni migliori, se ancora adesso, quasi distrutto, è così amabile e affascinante.

Ho detto in una delle mie lettere, cara Margaret, che non avrei potuto trovare nessun amico sul vasto oceano: invece, ho incontrato un uomo che, prima che il suo spirito fosse abbattuto dalla sventura, sarei stato felice di avere come fratello del cuore.

Continuerò a intervalli il mio diario sullo straniero, se avrò nuovi avvenimenti da registrare.

13 agosto 17--

L'affetto per il mio ospite aumenta ogni giorno di più. Egli mi suscita insieme straordinaria ammirazione e pietà. Come posso guardare una così nobile creatura distrutta dalla pena, senza provare il più acuto dolore? È così delicato, eppure tanto saggio, e molto colto; e quando parla, le sue parole, benché scelte con la cura più squisita, fluiscono con una facilità ed eloquenza senza pari.

Si è ora ben ristabilito dalla sua malattia, e sta continuamente sul ponte, in attesa, pare, della slitta che precedeva la sua. Tuttavia, benché infelice, non è assorbito così completamente dalla sua pena da non interessarsi molto dei progetti altrui. Del mio, ha parlato spesso con me, e io l'ho messo a parte di tutto senza nascondergli nulla. Ha discusso attentamente tutti gli argomenti a favore di un mio possibile successo, e ogni minimo particolare delle misure che ho preso per conseguirlo. Sono stato facilmente indotto, dalla simpatia che mi dimostrava, a usare il linguaggio del cuore, a dare espressione all'ardore bruciante della mia anima, e a dire, con tutto il fervore che mi possedeva, come volentieri avrei sacrificato la mia fortuna, la mia esistenza e ogni speranza pur di riuscire nell'impresa. La vita o la morte di un uomo sarebbero stati un prezzo insignificante da pagare per l'acquisto della conoscenza che cercavo, per il dominio che avrei ottenuto, e tramandato, sugli elementi nemici della nostra razza. Mentre parlavo, una cupa tristezza si diffuse sul viso del mio ascoltatore. Dapprima notai che tentava di reprimere l'emozione; si mise una mano sugli occhi, e la voce mi tremò e venne meno quando vidi le lacrime scorrergli tra le dita – un gemito uscì dal suo petto ansante. Feci una pausa – infine egli parlò, con voce spezzata: «Infelice! Tu condividi dunque la mia pazzia? Hai bevuto anche tu quel liquido intossicante? Ascoltami – lascia che ti riveli la mia storia, e getterai la coppa lontano dalle labbra!».

Tali parole, come puoi immaginare, suscitarono la mia più viva curiosità; ma il parossismo di dolore che aveva colto lo straniero fu eccessivo per le sue deboli forze, e occorsero molte ore di riposo e di conversazione tranquilla per ridargli la calma.

Una volta superata la violenza dei sentimenti,

sembrò disprezzarsi per essersi lasciato sopraffare dalla passione, e, soffocando la cupa tirannia della disperazione, mi indusse di nuovo a parlare di me. Mi chiese di raccontargli i miei primi anni di vita. La storia fu presto detta, ma risvegliò tutta una serie di riflessioni. Parlai del desiderio di trovare un amico – della mia sete per un rapporto d'affinità più intimo di quanto non mi fosse capitato finora – e manifestai la convinzione che un uomo poteva vantarsi di una felicità ben misera se non aveva goduto di questa fortuna.

«Sono d'accordo con voi» replicò lo straniero «siamo solo delle creature informi, incomplete, se uno più saggio, migliore e più caro a noi di noi stessi – così dovrebbe essere un amico – non ci aiuta a perfezionare la nostra natura debole e difettosa. Una volta ebbi un amico, la più nobile delle creature, e mi sento quindi in diritto di giudicare dell'amicizia. Voi avete ancora delle speranze, il mondo vi si apre davanti, non avete alcun motivo di disperarvi. Ma io ho perso tutto, e non posso ricominciare la vita daccapo.»

Mentre diceva così, il suo volto assunse l'espressione di un dolore tanto calmo e intenso che mi toccò il cuore. Ma non aggiunse altro, e poco dopo si ritirò nella sua cabina.

Benché distrutto nell'animo, nessuno sente più profondamente di lui le bellezze della natura. Il cielo stellato, il mare, ogni spettacolo di queste meravigliose regioni sembra ancora avere il potere di innalzare il suo spirito al di sopra della terra. Un simile uomo ha una doppia esistenza: può soffrire miseramente ed essere sopraffatto dalle delusioni, e tuttavia, quando si è ritirato in se stesso, sarà come uno spirito celeste, che ha un alone intorno a sé entro il cui ambito né pena né follia si avventurano.

Sorriderai del mio entusiasmo per questo divino

viandante? Non lo faresti, se tu lo vedessi. Ti hanno istruita e affinata i libri e l'isolamento dal mondo, e sei perciò alquanto esigente: ma proprio questo ti rende ancora più adatta ad apprezzare i meriti straordinari di quest'uomo incredibile. A volte ho tentato di scoprire qual è la qualità che lo eleva così smisuratamente al di sopra di qualsiasi persona abbia mai conosciuto. Credo si tratti di una capacità intuitiva di discernere, di giudicare rapidamente ma in modo infallibile, di penetrare le ragioni delle cose, che non ha uguali per chiarezza e precisione; aggiungi a questo una facilità di espressione, e una voce le cui varie tonalità sono come musica che soggioga l'anima.

19 agosto 17--

Ieri lo straniero mi ha detto: «Potete facilmente intuire, capitano Walton che ho sofferto grandi e inaudite disgrazie. Avevo deciso, un tempo, che la memoria di questi mali sarebbe morta con me, ma mi avete convinto a cambiare la mia decisione. Voi cercate conoscenza e saggezza, come me una volta, e spero ardentemente che l'avverarsi dei vostri desideri non si trasformi in un serpente che vi morda, come è stato per me. Non so se il racconto delle mie disgrazie vi sarà utile; pure, quando penso che state seguendo il mio stesso percorso, esponendovi agli stessi pericoli che mi hanno ridotto in questo stato, credo che forse potrete trarre dalla mia storia una morale adatta a guidarvi, se avrete successo nell'impresa, o a consolarvi in caso di fallimento. Preparatevi a udire casi che di solito sono ritenuti impossibili. Se ci trovassimo tra scenari meno imponenti, temerei di suscitare la vostra incredulità, e forse la vostra irrisione, ma molte cose sembrano possibili in queste regioni selvagge e misteriose, che invece provocherebbero il riso di quanti non hanno conosciuto i poteri sempre mutevoli della natura: né dubito che la mia storia contenga nel suo stesso svolgimento le prove interne della veridicità degli eventi che la compongono».

Puoi facilmente immaginare quanto sia stato lusingato da questa offerta; pure, non riuscivo a sopportare l'idea che egli dovesse rinnovellare il suo dolore con il racconto delle proprie disavventure. Ero impaziente di ascoltare la narrazione promessa, parte per la curiosità, parte per il desiderio profondo di alleviare il suo destino, se fosse stato in mio potere. Espressi questi sentimenti nella mia risposta.

«Vi ringrazio» replicò «per la vostra simpatia, ma è inutile: il mio destino è quasi compiuto. Attendo solo un avvenimento, e poi riposerò in pace. Capisco il vostro sentimento» continuò, accorgendosi che volevo interromperlo «ma vi sbagliate, amico mio, se mi permettete di chiamarvi così niente può cambiare il mio destino: ascoltate la mia storia e vi renderete conto di quanto esso sia irrevocabilmente fissato.»

Quindi mi annunciò che avrebbe cominciato la narrazione il giorno seguente, quando fossi stato libero. La promessa suscitò i miei ringraziamenti più calorosi. Ho deciso che ogni sera, quando non sarò assolutamente costretto a occuparmi dei miei doveri, trascriverò, per quanto possibile con le sue stesse parole, quello che egli mi avrà raccontato durante il giorno. Se sarò impegnato, farò almeno degli appunti. Questo manoscritto darà senza dubbio a te grandissimo piacere, ma quanto a me, che lo conosco e sento la storia proprio dalle sue labbra, con quale interesse e partecipazione lo leggerò nei giorni a venire! Anche ora, mentre mi accingo al mio compito, la sua calda voce mi risuona nelle orecchie; gli occhi lucenti mi fissano con la loro dolcezza malinconica; vedo la mano sottile levata nell'animazione del racconto, mentre i lineamenti del viso sono irradiati dal suo spirito. Strana e dolorosa deve essere la sua storia, paurosa la tempesta che ha abbracciato la coraggiosa imbarcazione nel corso del suo viaggio e l'ha fatta naufragare – così!

Capitolo 1

Sono d'origine ginevrina, e la mia famiglia è una delle più illustri di quella repubblica. I miei antenati sono stati per molti anni consiglieri e magistrati, e mio padre ha ricoperto diverse cariche con onore e stima di tutti. Era rispettato da quanti lo conoscevano per la sua integrità e la cura instancabile negli affari pubblici. Aveva trascorso gli anni giovanili perennemente impegnato nelle questioni del suo paese; una serie di circostanze gli aveva impedito di sposarsi prima, e fu solo sul declinare della vita che divenne marito e padre di famiglia.

Dato che le circostanze del suo matrimonio ne illustrano il carattere, non posso fare a meno di raccontarle. Uno dei suoi più intimi amici era un mercante che, da condizioni floride, per un susseguirsi di rovesci di fortuna, cadde in miseria. Quest'uomo, che si chiamava Beaufort, aveva un carattere rigido e orgoglioso e non riuscì a sopportare il vivere povero e oscuro in quello stesso paese dove si era prima distinto per rango e magnificenza. Dopo aver pagato i suoi debiti nella maniera più onorevole, si rifugiò perciò con la figlia nella città di Lucerna, dove visse povero e sconosciuto. Mio padre amava Beaufort della più sincera amicizia, e fu profondamente addolorato del suo ritiro, in queste circostanze sfortunate. Deplorava amaramente il falso orgoglio che aveva

37

ındotto l'amıco a una condotta così poco degna dell'affetto che li univa. Non perse tempo nel tentare di ritrovarlo, nella speranza di persuaderlo a ricominciare tutto da capo con l'aiuto del suo credito e della sua assistenza.

Beaufort aveva preso misure efficaci per nascondersi, e passarono dieci mesi prima che mio padre scoprisse dove abitava. Pieno di gioia per la scoperta, si affrettò a raggiungere quella casa in una stradina, vicino al Reuss. Ma quando entrò, lo accolsero solo miseria e disperazione. Beaufort non aveva salvato dal naufragio della sua fortuna altro che una piccola somma, sufficiente tuttavia a mantenerlo per qualche mese. Nel frattempo sperava di procurarsi un'occupazione decorosa presso qualche mercante. Passò dunque questo intervallo di tempo nell'inazione; solo che il suo dolore, non appena ebbe agio di riflettere, divenne più profondo e cosciente, e alla fine si impossessò a tal punto della sua mente che, nel volgere di tre mesi, egli giaceva a letto malato, incapace di ogni attività.

Sua figlia lo curava con la più grande tenerezza; tuttavia vedeva con disperazione che i loro fondi diminuivano rapidamente, e che non c'era nessun'altra prospettiva di aiuto. Ma Caroline Beaufort possedeva un animo non comune, e il suo coraggio venne a sostenerla nell'avversità. Si procurò dei lavori umili: intrecciando paglia e in vari altri modi riusciva a guadagnare delle piccole somme, a malapena sufficienti per tirare avanti.

Passarono così diversi mesi. Suo padre peggiorò; lei dedicava ancora più tempo a curarlo, per cui i mezzi di sussistenza diminuirono, e al decimo mese il padre le morì tra le braccia, lasciandola orfana e in miseria. Quest'ultimo colpo la sopraffece, e piangeva amaramente inginocchiata accanto alla bara di Beaufort, quando mio padre entrò nella stanza. Egli giunse come un angelo protettore per la povera ragazza, che si affidò alle sue cure; e, dopo la sepoltura dell'amico, egli la condusse a Ginevra e l'affidò a una parente. Due anni dopo Caroline divenne sua moglie.

C'era una notevole differenza d'età tra i miei genitori, ma questo sembrava unirli ancora di più con legami di affetto devoto. Un senso di rettitudine nell'animo onesto di mio padre rendeva necessario ch'egli stimasse molto qualcuno prima di poterlo amare profondamente. Forse in anni precedenti aveva sofferto dell'indegnità, tardivamente scoperta, di una persona amata, ed era quindi propenso ad attribuire ancora più valore alla virtù già messa alla prova. C'era un atteggiamento di gratitudine e di adorazione nel suo attaccamento per mia madre, completamente diverso dall'affetto melenso di un vecchio, perché ispirato dal rispetto per i meriti di lei e dal desiderio di essere lo strumento che in qualche modo la ricompensasse delle sofferenze patite; e questo dava una squisitezza inesprimibile al suo comportamento. Faceva di tutto per soddisfare i suoi desideri e le sue esigenze. Si sforzava di proteggerla, come un giardiniere nei confronti di un bel fiore esotico, da ogni vento impetuoso, e di circondarla di tutto ciò che poteva suscitare emozioni piacevoli nella sua anima mite e benevola. La salute di lei, e persino la tranquillità del suo spirito, fino allora inalterate, erano state scosse dagli eventi che aveva vissuto. Durante i due anni che precedettero il matrimonio, mio padre aveva gradualmente abbandonato tutti i suoi incarichi pubblici, e subito dopo la loro unione essi cercarono nel clima favorevole dell'Italia e nel cambiamento di scena e di interessi, che sempre accompagna un viaggio in quella terra di meraviglie, una medicina per il fisico indebolito di mia madre.

Dopo l'Italia visitarono la Germania e la Francia.

Io, il loro primogenito, nacqui a Napoli, e fin da quando ero in fasce li accompagnai nelle loro peregrinazioni. Per diversi anni restai il loro unico figlio. Per quanto devoti l'uno all'altra, essi sembravano attingere, come da una miniera d'amore, inesauribili riserve d'affetto da riversare su di me. Le tenere carezze di mia madre e il sorriso di benevola gioia di mio padre, quando mi guardava, costituiscono i miei primi ricordi. Ero il loro giocattolo e il loro idolo, e anche qualcosa di più: il loro figlio, l'innocente e debole creatura concessa dal cielo per essere allevato al bene, e il cui futuro stava a loro avviare verso la felicità o verso il dolore, a seconda di come avrebbero assolto ai loro doveri verso di me. Con questa coscienza di quanto dovevano alla creatura a cui avevano dato la vita, e con in più un attivo spirito di tenerezza che li animava entrambi, si può immaginare come, pur ricevendo in ogni momento della mia infanzia una lezione di pazienza, carità e autocontrollo, fossi tenuto con briglie di seta, così che tutto mi sembrava solo un susseguirsi di avvenimenti piacevoli.

Per lungo tempo fui il solo oggetto delle loro cure. Mia madre aveva molto desiderato una figlia, ma io continuavo a essere il loro unico rampollo. Quando ebbi circa cinque anni, durante una gita al di là della frontiera italiana, passarono una settimana sulle rive del lago di Como. La loro natura caritatevole li faceva spesso entrare nei casolari della povera gente. Questo per mia madre era più che un dovere; per lei era una necessità, una passione, comportarsi a sua volta come un angelo protettore per gli afflitti, ricordando quanto lei stessa avesse sofferto e come fosse stata soccorsa. Durante una delle passeggiate, una povera capanna tra i recessi di una valle attirò la loro attenzione, per l'aspetto particolarmente desolato e per i numerosi bambini seminudi che vi stavano accanto, rivelatori di una miseria nel suo aspetto peggiore. Un giorno che mio padre era andato da solo a Milano, mia madre visitò il casolare in mia compagnia. Vi trovò un contadino e sua moglie, due persone segnate dal lavoro, piegate dalla fatica e dalle preoccupazioni, che distribuivano un magro pasto a cinque bambini affamati. Tra essi una in particolare attirò l'attenzione di mia madre. Sembrava di un ceppo diverso. Gli altri quattro erano piccoli monelli dagli occhi scuri e l'aria robusta, questa era sottile e di carnagione chiarissima. I capelli erano di un oro acceso e splendente, e, nonostante la povertà degli abiti, sembravano comporre una corona di distinzione sul capo. La fronte era alta e spaziosa, gli occhi blu senza ombre, le sue labbra e la forma del viso esprimevano una tale sensibilità e dolcezza che nessuno poteva guardarla senza crederla di una specie diversa: un essere mandato dal cielo, che aveva un'impronta celeste in tutte le sue fattezze.

La contadina, notando che mia madre fissava con stupore e ammirazione la bella bambina, le raccontò subito la storia. Non era figlia sua ma di un nobile milanese. Sua madre era tedesca ed era morta nel darla alla luce. La piccola era stata messa a balia presso queste brave persone, che allora stavano meglio, non erano sposati da molto, e il loro primogenito era appena nato. Il padre della creatura a loro affidata era uno di quegli italiani cresciuti nel ricordo dell'antica gloria d'Italia – uno di quegli *schiavi ognor frementi* che si sforzano di conquistare la libertà del proprio paese. La debolezza dell'Italia ne aveva fatto una vittima. Non si sapeva se fosse morto o se languisse ancora nelle prigioni austriache. Le sue proprietà erano state confiscate, e la bambina era rimasta orfana e senza mezzi. Aveva continuato a vivere presso i genitori adottivi, fiorendo nella loro povera dimora più bella di una rosa di giardino tra scuri rovi.

Quando mio padre tornò da Milano, trovò a giocare con me nella sala della nostra villa una bambina più bella di un dipinto di cherubino – una creatura che sembrava irraggiare luce dal suo aspetto, e il cui corpo e i cui movimenti erano più leggeri dei camosci sui monti. Questa apparizione fu presto spiegata. Col permesso di mio padre, mia madre convinse i rustici guardiani ad affidargliene la custodia. Erano molto affezionati alla dolce orfana, la sua presenza era sembrata una benedizione, ma sarebbe stato ingiusto verso di lei farla vivere nella povertà e nel bisogno quando la Provvidenza le offriva una protezione così sicura. Consultarono il prete del villaggio, e il risultato fu che Elizabeth Lavenza entrò a far parte della nostra famiglia – per me più che una sorella – la bellissima e adorata compagna di tutte le mie attività e di tutti i miei giochi.

Non c'era nessuno che non amasse Elizabeth. L'attaccamento appassionato e quasi reverente di cui tutti la circondavano divenne per me, che lo condividevo, fonte d'orgoglio e di piacere. La sera prima che la portassero a casa nostra, mia madre aveva detto scherzosamente: «Ho un bel regalo per il mio Victor – lo riceverà domani». E quando l'indomani mi presentò Elizabeth come il dono promesso, io, con serietà fanciullesca, interpretai le sue parole alla lettera, e considerai Elizabeth come mia – mia da proteggere, da amare e da accudire. Tutte le lodi fatte a lei le consideravo fatte a qualcosa che mi apparteneva. Ci chiamavamo l'un l'altro familiarmente col nome di cugini. Nessuna parola, nessuna espressione può dare l'idea del tipo di rapporto che mi legava a lei – mia più che una sorella, perché fino alla morte sarebbe stata soltanto mia.

Capitolo II

Fummo allevati insieme; non c'era neanche un anno di differenza tra noi. Non ho bisogno di dire che non conoscemmo mai disaccordo o litigio. L'armonia era l'essenza della nostra amicizia, e la diversità e il contrasto dei nostri caratteri non faceva che avvicinarci di più. Elizabeth era di natura più calma e riflessiva, ma, con tutto il mio ardore, io avevo una più intensa capacità di applicazione ed ero più profondamente infiammato dalla sete di conoscenza. Ella si impegnava a seguire le aeree costruzioni dei poeti, e tra gli scenari maestosi e stupendi che circondavano la nostra casa svizzera – le forme sublimi delle montagne, i cambiamenti delle stagioni, le tempeste e i periodi di calma, il silenzio degli inverni e la vita turbinosa delle nostre estati sulle Alpi – ella trovava largo campo per l'ammirazione e il diletto. Mentre la mia compagna contemplava con spirito serio e appagato le splendide manifestazioni delle cose, io mi dilettavo a investigarne le cause. Il mondo era per me un segreto da divinare. La curiosità, l'ardente desiderio di scoprire le leggi nascoste della natura, la felicità, simile all'estasi, quando queste mi si spiegavano davanti, sono tra le primissime sensazioni che io ricordi.

Alla nascita di un secondo figlio, più giovane di me di sette anni, i miei genitori rinunciarono del tutto alla loro vita errabonda e si stabilirono definitivamente nel loro paese natale. Avevamo una casa a Ginevra e una in campagna, a Belrive, sulla sponda orientale del lago, a poco più di una lega dalla città. Vivevamo soprattutto in quest'ultima, e la vita dei miei genitori trascorreva assai appartata. Era nel mio temperamento evitare la folla e affezionarmi solo a pochi. Ero quindi indifferente ai miei compagni di scuola in generale, ma con uno di essi strinsi i legami della più calda amicizia: Henry Clerval, figlio di un mercante di Ginevra. Era un ragazzo di un talento e di una immaginazione singolari. Amava le imprese, le difficoltà e persino i pericoli per se stessi. Conosceva a fondo i romanzi cavallereschi e fantastici. Componeva poemi eroici, e cominciò a scrivere molte storie di incantamenti e di avventure cavalleresche. Cercò di farci recitare commedie e partecipare a mascherate, i cui personaggi erano inspirati agli eroi di Roncisvalle, della Tavola Rotonda di Re Artù e a tutta quella schiera di cavalieri che avevano versato il loro sangue per riscattare il Santo Sepolcro dalle mani degli infedeli.

Nessuno avrebbe potuto trascorrere una fanciullezza più felice della mia. I miei genitori erano la quintessenza della bontà e dell'indulgenza. Li sentivamo non come tiranni che governavano le nostre sorti secondo il loro capriccio, ma come i fautori e i creatori delle molte delizie di cui godevamo. Quando andavo in visita presso altre famiglie, mi rendevo conto di quanto fossi particolarmente fortunato, e la gratitudine favoriva lo svilupparsi dell'amore filiale.

Il mio carattere era talvolta violento, e le mie passioni focose, ma per qualche legge insita nella mia natura queste non si traducevano in giochi infantili bensì in un ardente desiderio di apprendere, ma non di imparare tutto indiscriminatamente. Confesso che né la struttura delle lingue, né l'ordinamento degli stati né la loro politica avevano molte attrattive per me. Erano i segreti del cielo e della terra che desideravo conoscere, e, sia che mi occupassi della sostanza apparente delle cose o dello spirito nascosto della natura, o dell'animo misterioso dell'uomo, tutte le mie ricerche tendevano sempre ai segreti metafisici o, nel significato più alto, fisici del mondo.

Nel frattempo Clerval si occupava, per così dire, dei nessi morali delle cose. Il palcoscenico movimentato della vita, le virtù degli eroi e le azioni degli uomini erano il suo tema preferito; la sua speranza e il suo sogno erano di diventare uno di quegli uomini che sono passati alla storia come benefattori nobili e avventurosi dell'umanità. L'anima santa di Elizabeth splendeva come una lampada d'altare nella pace della nostra casa. La sua simpatia non ci veniva mai meno; il suo sorriso, la sua voce armoniosa, lo sguardo dolce dei suoi occhi celestiali ci benedivano e ci incitavano continuamente. Era lo spirito vivente dell'amore che addolcisce e attira; avrei potuto diventare di umore intrattabile a causa dei miei studi, e di modi bruschi per l'ardore della mia natura, se non ci fosse stata lei a placarmi e a farmi assumere qualche parvenza della sua gentilezza d'animo. E Clerval – poteva qualche difetto alloggiare nella nobile natura di Clerval? Tuttavia egli non avrebbe potuto essere così compiutamente umano, così delicato nella sua generosità, così pieno di cortesia e tenerezza, pur nella sua passione per le imprese avventurose, se ella non gli avesse rivelato la vera bellezza del fare il bene e non gli avesse insegnato che questo era lo scopo e il fine ultimo della sua ardente ambizione.

Provo un piacere squisito a soffermarmi su questi ricordi della mia fanciullezza, prima che la sfortuna guastasse la mia anima e trasformasse le sue luminose visioni di utilità universale in cupe e meschine riflessioni su se stessa. Inoltre, nel tracciare l'immagine dei miei primi anni, registro anche quegli avvenimenti che hanno sotterraneamente portato alla mia successiva storia di infelicità; perché, quando cerco di rendermi conto di come sia nata quella passione che in seguito governò il mio destino, la vedo scaturire come un ruscello di montagna, da sorgenti umili e quasi dimenticate, per poi, gonfiandosi nel procedere, diventare il torrente che nel suo corso ha travolto tutte le mie speranze e le mie gioie.

La filosofia naturale è il genio che ha governato il mio destino; desidero quindi, in questa narrazione, esporre i fatti che mi hanno portato a prediligere questa scienza. Quando avevo tredici anni, andammo in gita di piacere ai bagni vicino a Thonon; il tempo inclemente ci costrinse a restare rinchiusi per una giornata intera nella locanda, e qui mi capitò tra le mani un volume degli scritti di Cornelio Agrippa. Lo aprii distrattamente; la teoria che egli tenta di dimostrare e i fatti straordinari che espone, mutarono presto la mia indifferenza in entusiasmo. Una nuova luce sembrò accendersi nella mia mente, e, pieno di gioia, corsi a comunicare la scoperta a mio padre. Questi diede un'occhiata distratta al frontespizio del libro e esclamò: «Ah! Cornelio Agrippa! Mio caro Victor, non sprecare il tuo tempo con lui: è robaccia».

Se invece di questa osservazione mio padre si fosse sforzato di spiegarmi che i principi di Agrippa erano stati completamente invalidati, e che era stato introdotto un metodo scientifico moderno che aveva meriti ben maggiori dell'antico, perché le possibilità di quest'ultimo erano chimeriche mentre quelle del nuovo erano pratiche e concrete, in tal caso avrei certo messo da parte Agrippa e avrei soddisfatto la mia immaginazione così eccitata applicandomi con ardore rinnovato ai miei studi precedenti. È persino possibile che il corso dei miei pensieri non avrebbe mai ricevuto l'impulso fatale che portò alla mia rovina. Ma l'occhiata frettolosa che mio padre aveva dato al volume non mi aveva per nulla convinto che egli ne conoscesse il contenuto, e io continuai a leggerlo con la massima avidità.

Tornati a casa, la mia prima preoccupazione fu di procurarmi tutti gli scritti di questo autore, e poi quelli di Paracelso e di Alberto Magno. Lessi e studiai le stravaganti fantasie di questi scrittori con piacere: mi sembravano tesori conosciuti da pochi a parte me. Ho già detto come fossi sempre stato acceso dall'ardente desiderio di penetrare i segreti della natura, e nonostante l'intenso lavoro e le meravigliose scoperte dei filosofi moderni, riemergevo sempre dai miei studi scontento e insoddisfatto. Si dice che Isaac Newton abbia confessato di sentirsi come un bambino che raccoglie conchiglie sulla riva dell'immenso e inesplorato oceano della verità. Dei suoi successori nei vari rami della filosofia naturale, quelli che conoscevo apparivano persino alla mia intelligenza di ragazzo come principianti intenti alla stessa ricerca.

Il contadino ignorante distingue gli elementi intorno a sé e ne conosce l'uso pratico. Il più sapiente filosofo non ne sapeva molto di più: aveva parzialmente alzato il velo dal volto della Natura, ma i suoi lineamenti immortali restavano un mistero e un interrogativo. Egli poteva sezionare, anatomizzare e assegnare nomi; ma, anche lasciando stare la causa ultima, persino le cause di secondo e terzo grado gli erano totalmente sconosciute. Io avevo scrutato le fortificazioni e gli ostacoli che sembravano impedire agli esseri umani l'accesso alla cittadella della natura, e senza riflettere e da ignorante me ne ero afflitto.

Ma qui c'erano libri e uomini che erano andati più

a fondo e ne sapevano di più. Presi per vero quello che affermavano e divenni loro discepolo. Può sembrare strano che un simile fatto sia accaduto in pieno diciottesimo secolo; ma, anche se seguivo il normale corso di studi nelle scuole di Ginevra, ero in gran parte un autodidatta nei miei studi preferiti. Mio padre non aveva interessi scientifici, e io ero solo a dibattermi con l'incompetenza di un bambino unita a una sete di conoscenza da studioso. Sotto la guida dei miei nuovi precettori mi misi con estrema diligenza alla ricerca della pietra filosofale e dell'elisir di lunga vita, e su quest'ultimo ben presto si concentrò tutto il mio interesse. La ricchezza era uno scopo basso, inferiore; quale gloria invece avrebbe accompagnato le mie scoperte, se fossi riuscito a bandire le malattie del corpo umano, e a rendere l'uomo invulnerabile a tutti i tipi di morte, eccetto quella violenta!

Né queste erano le mie uniche visioni. L'evocazione di fantasmi o di demoni era una promessa fatta di continuo dai miei autori favoriti, e io ne cercavo la realizzazione con ardore; se i miei incantesimi non avevano successo, ne attribuivo il fallimento alla mia inesperienza e ai miei errori piuttosto che a una mancanza di scienza o veridicità nei miei autori. Così per un certo periodo mi occupai di sistemi superati, mescolando da inesperto mille teorie contraddittorie, e dibattendomi in un pantano di conoscenze affastellate, guidato da una immaginazione ardente e da una logica infantile, finché un incidente cambiò di nuovo il corso delle mie idee.

Quando avevo circa quindici anni, eravamo andati a vivere nella nostra casa vicino a Belrive, dove fummo testimoni di un temporale estremamente violento e terribile. Avanzava da dietro le montagne del Giura, e il tuono scoppiò all'improvviso con fragore paoroso da varie parti del cielo. Per tutta la durata del temporale rimasi a guardarne lo svolgersi con piacere e curiosità. Mentre ero così in piedi sulla porta di casa, all'improvviso vidi un rivolo di fuoco scaturire da una vecchia, magnifica quercia che si trovava a una ventina di metri da casa nostra; quando la luce accecante svanì, la quercia era sparita, senza lasciare altro che un ceppo bruciacchiato. La mattina dopo, quando andammo a vederlo, trovammo l'albero squarciato in maniera singolare. Il fulmine non lo aveva spaccato ma ridotto in sottili strisce di legno. Non avevo mai visto una distruzione così completa.

Prima di allora mi ero già familiarizzato con le leggi più elementari dell'elettricità. In questa occasione era con noi una persona che aveva fatto lunghe ricerche nel campo della filosofia naturale; ed egli, stimolato da questa catastrofe, si immerse nella spiegazione di una teoria che aveva elaborato sull'elettricità e sul galvanismo, per me nuova e sorprendente. Tutto quello che egli diceva gettava nell'ombra Cornelio Agrippa, Alberto Magno e Paracelso, signori della mia immaginazione; ma per una qualche fatalità la disfatta di questi personaggi mi disgustò dei miei vecchi studi. Mi sembrava che non si potesse o non si sarebbe mai riusciti a conoscere nulla. Tutto quello che aveva costituito il mio interesse fino ad allora divenne all'improvviso spregevole. Per uno di quei capricci della mente, a cui forse siamo particolarmente soggetti nella prima giovinezza, abbandonai di colpo le mie precedenti occupazioni; giudicai la storia naturale e tutta la sua progenie come una creazione deforme e abortiva; e concepii un gran disegno per una pseudo-scienza che non riusciva nemmeno a varcare la soglia della vera conoscenza. In questa disposizione di spirito mi dedicai alla matematica e alle branche di questa scienza, perché basate su fondamenti sicuri e degne quindi della mia considerazione.

In questo strano modo sono fatte le nostre anime e da tali fili impercettibili siamo trascinati al successo o alla rovina. Quando mi guardo indietro, mi pare che questo cambiamento quasi miracoloso di inclinazioni e volontà, sia stato il diretto suggerimento dell'angelo custode della mia vita – l'ultimo sforzo compiuto dallo spirito di conservazione per evitare la tempesta che già da allora si profilava all'orizzonte ed era pronta a travolgermi. La sua vittoria fu annunciata dall'insolita tranquillità e contentezza d'animo che seguì l'abbandono dei miei vecchi studi tanto tormentosi negli ultimi tempi. Fu così che dovetti imparare ad associare il male con la loro continuazione, la felicità con il loro abbandono.

Fu come un grande sforzo dello spirito del bene; ma non ebbe alcun effetto. Il destino era troppo potente, e le sue leggi immutabili avevano decretato la mia totale e terribile distruzione.

Capitolo III

Quando ebbi l'età di diciassette anni, i miei genitori decisero di iscrivermi all'università di Ingolstadt. Fino ad allora avevo frequentato le scuole di Ginevra, ma mio padre pensava che per completare la mia educazione fosse necessario che conoscessi usi e costumi diversi da quelli del mio paese natale. La mia partenza fu quindi fissata per una data non lontana; ma prima del giorno stabilito, si verificò la prima sventura della mia vita – un presagio, per così dire, della mia infelicità futura.

Elizabeth aveva contratto la scarlattina in forma grave, ed era in pericolo di vita. Durante la sua malattia si era cercato con molti argomenti di dissuadere mia madre dal prendersi cura di lei. Dapprima aveva ceduto alle nostre preghiere; ma quando seppe che la vita della sua prediletta era minacciata, non riuscì a dominare la propria ansia. Si mise al suo capezzale, e le sue cure sollecite ebbero ragione della violenza della malattia; Elizabeth fu salva, ma le conseguenze di questa imprudenza furono fatali pe la salvatrice. Il terzo giorno mia madre si ammalò; la febbre era accompagnata dai sintomi più allarmanti, e l'espressione dei medici diagnosticò il peggio. Sul letto di morte l'animo dolce e forte della migliore delle donne non venne meno. Congiunse la mano di Elizabeth alla mia: «Figli miei» disse «le mie più grandi speranze di futura felicità erano riposte nella prospettiva della vostra unione. Questa attesa sarà ora la consolazione di vostro padre. Elizabeth, amore mio, tu devi sostituirmi con i bambini più piccoli. Ahimè! rimpiango di essere costretta a separarmi da voi, e, amata e felice come sono sempre stata, non è forse difficile anche per me lasciarvi? Ma questi non sono pensieri che mi si confanno; mi sforzerò di rassegnarmi serenamente alla morte, e mi attaccherò alla speranza di incontrarvi in un altro mondo».

Morì tranquilla; il suo viso esprimeva affetto persino nella morte. Non ho bisogno di descrivere i sentimenti di coloro i cui legami più cari vengono recisi dal più irreparabile dei mali, il vuoto che si presenta all'anima, la disperazione che compare sui volti. Ci vuole tanto tempo prima che la mente si persuada che colei che abbiamo visto ogni giorno, e la cui stessa esistenza sembrava parte della nostra, se ne sia andata davvero per sempre – che la luce degli occhi amati si sia estinta, e il suono della voce così familiare e cara all'orecchio sia stato ridotto al silenzio per non essere udito mai più. Queste sono le riflessioni dei primi giorni; ma quando il passare del tempo conferma la realtà della sventura, allora comincia la vera amarezza del dolore. E tuttavia, c'è forse qualcuno a cui quella mano crudele non abbia strappato qualche affetto caro? E perché dovrei descrivere un dolore che tutti hanno provato e debbono provare? Alla fine arriva il momento in cui il dolore è più un abbandonarsi che una necessità; e il sorriso che compare sulle labbra, anche se può essere considerato un sacrilegio, non viene scacciato. Mia madre era morta, ma noi avevamo ancora dei compiti da assolvere: tutti dobbiamo continuare la nostra vita con chi resta, e imparare a ritenerci fortunati se ne rimane almeno uno che la devastatrice non abbia afferrato.

La mia partenza per Ingolstadt, che era stata rimandata a causa di questi eventi, fu fissata di nuovo. Ottenni da mio padre un rinvio di qualche settimana. Mi sembrava un sacrilegio lasciare così presto la quiete, tanto simile alla morte, della casa del lutto, e gettarmi nel tumulto della vita. Ero nuovo al dolore, ma non per questo mi spaventò di meno. Ero restio a lasciare coloro che mi restavano, e soprattutto desideravo vedere la mia dolce Elizabeth un po' riconfortata.

Ella in effetti nascondeva il suo dolore, e cercava di fare la parte della consolatrice con tutti noi. Guardava con fermezza alla vita, e ne accettava i doveri con zelo e coraggio. Si dedicò tutta a coloro che aveva imparato a chiamare zio e cugini. Mai fu così incantevole come in questo periodo in cui cercava di ritrovare la luminosità del suo sorriso per riversarla su di noi. Dimenticò persino il proprio dispiacere nel tentativo di aiutarci a dimenticare.

Alla fine arrivò il giorno della partenza. Clerval passò l'ultima sera con noi. Aveva tentato di persuadere suo padre a concedergli di venire con me e diventare mio compagno di studi, ma invano. Suo padre era un commerciante di idee ristrette, che vedeva solo ozio e rovina nelle aspirazioni e nell'ambizione di suo figlio. Henry capiva profondamente la disgrazia di essere privato di una educazione liberale. Non disse molto; ma quando parlò, lessi negli occhi accesi e nel suo sguardo animato la decisione rattenuta ma ferma di non restare incatenato alle meschine minuzie del commercio.

Restammo alzati fino a tardi. Non riuscivamo a separarci gli uni dagli altri né a dirci addio. Alla fine questa parola fu pronunciata e ci ritirammo con la scusa di riposarci, ciascuno illudendosi di avere ingannato gli altri; ma quando all'alba scesi per montare sulla carrozza che mi avrebbe portato via, erano tutti lì – mio padre per benedirmi di nuovo, Clerval per stringermi ancora una volta la mano, la mia Elizabeth per ripetermi la raccomandazione di scrivere spesso e per offrire le ultime cure femminili al suo amico e compagno di giochi.

Mi buttai nella carrozza che doveva portarmi via, e mi abbandonai alle più melanconiche riflessioni. Io, che ero sempre stato circondato da persone amorose, continuamente impegnate a darsi gioia reciproca, adesso ero solo. All'università dove stavo andando, dovevo farmi le mie amicizie e proteggermi da solo. La mia vita finora era stata piuttosto racchiusa nella cerchia delle pareti domestiche; e questo mi aveva creato un'invincibile ripugnanza per i volti nuovi. Amavo i miei fratelli, Elizabeth e Clerval; queste erano "le vecchie facce familiari", ma credevo di essere del tutto inadatto alla compagnia di sconosciuti. Tali erano le mie riflessioni all'inizio del viaggio, ma man mano che procedevo il mio coraggio e le mie speranze si risvegliarono. Desideravo ardentemente l'acquisizione del sapere. A casa avevo spesso pensato che era duro dover restare rinchiuso in un solo luogo per tutta la giovinezza, e avevo aspirato a entrare nel mondo e prendere il mio posto tra gli altri esseri umani. Ora i miei desideri erano stati esauditi, e sarebbe stata una vera follia pentirmene.

Ebbi tempo sufficiente per queste e molte altre riflessioni durante il viaggio per Ingolstadt, che fu lungo e faticoso. Infine l'alto e bianco campanile della cittadina mi si parò davanti. Scesi e fui condotto alle mie stanze solitarie, per passare la serata come più mi piacesse.

La mattina seguente consegnai le mie lettere di presentazione, e feci visita ad alcuni dei professori più importanti. Il caso – o piuttosto l'influenza maligna, l'angelo della distruzione, che affermò il suo onnipotente dominio su di me dal momento in cui mossi i miei passi riluttanti dalla soglia paterna – mi condusse dapprima da Monsieur Krempe, professore di filosofia naturale. Era un uomo rozzo, ma profondamente versato nei segreti della sua scienza. Mi fece molte domande sui miei progressi nei vari rami della filosofia naturale. Risposi senza troppo riflettere, e con un certo disprezzo, feci i nomi dei miei alchimisti quali autori principali che avevo studiato. Il professore sbarrò gli occhi: «Voi» disse, «avete veramente passato il vostro tempo a studiare tali sciocchezze?».

Risposi affermativamente. «Ogni minuto» continuò con calore Monsieur Krempe, «ogni istante che voi avete impiegato su quei libri è stato completamente buttato via. Avete affaticato la vostra memoria con sistemi superati e termini inutili. Mio Dio! In quale luogo desolato avete passato la vita, se nessuno ha avuto la bontà di informarvi che queste fantasie, che voi avete così voracemente assimilato, sono vecchie di mille anni e altrettanto ammuffite? Non mi aspettavo proprio, in quest'epoca dei lumi e delle scienze, di trovare un discepolo di Alberto Magno e di Paracelso. Mio caro signore, dovete ricominciare i vostri studi da zero.»

Così dicendo si allontanò e scrisse una lista di vari libri di filosofia naturale che voleva mi procurassi; e mi congedò, dopo aver detto che all'inizio della settimana seguente intendeva cominciare un corso di lezioni sulla filosofia naturale nei suoi principi generali, e che Monsieur Waldman, un suo collega, avrebbe tenuto lezioni di chimica a giorni alterni ai suoi.

Tornai a casa non deluso, perché ho detto che da tempo consideravo inutili quegli stessi autori che il professore disapprovava; ma non per nulla convinto a riprendere quel tipo di studi in alcuna forma. Monsieur Krempe era un ometto tozzo, con una voce aspra e un'espressione per niente invitante; l'insegnante quindi non mi dispose certo a favore delle sue ricerche. Sulle conclusioni a cui ero arrivato a questo proposito nei miei primi anni ho dato un resoconto in forma forse troppo filosofica e coerente. Da bambino non mi ero accontentato dei risultati promessi dai moderni professori di scienze naturali. Con una confusione di idee, giustificata solo dalla mia estrema giovinezza e dalla mancanza di una guida in tali materie, avevo percorso a ritroso gli scalini della conoscenza lungo i sentieri del tempo, e avevo sostituito alle scoperte dei ricercatori moderni i sogni di alchimisti dimenticati. Inoltre, avevo disprezzo per la via su cui era stata indirizzata la filosofia naturale moderna. Era molto diverso quando i maestri della scienza cercavano immortalità e potere; questi intenti, anche se vani, erano grandiosi, ma ora la scena era cambiata. L'ambizione del ricercatore sembrava limitarsi alla distruzione più completa proprio di quelle visioni sulle quali soprattutto si fondava il mio interesse per la scienza. Mi si chiedeva di barattare chimere di grandezza infinita per delle realtà di poco valore.

Tali furono le mie riflessioni durante i primi due o tre giorni di soggiorno a Ingolstadt, trascorsi soprattutto a familiarizzarmi con i luoghi e le persone più importanti della mia nuova residenza. Ma quando si arrivò alla settimana seguente, ripensai alle indicazioni che Monsieur Krempe mi aveva dato sulle lezioni. E benché non potessi accettare di andare ad ascoltare quell'ometto pieno di sé che lanciava sentenze dal pulpito, mi ricordai di quello che aveva detto a proposito di Monsieur Waldman, che non avevo mai visto perché fino allora era stato fuori città.

In parte per curiosità, in parte perché non avevo nulla da fare, mi recai nell'aula. Monsieur Waldman arrivò poco dopo. Questo professore era molto diverso dal suo collega: sembrava sui cinquant'anni, ma con un aspetto che esprimeva la più grande benevolenza; pochi capelli grigi gli coprivano le tempie, ma quelli sulla nuca erano quasi neri. Era basso di statura, ma di portamento eretto, e la sua voce era la più dolce che avessi mai sentito. Cominciò la lezione ripercorrendo la storia della chimica e i vari progressi fatti da studiosi diversi, pronunciando con fervore i nomi dei più famosi scopritori. Poi fece un rapido panorama della situazione attuale di questa scienza, e ne spiegò molti dei termini più elementari. Dopo alcuni esperimenti introduttivi, concluse con un panegirico della chimica moderna, di cui non dimenticherò mai le espressioni:

«Gli antichi maestri di questa scienza» disse, «promettevano cose impossibili, e non ottennero alcun risultato. I maestri moderni promettono molto poco; sanno che i metalli non possono essere trasmutati e che l'elisir di lunga vita è una chimera. Ma questi filosofi, le cui mani sembrano fatte solo per frugare nel fango, e i loro occhi per fissarsi solo sul microscopio o sul crogiolo, hanno in effetti compiuto dei veri miracoli. Essi penetrano nei recessi della natura e mostrano come essa lavori nei suoi nascondigli. Ascendono al cielo, scoprendo la circolazione del sangue e la composizione dell'aria che respiriamo. Hanno acquisito nuovi e quasi illimitati poteri: possono comandare ai fulmini del cielo, riprodurre il terremoto, e persino sfidare il mondo invisibile e le sue ombre.»

Tali furono le parole del professore, o piuttosto, lasciatemi dire, quelle pronunciate dal fato per distruggermi. Mentre continuava, sentivo come se la mia anima stesse lottando con un nemico in carne e ossa; una per una le varie chiavi che formavano il meccanismo del mio essere vennero toccate; corda dopo corda fu fatta vibrare, e presto la mia mente si riempì di un solo pensiero, una sola idea, un solo scopo. Molto è stato fatto – esclamò l'anima di Frankenstein – di più, molto di più riuscirò a fare io: ricalcando i passi già percorsi sarò il pioniere di una nuova via, esplorerò poteri sconosciuti e rivelerò al mondo i più profondi misteri della creazione!

Quella notte non chiusi occhio. Tumulto e agitazione scuotevano il mio essere interiore; sentivo che ne sarebbe nato un ordine, ma io non ero in grado di imporlo. A poco a poco, subito dopo l'alba, il sonno sopravvenne. Mi svegliai e i pensieri della notte precedente erano come un sogno. Restava solo la risoluzione di tornare ai miei antichi studi e di dedicarmi alla scienza per cui pensavo di avere un talento naturale. Quello stesso giorno feci visita a Monsieur Waldman. I suoi modi in privato erano ancora più dolci e affascinanti che in pubblico, perché durante le lezioni c'era nella sua espressione una certa dignità che a casa era sostituita dalla più grande affabilità e gentilezza. Gli feci più o meno lo stesso resoconto dei miei studi precedenti che avevo fatto al suo collega. Egli ascoltò con attenzione il breve racconto, e sorrise ai nomi di Cornelio Agrippa e di Paracelso, ma senza il disprezzo mostrato da Monsieur Krampe. Disse che «questi erano uomini alle cui incessanti fatiche i filosofi moderni devono la maggior parte delle fondamenta delle loro conoscenze. Essi ci hanno lasciato il compito relativamente facile di dare nuovi nomi e di sistemare in classificazioni coerenti i fatti che in gran parte hanno contribuito a portare alla luce. L'opera degli uomini di genio, anche se condotta nella direzione sbagliata, non manca quasi mai di tornare a vantaggio concreto dell'umanità». Ascoltai questo suo discorso fatto senza alcuna traccia di presunzione o di posa; aggiunsi quindi che la sua lezione aveva rimosso i miei pregiudizi sui chimici moderni; mi espressi in termini misurati, con la modestia e la deferenza dovute da un giovane al suo insegnante, senza lasciarmi in alcun modo sfuggire (mi sarei vergognato di un comportamento ingenuo) l'entusiasmo che mi stimolava al lavoro che volevo intraprendere. Chiesi il suo consiglio sui libri che avrei dovuto procurarmi.

«Sono felice» disse Monsieur Waldman, «di avere acquistato un discepolo, e, se la vostra applicazione sarà pari al vostro talento, non nutro alcun dubbio sul vostro successo. La chimica è il ramo della filosofia naturale in cui sono stati fatti, e si possono ancora fare, i maggiori progressi; è per questo che ne ho fatto il mio studio principale, ma nello stesso tempo non ho trascurato le altre branche della scienza. Sarebbe un ben povero chimico chi si occupasse solo di questo settore della conoscenza umana. Se voi desiderate veramente diventare un uomo di scienza e non uno sperimentatore di poco conto, vi consiglierei di applicarvi a ogni ramo della filosofia naturale, inclusa la matematica.»

Mi portò quindi nel suo laboratorio, e mi spiegò l'uso dei vari apparecchi, dandomi istruzioni su quelli che dovevo procurarmi, e promettendomi l'uso dei suoi per quando avessi fatto abbastanza progressi da non danneggiarli. Mi diede anche la lista dei libri che avevo chiesto; quindi presi congedo.

Così terminò una giornata per me memorabile che decise del mio futuro destino.

Capitolo IV

Da quel giorno la filosofia naturale, e in particolare la chimica, nel senso più vasto del termine, divennero quasi la mia unica occupazione. Lessi con ardore quei lavori così pieni di genialità e di sottigliezza che i moderni ricercatori hanno scritto su questi argomenti. Frequentai le lezioni e coltivai la compagnia degli uomini di scienza dell'università, e trovai persino in Monsieur Krempe molte solide e precise conoscenze, non meno valide anche se accompagnate, in verità, da una fisionomia e da maniere scostanti. In Monsieur Waldman trovai un vero amico: la sua gentilezza d'animo non era mai venata di dogmatismo, e i suoi insegnamenti venivano impartiti con un'aria di franchezza e di bonarietà che allontanava ogni sospetto di pedanteria. In mille modi egli spianò per me il sentiero della conoscenza e rese le ricerche più astruse chiare e facili al mio apprendimento. La mia applicazione a questi studi fu all'inizio incerta e intermittente, ma guadagnò in intensità man mano che procedevo, e divenne presto così ardente ed entusiastica che spesso le stelle impallidivano alla luce del mattino mentre ero ancora occupato nel mio laboratorio.

Poiché mi applicavo così intensamente, è facile capire che i miei progressi furono rapidi. Il mio ardore meravigliava gli altri studenti e il mio profitto i maestri. Il professor Krempe mi chiedeva spesso con un sorrisetto come andava Cornelio Agrippa, mentre Monsieur Waldman esprimeva la più sincera esultanza per i miei progressi. In questo modo passarono due anni, durante i quali non tornai mai a Ginevra, ma mi impegnai, anima e corpo, nel tendere ad alcune scoperte a cui speravo di arrivare. Solo chi li ha provati può capire gli allettamenti della scienza. In altri studi si procede fin dove altri sono arrivati prima di noi, e poi non c'è più nulla da conoscere; ma in una ricerca scientifica c'è sempre campo per la scoperta e per la meraviglia. Una mente di media levatura che persegue costantemente un solo ramo di studi deve inevitabilmente arrivare a buoni risultati; e io, che cercavo senza sosta il conseguimento di un unico fine di ricerca e mi ero dedicato completamente solo a questo, procedetti così spedito che alla fine di due anni feci scoperte riguardanti la modifica di certi strumenti chimici, che mi procurarono grande stima e ammirazione all'università. Arrivato a questo punto, ed essendomi familiarizzato con la teoria e la pratica della filosofia naturale che potevo ricavare dalle lezioni di qualunque dei professori di Ingolstadt, poiché la mia residenza colà non mi avrebbe portato a ulteriori progressi, pensai di tornare dai miei amici e nella mia città natale, quando avvenne un fatto che protrasse il mio soggiorno.

Uno dei fenomeni che avevano particolarmente attratto la mia attenzione era la struttura del corpo umano, anzi di qualsiasi animale dotato di vita. Da dove, mi chiedevo spesso, veniva il principio vitale? Era una domanda audace, la cui risposta era sempre stata considerata un mistero; tuttavia, rispetto a quante cose saremmo sull'orlo della conoscenza se la vigliaccheria o la superficialità non limitassero le nostre ricerche? Considerai a lungo questi fatti tra me, e decisi quindi di dedicarmi più particolarmente a quelle branche della filosofia naturale che trattano della fisiologia. Se non fossi stato animato da un entusiasmo quasi soprannaturale, la mia dedizione a questi studi sarebbe risultata disgustosa e quasi intollerabile. Per esaminare le cause della vita, dobbiamo prima fare ricorso alla morte. Mi familiarizzai con la scienza dell'anatomia, ma questo non era sufficiente, dovevo anche osservare il naturale decadere e corrompersi del corpo umano. Nell'educarmi mio padre si era molto preoccupato che la mia mente non si lasciasse impressionare da orrori soprannaturali. Non ricordo di avere mai tremato a un racconto di superstizioni, o di aver temuto l'apparizione di uno spettro. L'oscurità non aveva alcun effetto sulla mia immaginazione, e un cimitero era per me solo un ricettacolo di corpi privi di vita, che, dopo aver ospitato forza e bellezza, erano diventati cibo per i vermi. Ora dovevo esaminare le cause e l'avanzare di questo decadimento, ed ero costretto a passare giorni e notti in tombe e cimiteri. La mia attenzione era concentrata proprio su tutte le cose più insopportabili alla delicatezza dei sentimenti umani. Vidi come la splendida forma dell'essere umano si guasti e rovini; osservai la corruzione della morte succedere al volto fiorente della vita; vidi come il verme erediti le meraviglie dell'occhio e del cervello. Mi soffermai a esaminare e analizzare nei più minuti dettagli la legge della causalità, esemplificata in questo passaggio dalla vita alla morte e dalla morte alla vita; finché, in mezzo a questa oscurità, una luce improvvisa scaturì dentro di me – una luce così abbagliante e straordinaria, eppure così semplice che, mentre la testa mi girava per l'immensità degli orizzonti che illuminava, pure ero sorpreso che, tra tanti uomini di genio che avevano dedicato le loro ricerche a questa stessa scienza, a me solo fosse dato scoprire un segreto così stupefacente.

Ricordatevi, non sto raccontando la visione di un pazzo. Il sole splende in cielo con altrettanta certezza che quello che affermo è vero. Qualche miracolo può averla prodotta, tuttavia gli stadi della scoperta erano chiari e dimostrabili. Dopo giorni e notti di lavoro e fatica incredibili, ero riuscito a scoprire la causa della generazione e della vita; anzi, di più, io stesso ero in grado di infondere vita nella materia inanimata.

Lo stupore che avevo dapprima provato a questa scoperta diede presto luogo alla gioia e all'esaltazione. Dopo tanto tempo passato in dure fatiche, arrivare all'improvviso al sommo dei miei desideri era la conclusione più lusinghiera dei miei sforzi. Ma questa scoperta era così grande e sconvolgente che tutti gli stadi attraverso i quali ero gradualmente passato furono dimenticati, e io vidi solo il risultato. Quello che aveva costituito oggetto di studio e di desiderio per gli uomini più sapienti fin dalla creazione del mondo era ora alla mia portata. Non che tutto mi si aprisse davanti all'improvviso, come una scena magica; le conoscenze che avevo ottenuto erano tali da dirigere i miei sforzi, appena li avessi concentrati, sull'oggetto della mia ricerca, ma non mi fornivano tale oggetto già realizzato. Ero come l'arabo che era stato sepolto coi morti, e che aveva trovato una via di ritorno alla vita aiutato solo da una luce fievole e apparentemente inefficace.

Vedo dall'intensità, dalla meraviglia e dalla speranza dei vostri occhi, amico mio, che vi aspettate di essere messo a parte del segreto di cui sono a conoscenza, ma è impossibile; ascoltate pazientemente fino in fondo la mia storia, e vi renderete conto del perché io sia così reticente su questo argomento.

Non vi condurrò, sprovveduto e pieno di entusiasmo come ero io allora, alla vostra distruzione e infelicità inevitabile. Imparate da me, se non dalle mie raccomandazioni almeno dal mio esempio, quanto pericoloso sia l'acquistare conoscenza, e quanto più felice sia colui che crede che la sua terra natale sia il mondo, di colui che aspira a diventare più grande di quel che la sua natura consenta.

Quando mi ritrovai un tale stupefacente potere tra le mani, esitai a lungo sulla maniera di impiegarlo. Benché avessi la capacità di infondere la vita, tuttavia preparare il corpo per riceverla, con la rete intricata di fibre, muscoli e vene restava ancora un lavoro di una difficoltà e di una fatica inconcepibili. Dapprima mi chiesi se dovessi tentare la creazione di un essere simile a me, o uno di più semplice struttura, ma la mia immaginazione era troppo infiammata dal primo successo per farmi dubitare della mia capacità di dare vita a un animale complesso e magnifico come l'uomo. I materiali a mia disposizione in quel momento sembravano scarsamente adeguati a una impresa così ardua, ma non dubitavo che alla fine sarei riuscito. Mi preparai ad andare incontro a una infinità di sconfitte: il mio lavoro avrebbe potuto essere continuamente arrestato e la mia opera alla fine riuscire imperfetta, tuttavia, se consideravo i progressi che si fanno ogni giorno nella scienza e nella meccanica, mi trovavo incoraggiato a sperare che i miei tentativi avrebbero almeno gettato le basi per un futuro successo. Né potevo considerare la vastità e la complessità del mio piano come un argomento contro le sue possibilità di realizzazione. Fu con questi sentimenti che iniziai la creazione di un essere umano. Poiché le proporzioni minute delle sue parti costituivano un grave ostacolo alla velocità del mio lavoro, decisi, contrariamente alla mia prima intenzione, di fare un essere di statura gigantesca: e cioè di otto piedi di altezza e di corporatura in proporzione. Presa questa decisione, e dopo avere passato alcuni mesi a raccogliere e a preparare con successo i materiali, cominciai.

Nessuno può concepire la varietà di sentimenti che mi spingevano avanti, come un uragano, nel primo entusiasmo del successo. La vita e la morte mi sembravano barriere ideali che dovevo prima infrangere per riversare un torrente di luce sul nostro mondo immerso nelle tenebre. Una nuova specie mi avrebbe benedetto come suo creatore e sua origine; molti esseri perfetti e felici avrebbero dovuto a me la loro esistenza. Nessun padre avrebbe potuto pretendere gratitudine così totale dal proprio figlio come quella che avrei meritato da loro. Continuando in queste riflessioni, pensai che se potevo dare vita alla materia inanimata, sarei riuscito col tempo (benché ancora mi fosse impossibile) a riportare la vita dove ora la morte mostrava di aver destinato il corpo alla corruzione.

Questi pensieri mi sostenevano mentre continuavo nella mia impresa con ardore infaticabile. Le mie guance erano pallide per lo studio e la reclusione mi aveva consunto il fisico. A volte, sull'orlo della certezza, fallivo; tuttavia continuavo ad aggrapparmi alla speranza di ciò che il giorno o l'ora seguente potevano realizzare. Il segreto, che io solo possedevo, era la speranza a cui mi ero votato; e la luna assisteva alle mie fatiche notturne, mentre con fervore incessante e col fiato sospeso inseguivo la natura nei suoi recessi più nascosti. Chi potrà mai immaginare gli orrori di quel mio lavoro segreto, quando frugavo nell'empia umidità delle tombe, o torturavo un animale vivente per animare la materia senza vita? Le mie membra ora tremano e gli occhi mi si appannano al ricordo, ma allora un impulso irresistibile, quasi frenetico, mi spingeva ad andare avanti; sembrava che avessi perso la capacità di provare sentimenti e sensazioni, eccetto che per questo unico fine. Fu in effetti solo uno stato di *trance* passeggero, che mi restituì ancora più acuto l'uso dei sensi, appena lo stimolo innaturale cessò e io tornai alle mie vecchie abitudini. Raccolsi ossa dai cimiteri, e disturbai con mano profanatrice i tremendi segreti del corpo umano. In una stanza solitaria, o meglio in una cella all'ultimo piano della casa, separata dagli altri appartamenti da una galleria e una rampa di scale, avevo il laboratorio per la mia orrenda creazione: gli occhi mi uscivano dalle orbite mentre curavo i dettagli della mia operazione. L'aula di anatomia e il mattatoio mi procurarono gran parte del mio materiale, e spesso la natura umana si ritraeva con ripugnanza da ciò che facevo, mentre spinto da un'ansia sempre crescente portavo verso la conclusione questo lavoro.

I mesi estivi passarono mentre ero così occupato, anima e corpo, in quest'unica impresa. Fu un'estate bellissima: i campi non avevano mai dato un raccolto più abbondante o i vigneti una vendemmia più rigogliosa, ma i miei occhi erano insensibili alle bellezze della natura. E gli stessi sentimenti che mi facevano dimenticare il paesaggio intorno a me, mi facevano trascurare anche quegli amici così lontani che non vedevo da tanto tempo. Sapevo che il mio silenzio li inquietava, e ricordavo bene le parole di mio padre: «So che finché sarai soddisfatto di te, penserai a noi con affetto, e noi riceveremo tue notizie con regolarità. Ma devi scusare se considererò ogni interruzione nella tua corrispondenza come una prova che anche gli altri tuoi doveri vengono trascurati».

Sapevo bene quindi quali potevano essere i sentimenti di mio padre; non riuscivo tuttavia a strappare i miei pensieri da quell'attività, in sé ripugnante, ma che si era irresistibilmente impossessata della mia immaginazione. Era come se volessi posporre tutto quello che concerneva i miei sentimenti di affetto a dopo che il grande obiettivo, che aveva assorbito ogni altro aspetto della mia natura, fosse stato raggiunto.

Allora pensavo che sarebbe stato ingiusto che mio padre avesse attribuito la mia negligenza a una colpa o mancanza da parte mia, ma oggi sono invece convinto che egli aveva ragione di pensare che non sarei stato del tutto privo di biasimo. Un essere umano in condizioni perfette dovrebbe sempre conservare la mente calma e serena, e non permettere alla passione o a un desiderio passeggero di turbare la sua tranquillità. Non credo che la ricerca della conoscenza costituisca un'eccezione a questa regola. Se lo studio a cui ci si dedica tende a indebolire gli affetti e a distruggere il gusto per quei semplici piaceri che non ammettono impurità, allora quello studio è certamente illecito, cioè non è degno della mente umana. Se si osservasse sempre questa regola, se nessuno permettesse ad alcuna impresa di interferire con la serenità degli affetti familiari, la Grecia non sarebbe stata sottomessa, Cesare avrebbe risparmiato il suo paese, l'America sarebbe stata scoperta più gradualmente, e gli imperi del Perù e del Messico non sarebbero stati distrutti.

Ma dimentico che sto moraleggiando proprio nel punto più avvincente della mia storia, e la vostra espressione mi invita a proseguire.

Mio padre non mi fece alcun rimprovero nelle sue lettere, e sottolineò il mio silenzio solo facendo domande ancora più dettagliate sulle mie attività. Inverno, primavera ed estate trascorsero così mentre lavoravo, ma io non vidi né la fioritura, né le foglie nascenti – una vista che mi aveva sempre dato prima una immensa gioia – tanto ero intensamente assorbito dalla mia ricerca. Le foglie erano già appassite prima che il mio lavoro giungesse al termine; e ogni giorno mi mostrava sempre più chiaramente fino a che punto fossi riuscito nell'intento. Ma il mio entusiasmo era soffocato dall'ansia, e somigliavo più a uno schiavo condannato alle miniere, o a qualche altra malsana fatica, piuttosto che a un artista impegnato nella sua attività favorita. Ogni notte ero preso da una leggera febbre e diventai estremamente nervoso; il cadere di una foglia mi faceva sobbalzare, ed evitavo i miei simili come se fossi colpevole di un crimine. Talvolta mi allarmavo nel vedermi ridotto a un relitto; solo l'energia che mi dava il mio intento mi sosteneva: le mie fatiche sarebbero presto terminate, e ritenevo che l'esercizio fisico e le distrazioni avrebbero allora scacciato la malattia incipiente. Mi riproposi di concedermi tutto questo appena la mia creazione fosse finita.

Capitolo V

Fu in una cupa notte di novembre che vidi la fine del mio lavoro. Con un'ansia che arrivava quasi allo spasimo raccolsi intorno a me gli strumenti della vita per infondere una scintilla animatrice nella cosa immota che mi giaceva davanti. Era già l'una del mattino; la pioggia batteva sinistramente sui vetri, e la candela era quasi tutta consumata quando, al bagliore della luce che andava estinguendosi, vidi gli occhi giallo-opachi della creatura aprirsi; respirò ansando e un moto convulso gli agitò le membra.

Come posso descrivere le mie emozioni in questo momento culminante, o rappresentare la disgraziata creatura a cui con cura infinita e infinite pene avevo cercato di dare forma? Le sue membra erano proporzionate, e avevo scelto le sue sembianze mirando alla bellezza. Bellezza! Gran Dio! La sua pelle gialla a malapena copriva la trama dei muscoli e delle arterie; i suoi capelli erano fluenti e di un nero lucente, i denti di un bianco perlaceo, ma questi pregi facevano solo un più orrido contrasto con gli occhi acquosi che sembravano quasi dello stesso colore delle orbite biancastre in cui erano infossati, con la sua pelle corrugata e le labbra nere e tirate.

I vari eventi della vita non sono tanto mutabili quanto i sentimenti della natura umana. Avevo lavorato sodo per quasi due anni con il solo intento di infondere vita in un corpo inanimato. Per questo mi ero privato di riposo e salute. Lo avevo desiderato con un ardore che andava ben oltre la moderazione. Ma ora che avevo finito, la bellezza del sogno svaniva, e un orrore e un disgusto soffocanti mi riempivano il cuore. Incapace di sopportare la vista dell'essere che avevo creato, mi precipitai fuori della stanza e continuai a lungo a camminare su e giù nella mia camera da letto, incapace di indurre la mente al sonno. Alla fine, la stanchezza succedette al tumulto iniziale, e mi gettai sul letto vestito, cercando qualche momento di oblio. Ma invano: dormii, per la verità, ma fui turbato dai sogni più strani. Credetti di vedere Elizabeth, fiorente di salute, a passeggio per le strade di Ingolstadt; felice e sorpreso, l'abbracciavo; ma mentre le davo il primo bacio sulle labbra, esse diventavano livide, del colore della morte; i suoi tratti sembravano trasformarsi, e io credevo di tenere tra le braccia il cadavere di mia madre morta; un sudario avvolgeva il suo corpo e vedevo i vermi brulicare tra le pieghe del tessuto. Mi svegliai di soprassalto, pieno di orrore; un sudore freddo mi copriva la fronte, battevo i denti e tremavo convulsamente in ogni parte del corpo, quando alla luce fioca e gialla della luna che penetrava a fatica dalle persiane chiuse, mi vidi davanti il disgraziato – il miserabile mostro che avevo creato. Teneva sollevata la cortina del letto, e i suoi occhi, se occhi si possono chiamare, erano fissi su di me. Le mascelle si aprirono e mugolò qualche suono inarticolato, mentre un ghigno gli raggrinziva le guance. Può darsi che dicesse qualcosa ma non lo udii; una mano era tesa in avanti, forse per trattenermi, ma gli sfuggii e mi precipitai giù per le scale. Mi rifugiai nel cortile della casa in cui abitavo, dove rimasi per il resto della notte, camminando in preda alla più grande agitazione, tendendo l'orecchio, ascoltando e temendo ogni suono come se dovesse annunciare l'avvicinarsi del diabolico cadavere a cui avevo così tristemente dato vita.

Oh! Nessun mortale avrebbe sostenuto l'orrore del suo aspetto. Una mummia, che venisse rianimata, non sarebbe rivoltante come quel miserabile. Lo avevo osservato quando non era ancora finito; allora era brutto, ma quando quei muscoli e quelle giunture furono messi in grado di muoversi, diventò una cosa che neppure Dante avrebbe saputo concepire.

Passai una notte disperata. In certi momenti il polso mi batteva così rapido e forte che sentivo il palpitare di ogni arteria; in altri, quasi mi afflosciavo a terra per il languore e l'estrema debolezza. Mescolata a questo orrore, sentivo l'amarezza della delusione: i sogni, che erano stati così a lungo per me cibo e riposo piacevole, ora erano diventati un inferno; e il cambiamento era stato così rapido, la sconfitta così completa!

Il mattino, desolato e piovoso, finalmente sorse e rivelò ai miei occhi arrossati e dolenti la chiesa di Ingolstadt, il suo campanile bianco e l'orologio che indicava le sei. Il portinaio aprì i cancelli del cortile che era stato il mio asilo per quella notte, e uscii per le strade, percorrendole a passo rapido, come se cercassi di evitare il miserabile che temevo mi si presentasse alla vista a ogni angolo di strada. Non osavo tornare al mio appartamento, ma mi sentivo spinto a procedere, benché bagnato fino alle ossa dalla pioggia che scrosciava da un cielo nero e spietato.

Continuai a camminare così per qualche tempo tentando di alleviare con l'esercizio fisico il peso che mi opprimeva la mente. Attraversavo le strade senza un'idea precisa di dove fossi o di quel che stessi facendo. Il mio cuore palpitava sconvolto dalla paura, e io mi affrettavo oltre, senza osare guardarmi attorno:

Come uno che, per strada deserta,
cammina tra paura e terrore,
e, guardatosi indietro, prosegue
e non volta mai più la testa
perché sa che un orrendo demonio
a breve distanza lo insegue.

Continuando così giunsi infine davanti alla locanda dove facevano di solito sosta carrozze e diligenze. Qui mi fermai, non so perché, e rimasi per qualche minuto con gli occhi fissi su una vettura che veniva verso di me dalla parte opposta della strada. Mentre si avvicinava notai che era la diligenza svizzera; mi si fermò proprio accanto, e all'aprirsi dello sportello, scorsi Henry Clerval che vedendomi saltò subito giù. «Mio caro Frankenstein» esclamò, «come sono felice di vederti! Che fortunata coincidenza che tu sia qui, proprio al momento del mio arrivo!»

Niente avrebbe potuto eguagliare la mia gioia nel vedere Clerval; la sua presenza mi riportò il pensiero di mio padre, di Elizabeth, e di tutte quelle scene familiari così care alla mia memoria. Gli afferrai la mano, e in un attimo dimenticai il mio orrore e la mia disgrazia; sentii all'improvviso, e per la prima volta in molti mesi, una gioia calma e serena. Diedi quindi il benvenuto al mio amico con la più grande cordialità, e ci incamminammo insieme verso il mio collegio. Clerval continuò a parlare per un po' dei nostri amici comuni e di come era stato fortunato ad aver ricevuto il permesso di venire a Ingolstadt. «Puoi bene immaginare» disse, «come sia stato difficile convincere mio padre che tutto ciò che è necessario sapere non sta nella nobile arte della contabilità; credo anzi di averlo lasciato poco convinto fino alla fine, perché la sua risposta alle mie incessanti richieste era sempre quella del maestro di scuola olandese nel *Vicario di Wakefield*: "Ho una rendita di die-cimila fiorini all'anno senza sapere il greco, anche senza greco mangio di gusto". Ma il suo affetto per me alla fine fu più forte della sua avversione per lo studio, e mi ha permesso di intraprendere un viaggio alla scoperta della terra del sapere.»

«Sono così felice di vederti; ma dimmi, come hai lasciato mio padre, i miei fratelli e Elizabeth?»

«Stanno benissimo, sono un po' inquieti perché hanno tue notizie così di rado. A proposito, ho inten-zione di farti io stesso una ramanzina in merito... Ma, mio caro Frankenstein» continuò, fermandosi e fissandomi in viso, «non avevo notato prima il tuo brutto aspetto: così magro e pallido, hai l'aria di uno che ha vegliato per diverse notti di seguito.»

«Hai indovinato; ultimamente, sono stato così as-sorbito da una certa attività che non mi sono conces-so abbastanza riposo, come vedi, ma spero, spero davvero di avere concluso questo lavoro e di essere finalmente libero!»

Tremavo violentemente; non riuscivo a pensare e tanto meno ad accennargli a quanto era successo la notte precedente. Camminavo velocemente, e presto giungemmo al mio collegio. Qui riflettei, e il pensie-ro mi fece rabbrividire, che la creatura che avevo la-sciato nel mio appartamento poteva ancora trovarsi là, viva, a vagare per le stanze. Paventavo la vista di quel mostro, ma temevo ancor più che Henry lo ve-desse. Pregandolo quindi di aspettare qualche istan-te in fondo alle scale, mi precipitai verso la mia stan-za. La mano era già sulla maniglia della porta, quando rientrai in me. Allora mi fermai, e un brivido freddo mi percorse. Spalancai violentemente la por-ta, come fanno i bambini quando si aspettano di tro-vare uno spettro dall'altra parte, ma non apparve nulla. Entrai tremando: l'appartamento era vuoto, e anche la mia camera da letto non conteneva più traccia dell'ospite odioso. Non riuscivo a credere che mi fosse capitata una tale fortuna; ma quando fui certo che il mio nemico aveva veramente preso la fuga, battei le mani per la gioia, e corsi giù da Clerval.

Salimmo nella mia stanza, e poco dopo il cameriere ci portò la colazione; ma io ero incapace di controllarmi. Non era solo la gioia che mi pervadeva; mi sentivo formicolare la pelle come per un eccesso di sensibilità, e il mio polso batteva rapidamente. Ero incapace di star fermo anche solo per un attimo; passavo bruscamente da una sedia all'altra, battevo le mani e ridevo forte. Clerval dapprima attribuì la mia insolita eccitazione alla gioia per il suo arrivo, ma quando mi osservò più attentamente, vide nei miei occhi una espressione strana che non riuscì a spiegarsi; e la mia risata squillante, incontrollabile e meccanica, lo stupì e lo spaventò.

«Mio caro Victor» esclamò, «per amor di Dio, che cosa c'è? Non ridere in quel modo. Non stai bene! Perché fai così?»

«Non chiedermelo» gridai, mettendomi le mani sugli occhi perché credetti di vedere l'orribile spettro scivolare nella stanza, «lui può dirtelo... Oh! salvami! salvami!» Ebbi l'impressione che il mostro mi afferrasse; mi dibattei furiosamente e caddi a terra privo di sensi.

Povero Clerval! Quali possono essere stati i suoi sentimenti? Un incontro, che egli attendeva con tanta gioia, si risolveva così amaramente. Ma io non vidi il suo dolore e non riacquistai i sensi per molto, molto tempo.

Questo fu l'inizio di una febbre nervosa che mi costrinse a letto per diversi mesi. Per tutto il tempo Henry mi curò da solo. Appresi più tardi che, conoscendo l'età avanzata di mio padre e la sua impossibilità ad affrontare un viaggio così lungo, e rendendosi conto di come la mia malattia avrebbe addolorato Elizabeth, risparmiò loro ogni affanno nascondendo la gravità del mio stato. Sapeva che non avrei potuto avere infermiere più attento e sollecito di lui; pieno di speranza e sicuro che mi sarei ripreso, era convinto che, lungi dal far male, stava anzi compiendo l'atto più generoso verso di loro.

Ma ero in realtà molto malato; e certo solo le infinite e instancabili attenzioni del mio amico avrebbero potuto restituirmi alla vita. La forma del mostro a cui avevo donato l'esistenza, mi era sempre davanti agli occhi, ed era lui l'oggetto del mio continuo delirio. Senza dubbio le mie parole sorpresero Henry; egli credette dapprima che si trattasse dei vaneggiamenti di un'immaginazione turbata, ma l'insistenza con cui tornavo sull'argomento lo persuase che la mia malattia, in effetti, traeva origine da qualche evento insolito e terribile.

Lentamente, e con frequenti ricadute, che allarmavano e rattristavano il mio amico, mi ristabilii. Ricordo che la prima volta che fui in grado di osservare gli oggetti intorno a me con qualche piacere, notai che le foglie secche erano scomparse e che nuove gemme spuntavano sugli alberi che ombreggiavano la mia finestra. Era una primavera meravigliosa, e la buona stagione fu di grande aiuto alla mia convalescenza. Sentivo anche la gioia e l'affetto rinascermi in petto; l'umore cupo era sparito e in breve tornai sereno come prima di essere contagiato dalla mia fatale passione.

«Carissimo Clerval» esclamai, «come sei stato buono e gentile con me. Tutto questo inverno, invece di passarlo a studiare come ti ripromettevi, l'hai trascorso nella mia stanza di infermo. Come potrò mai ripagarti? Sento un gran rimorso per la delusione di cui sono responsabile, ma tu mi perdonerai.»

«Mi ripagherai di tutto non agitandoti, e cercando di guarire il più presto possibile; e poiché sembri tanto ben disposto, posso parlarti di una certa cosa?»

Tremai. Una certa cosa! Che cosa poteva essere? Voleva forse alludere all'argomento a cui non osavo nemmeno pensare?

«Rassicurati» disse Clerval, vedendo com'ero impallidito, «non ne parlerò se ti mette in ansia, ma tuo padre e tua cugina sarebbero molto felici di ricevere una lettera di tuo pugno. Non sanno quanto sei stato malato, e sono preoccupati del tuo lungo silenzio.»

«Tutto qui, mio caro Henry? Come puoi credere che il mio pensiero non voli verso quei cari amici; cari amici che amo e che sono così degni del mio affetto?»

«Se questo è il tuo stato d'animo, amico mio, forse ti farà piacere leggere una lettera che è arrivata alcuni giorni fa: è di tua cugina, credo.»

Capitolo VI

Clerval mi mise allora in mano questa lettera. Era della mia Elizabeth:

"Carissimo Cugino,
sei stato malato, molto malato, e persino le continue lettere del caro e buon Henry non sono sufficienti a rassicurarmi sul tuo conto. Ti è proibito scrivere, tenere in mano la penna: tuttavia, caro Victor, è necessaria una tua parola per tranquillizzarci. A lungo ho sperato che ogni volta la posta mi portasse tue righe, e i miei ragionamenti hanno trattenuto lo zio dall'intraprendere un viaggio a Ingolstadt. Ho evitato che lui si sobbarcasse gli inconvenienti, e forse i pericoli di un viaggio così lungo. Tuttavia, come mi sono spesso rammaricata di non poterlo fare io stessa! Immagino che il compito di assisterti sia stato affidato a qualche vecchia infermiera a pagamento, che non riesce a indovinare i tuoi desideri né ad attendervi con la cura e l'affetto che vi metterebbe la tua povera cugina. Ma tutto ciò ora è passato; Clerval scrive che stai davvero migliorando. Spero vivamente che tu confermerai presto queste notizie, dandocele di tuo pugno.

"Rimettiti, e torna da noi. Troverai un focolare sereno e felice, e amici che ti amano teneramente. La salute di tuo padre è ottima, e non chiede se non di rivederti: ma solo per assicurarsi che tu stia bene. Nessun rimprovero offuscherà mai la sua espressione benevola. Che piacere ti farebbe vedere come è cresciuto il nostro Ernest! Ora ha sedici anni ed è pieno di spirito e di vitalità. Desidera essere un vero svizzero e vuole entrare in un esercito straniero; ma noi non vogliamo separarci da lui, almeno finché suo fratello maggiore non tornerà tra noi. A mio zio non piace l'idea di una carriera militare in un paese lontano, ma Ernest non ha mai avuto la tua capacità di applicazione. Lo studio gli pare un impedimento odioso – passa il suo tempo all'aria aperta, scalando colline e remando sul lago. Temo che diventerà un fannullone, a meno che non cediamo e gli permettiamo di dedicarsi alla professione che ha scelto.

"Pochi cambiamenti, se si eccettua la crescita dei nostri ragazzi, hanno avuto luogo da quando ci hai lasciato. Il lago blu e le montagne coperte di neve, quelle non cambiano mai... e credo che la nostra casa tranquilla e i nostri cuori contenti siano regolati dalle stesse leggi immutabili. Le mie piccole attività occupano tutto il mio tempo e mi rallegrano, e sono ricompensata di qualsiasi sforzo nel vedere solo facce felici e sorridenti intorno a me. Da quando ci hai lasciato, c'è stato un solo cambiamento in casa. Ricordi l'occasione in cui Justine Moritz è entrata a fare parte della nostra famiglia? Probabilmente no, ti racconterò quindi in poche parole la sua storia. Madame Moritz, sua madre, era una vedova con quattro bambini, di cui Justine era la terza. Era sempre stata la preferita di suo padre, ma per qualche strana forma di perversione sua madre non poteva soffrirla, e dopo la morte di Monsieur Moritz la trattò molto male. Mia zia si accorse di tutto questo, e, quando Justine ebbe dodici anni, convinse sua madre a lasciarla venire a vivere in casa nostra. Le istituzioni repubblicane del nostro paese hanno prodotto costumi più semplici e felici di quelli che prevalgono nelle grandi monarchie che ci circondano. C'è quindi meno differenza tra le varie classi sociali dei suoi abitanti, e, non essendo quelle inferiori né così povere né così disprezzate, i loro costumi sono meno rozzi e più virtuosi. Un domestico a Ginevra non è la stessa cosa di un servitore in Francia o in Inghilterra. Justine, accolta così nella nostra famiglia, imparò a fare la domestica, una condizione che non significa, nel nostro fortunato paese, ignoranza e sacrificio della propria dignità di essere umano.

"Justine, ti ricordi, era una tua prediletta; e mi rammento che una volta tu dicesti che, se eri di cattivo umore, un'occhiata di Justine bastava a fartelo passare, per la stessa ragione che l'Ariosto dà a proposito della bellezza di Angelica: perché aveva un'aria così schietta e felice. Mia zia si affezionò molto a lei e questo la indusse a darle un'educazione superiore a quella che intendeva in un primo momento. Tale beneficio fu ampiamente ripagato; Justine era la persona più riconoscente di questo mondo: non intendo dire che lo esprimesse mai a parole, non le ho mai sentito aprire bocca in proposito, ma si vedeva dai suoi occhi che quasi adorava la sua protettrice. Benché il suo temperamento fosse allegro, e per molti lati spensierato, pure faceva la massima attenzione a qualsiasi gesto di mia zia. Pensava che fosse il modello di ogni virtù, e cercava di imitare il suo modo di parlare e le sue maniere, tanto che persino oggi me la ricorda.

"Quando la zia morì, tutti erano troppo presi dal proprio dolore per ricordarsi della povera Justine, che l'aveva curata durante la sua malattia con affetto e con ansia. La povera Justine stette molto male, ma ben altre prove erano in serbo per lei.

"A uno a uno le morirono tutti i fratelli e la sorella, e sua madre rimase senza figli, a eccezione di questa che aveva tanto trascurato. La coscienza della donna era scossa; cominciò a pensare alla morte dei suoi prediletti come a un giudizio del cielo che puniva la sua parzialità. Era cattolica, e credo che il suo confessore confermasse l'idea che lei si era fatta. Perciò, alcuni mesi dopo la tua partenza per Ingolstadt, Justine fu richiamata a casa dalla madre pentita. Povera ragazza! Pianse quando dovette lasciare la nostra casa: era molto cambiata dopo la morte della zia; il dolore aveva dato una delicatezza e una dolcezza seducente alle sue maniere, che prima erano state caratterizzate da una gran vivacità. Né l'abitare a casa della madre era cosa da riportarla alla gaiezza di un tempo. La povera donna vacillava nei suoi propositi di pentimento: talvolta implorava Justine di perdonarla per la sua cattiveria, ma più spesso l'accusava di essere la causa della morte della sorella e dei fratelli. Questo continuo agitarsi alla lunga fece deperire Madame Moritz, cosa che dapprima aumentò la sua irritabilità, ma ora essa riposa in pace per sempre. È morta ai primi freddi, all'inizio dell'inverno scorso. Justine è tornata da noi, e ti assicuro che l'amo teneramente. È molto intelligente e di indole buona, e molto carina; come ho già detto, i suoi modi e le sue espressioni mi ricordano continuamente la mia cara zia.

"Devo dirti qualcosa, caro cugino, anche a proposito del nostro beneamato William. Vorrei che tu potessi vederlo: è molto alto per la sua età, con gli occhi blu, dolci e ridenti, ciglia scure e capelli riccioluti. Quando sorride, gli compaiono due fossette sulle guance, che hanno il colore della salute. Ha già avuto una o due fidanzatine, ma la sua preferita è Louisa Biron, una bella bambina di cinque anni.

"Ora, caro Victor, scommetto che hai voglia di sentire qualche pettegolezzo sulla brava gente di Ginevra. La bella Miss Mansfield ha già ricevuto le dovute visite di congratulazioni per il suo prossimo matrimonio con un giovane inglese, John Melbourne. La sua brutta sorella, Manon, ha sposato lo scorso autunno Monsieur Duvillard, il ricco banchiere. Il tuo compagno di scuola preferito, Louis Manoir, ha avuto diversi rovesci di fortuna dopo la partenza di Clerval da Ginevra. Ma si è ripreso, e si dice che stia per sposare una graziosa e vivace francese, Madame Tavernier. È una vedova, e molto più vecchia di Manoir, ma è molto ammirata ed è simpatica a tutti.

"Scrivendoti, mi sono sentita più sollevata, caro cugino, ma l'ansia mi riprende ora che devo concludere. Scrivi, caro Victor: una riga, una parola, sarà una benedizione per noi. Diecimila volte grazie a Henry per la sua bontà, il suo affetto e le sue molte lettere, gli siamo sinceramente grati. Adieu, cugino mio; prenditi cura di te stesso, e, ti supplico, scrivi!

Elizabeth Lavenza

Ginevra, 18 marzo 17--"

«Cara, cara Elizabeth!» esclamai quando ebbi letto la sua lettera, «scriverò immediatamente e li toglierò dall'ansia che devono provare.» Scrissi, e questo sforzo mi affaticò molto, ma la mia convalescenza era ormai cominciata e procedeva regolarmente. Dopo un'altra quindicina di giorni, ero in grado di lasciare la mia camera.

Uno dei miei primi doveri, quando mi fui ristabilito, fu di presentare Clerval ad alcuni professori dell'università. Nel far ciò, dovetti subire delle situazioni penose, che non si addicevano affatto alle ferite che la mia mente aveva patito. Da quella fatale notte

– la fine delle mie fatiche e l'inizio delle mie disgrazie – avevo concepito una violenta avversione persino per il nome della filosofia naturale. Anche dopo aver riacquistato la salute, la vista di uno strumento di laboratorio rinnovava tutte le angosce dei miei sintomi nervosi. Henry se n'era accorto, e mi aveva tolto di mezzo tutte le attrezzature. Mi aveva anche cambiato di alloggio, perché aveva notato che la stanza che era stata il mio laboratorio mi era odiosa. Ma le attenzioni di Clerval non mi furono d'aiuto quando feci visita ai miei professori. Monsieur Waldman non fece che infliggermi torture lodando con calorosa gentilezza gli stupefacenti progressi che avevo fatto nello studio delle scienze. Si accorse subito che l'argomento mi dispiaceva, ma, non indovinandone la vera causa, attribuì a modestia i miei sentimenti, e dai miei progressi passò a parlare della scienza in sé, tentando, come notai anch'io, di mettermi a mio agio. Cosa potevo fare? Intendeva farmi piacere e mi torturava. Mi sentivo come se avesse messo in fila, uno dopo l'altro, di fronte a me, quegli strumenti che sarebbero in seguito serviti a darmi una morte lenta e crudele. Mi torcevo alle sue parole, ma non osavo mostrare la pena che provavo. Clerval, che aveva occhi e sentimenti sempre pronti a intendere le sensazioni altrui, si schermì sull'argomento, adducendo come scusa la sua totale ignoranza; e la conversazione prese un tono più generale. Ringraziai l'amico in cuor mio, ma non glielo dissi. Vedevo chiaramente che era sorpreso, ma non cercò mai di farmi rivelare il mio segreto; e benché lo amassi con un affetto e insieme con una stima che non aveva limiti, pure non riuscivo a confidargli quell'episodio che mi si presentava così spesso alla memoria, e che temevo di imprimermi ancor più nella mente raccontandolo a qualcun altro.

Monsieur Krempe non fu altrettanto malleabile; e a quel tempo, nelle mie condizioni di sensibilità quasi dolorosa, i suoi elogi rozzi e troppo espliciti mi davano ancora più fastidio della benevola approvazione di Monsieur Waldman. «Che diavolo di ragazzo» esclamò, «perché vi assicuro, Monsieur Clerval, che ci ha battuti tutti. Sì, stupitevi, se volete, ma è vero. Un giovincello che solo qualche anno fa credeva in Cornelio Agrippa come nel vangelo, è ora in testa a tutta l'università; e se non lo facciamo scendere dal suo piedistallo, ci farà perdere la faccia a tutti. Già, già,» continuò, osservando la mia espressione insofferente, «Monsieur Frankenstein è modesto, una qualità eccellente in un giovane. I giovani dovrebbero essere poco sicuri di sé, sapete, Monsieur Clerval! Come me, da giovane; ma è una cosa che passa in fretta.»

Monsieur Krempe aveva cominciato un panegirico di sé, il che fortunatamente deviò la conversazione dall'argomento che mi metteva così a disagio.

Clerval non aveva mai condiviso la mia passione per la filosofia naturale, e le sue ricerche, di carattere letterario, differivano totalmente da quelle che mi avevano impegnato. Era venuto all'università con l'idea di imparare alla perfezione le lingue orientali, così da prepararsi la strada per il tipo di vita che si era scelto. Deciso a seguire una carriera non oscura, aveva rivolto il suo sguardo all'oriente, perché offriva orizzonti abbastanza vasti al suo spirito di iniziativa. Il persiano, l'arabo, il sanscrito attrassero il suo interesse, e io mi lasciai facilmente convincere a intraprendere gli stessi studi. L'ozio mi era sempre stato sgradito, e ora che desideravo sfuggire ai momenti di riflessione e che odiavo i miei studi precedenti, provavo un gran sollievo a studiare insieme al mio amico; e trovai non solo di che imparare, ma anche consolazione nei lavori degli scrittori orientali. Non tentavo di farmi come lui una conoscenza critica dei loro dialetti, perché non avevo altro scopo che un divertimento temporaneo. Leggevo solo per capire il significato, ed ero ampiamente ripagato delle mie fatiche. La loro melanconia è dolce, la loro gioia esaltante quale non ho mai provato studiando autori di altri paesi. Quando si leggono i loro scritti, la vita sembra consista in un caldo sole e in un giardino di rose – nei sorrisi e nel cipiglio di una bella nemica, e nel fuoco che consuma il tuo stesso cuore. Come è diversa dalla poesia eroica e virile di Roma e della Grecia!

L'estate passò tra questi studi, e il mio ritorno a Ginevra fu fissato per la seconda metà d'autunno; ma avendolo rinviato per varie ragioni, la neve e l'inverno sopravvennero, le strade furono date per impraticabili, il mio viaggio fu rimandato alla primavera successiva. Mi sentii amareggiato da questo ritardo, perché non vedevo l'ora di ritrovare la mia città natale e i miei cari amici. Il ritorno era stato posticipato così a lungo perché mi spiaceva lasciare Clerval in una città straniera prima che vi avesse fatto qualche conoscenza. L'inverno tuttavia passò piacevolmente, e, benché la primavera fosse insolitamente in ritardo, quando infine arrivò, la sua bellezza ricompensò ampiamente dell'attesa.

Maggio era già cominciato, e aspettavo di giorno in giorno la lettera che fissasse la data della mia partenza, quando Henry mi propose di fare un'escursione a piedi nei dintorni di Ingolstadt, perché potessi dire addio di persona al paese in cui avevo abitato così a lungo. Accettai la proposta con gioia: il moto mi piaceva, e Clerval era sempre stato il mio compagno preferito in escursioni simili fatte nel mio paese nativo.

Passammo due settimane girovagando; la mia salute e il mio morale si erano ristabiliti da tempo, e ora si rinforzarono ancor più per via dell'aria salubre che respiravo, per le occasioni che ci riservava la natura durante il viaggio e per la conversazione con il mio amico. Lo studio mi aveva finora tagliato fuori dal contatto con i miei simili e mi aveva reso poco socievole; ma Clerval risvegliò in me i sentimenti migliori, mi insegnò di nuovo ad amare il volto della natura e i visi allegri dei bambini. Che amico eccellente! Con quanta sincerità mi amavi, e come cercavi di sollevare la mia mente fino alla tua! L'egoismo della mia ricerca mi aveva chiuso e rattrappito, finché la tua gentilezza e il tuo affetto riuscirono a scaldarmi e a ridestarmi i sensi; ritornai la creatura felice che, pochi anni prima, amata e adorata da tutti, non aveva tristezze o preoccupazioni al mondo. Quand'ero felice, la natura aveva il potere di profondere su di me le più deliziose sensazioni. Un cielo sereno e dei campi verdeggianti mi riempivano d'estasi. La stagione in quel periodo era davvero splendida; i fiori primaverili si schiudevano tra le siepi, mentre quelli estivi già erano in boccio. Mi ero scordato i pensieri che l'anno prima mi avevano ossessionato come un peso insostenibile, nonostante tutti i miei sforzi per scrollarmeli di dosso.

Henry si rallegrava della mia gaiezza e condivideva sinceramente i miei sentimenti; si sforzava di distrarmi, dando forma ed espressione alle sensazioni che gli riempivano l'animo. Allora le risorse della sua mente erano davvero stupefacenti, il suo parlare pieno di immaginazione; e molto spesso, imitando gli scrittori arabi e persiani, inventava storie di straordinaria passione e fantasia. Altre volte, recitava le mie poesie preferite o mi trascinava in discussioni che egli sosteneva con molta abilità.

Tornammo al nostro collegio una domenica pomeriggio: i contadini stavano danzando, e tutti quelli che incontravamo erano allegri e contenti. Io stesso ero di buon umore e camminavo spedito, pieno di gioia e di spensieratezza.

Capitolo VII

Al ritorno trovai una lettera di mio padre:

"Mio caro Victor,
probabilmente stavi aspettando con impazienza una lettera che fissasse la data del tuo ritorno tra noi; e in un primo tempo sono stato tentato di scriverti soltanto due righe per dirti il giorno in cui ti avrei aspettato. Ma sarebbe stata una cortesia crudele, e non oso farlo. Quale non sarebbe la tua sorpresa, figlio mio, mentre ti attendi un caldo e gioioso benvenuto, trovarti invece intorno solo lacrime e sofferenza? E d'altra parte, come posso metterti al corrente della nostra disgrazia? La tua assenza non può averti reso insensibile alle nostre gioie e alle nostre pene; e io dovrei ora infliggere un dolore a un figlio che è stato lontano così a lungo? Vorrei prepararti alla terribile notizia, ma so che è impossibile: in questo momento il tuo occhio sta già divorando le righe per cercare le parole che ti daranno queste nuove tremende.

"William è morto! Quel dolce fanciullo i cui sorrisi deliziavano e riscaldavano il mio cuore, così mite e tuttavia così vivace! Victor, è stato assassinato!

"Non tenterò di consolarti, ti racconterò semplicemente le circostanze in cui è avvenuto il fatto.

"Giovedì scorso (7 maggio) io, mia nipote e i tuoi

87

due fratelli siamo andati per una passeggiata a Plainpalais. La serata era tiepida e serena, e prolungammo il nostro giro più del solito. Era già il crepuscolo quando decidemmo di tornare e allora scoprimmo che William e Ernest, che erano andati avanti, non si vedevano da nessuna parte. Ci fermammo quindi a riposare su una panchina, aspettando il loro ritorno. Ernest arrivò dopo poco, e chiese se avevamo visto suo fratello. Disse che stava giocando con lui, che William era corso via per andare a nascondersi, e che lui l'aveva cercato invano e poi aspettato a lungo, ma non era più ritornato.

"Questo resoconto ci allarmò, e continuammo le ricerche fino a notte, quando Elizabeth pensò che forse era già tornato a casa. Non c'era. Tornammo indietro con delle torce, perché non riuscivo a darmi pace quando pensavo al mio ragazzo che si era perso e ora era esposto all'umidità e alla brina notturna; anche Elizabeth era in grande angoscia. Verso le cinque della mattina scoprii il mio bel ragazzo, che avevo visto solo la sera prima in perfetta salute e pieno di energia, steso sull'erba, livido e senza vita, con l'impronta delle mani dell'assassino sul collo.

"Fu portato a casa, e l'angoscia visibile sul mio volto rivelò l'accaduto a Elizabeth. Volle vedere il cadavere a tutti i costi. Dapprima cercai di dissuaderla, ma insistette, e, entrata nella stanza dove giaceva, esaminò rapidamente il collo della vittima, poi, torcendosi le mani, esclamò: 'Oh Dio! Sono io che ho ucciso il mio adorato ragazzo!'.

"Svenne, e fu fatta rinvenire solo a fatica. Quando infine si riebbe non faceva che piangere e sospirare. Mi disse che quella sera William l'aveva tormentata finché non l'aveva convinta a lasciargli portare al collo una preziosa miniatura di tua madre che lei possedeva. Questo ritratto è scomparso, ed è stata senza dubbio la tentazione che ha indotto l'assassino al delitto. Di lui finora non abbiamo trovato traccia, anche se i nostri sforzi per scoprirlo non hanno tregua; ma non serviranno a riportare in vita il mio amato William!

"Vieni, carissimo Victor! Solo tu puoi consolare Elizabeth. Piange in continuazione e si accusa ingiustamente di essere la causa della sua morte; le sue parole mi trafiggono il cuore. Siamo tutti infelici, ma non è forse questo un altro motivo, figlio mio, perché tu torni e ci conforti? La tua cara madre! ahimè, Victor! oggi dico: grazie a Dio non ha vissuto abbastanza per vedere la crudele, misera fine del suo bambino più piccolo!

"Vieni, Victor! Non meditando pensieri di vendetta contro l'assassino, ma con sentimenti di pace e di gentilezza che guariscano, invece che inasprire, le ferite dei nostri animi. Entra nella casa del lutto, amico mio, ma portando affetto e dolcezza a coloro che ti amano, e non odio per i tuoi nemici.

Il tuo affezionato e afflitto padre,

Alphonse Frankenstein

Ginevra, 12 maggio 17--"

Clerval, che aveva osservato la mia espressione mentre leggevo la lettera, fu sorpreso vedendo la disperazione che prendeva il posto della gioia di ricevere notizie dai miei. Gettai la lettera sul tavolo e mi coprii la faccia con le mani.

«Mio caro Frankenstein» esclamò Henry quando mi vide piangere amaramente. «Sarai dunque sempre un infelice? Mio caro amico, cosa è successo?»

Gli feci cenno di prendere la lettera, mentre io andavo su e giù per la stanza in preda alla più grande agitazione. Le lacrime sgorgarono anche dagli occhi di Clerval, quando ebbe letto il racconto della mia sventura.

«Non so offrirti alcuna consolazione, amico mio» disse, «la disgrazia è irreparabile. Che cosa intendi fare?»

«Andare immediatamente a Ginevra. Vieni con me a ordinare i cavalli, Henry.»

Per la strada Clerval cercò di dirmi qualche parola di conforto; riuscì solo a esprimere la sua più sincera partecipazione. «Povero William!» disse. «Caro ragazzo, ora riposa con quell'angelo di sua madre! Chiunque l'abbia visto radioso e felice, nella sua bellezza di fanciullo, non può non piangere la sua perdita così immatura! Morire così orrendamente, sentendosi sul collo la stretta dell'assassino! Quanto più colpevole costui, se ha potuto distruggere un'innocenza tanto luminosa! Povero ragazzo! Abbiamo solo una consolazione: chi gli voleva bene piange e si dispera, ma lui riposa in pace. Il dolore è cessato, le sue sofferenze sono finite per sempre. Le zolle ricoprono la dolce forma, ed egli non conosce più pena. Non deve più essere l'oggetto della nostra pietà; questa la dobbiamo riservare per gli infelici che gli sopravvivono.»

Così diceva Clerval, mentre ci affrettavamo per le strade; le sue parole mi si impressero nella mente, e più tardi, quando fui solo, le ricordai. Ma ora, appena arrivarono i cavalli, salii subito in carrozza e dissi addio al mio amico.

Il viaggio fu molto triste. Dapprima volevo procedere in fretta perché non vedevo l'ora di consolare e confortare i miei cari, affranti; ma, quando mi avvicinai alla mia città, rallentai l'andatura. Riuscivo a malapena a sopportare la moltitudine di sentimenti che mi si affollavano nella mente. Stavo passando tra scenari che mi erano stati familiari fin dalla prima giovinezza, ma che non vedevo da quasi sei anni. Come doveva essere tutto cambiato in quel periodo! Un cambiamento improvviso e devastante aveva appena avuto luogo; ma mille altre circostanze, a poco a poco, potevano avere operato altri mutamenti, che, anche se avvenuti in modo più tranquillo, potevano però rivelarsi non meno decisivi. La paura mi sopraffece: non osavo avanzare, temendo mille mali senza volto, che mi facevano tremare, anche se ero incapace di definirli.

Rimasi due giorni a Losanna in questo stato d'animo dolente. Contemplavo il lago: le acque erano placide, intorno tutto era calmo, e le montagne coperte di neve, "i palazzi della natura", non erano cambiati. A poco a poco, quella calma e quello scenario celestiale mi ristorarono, e proseguii il viaggio verso Ginevra.

La strada correva lungo il lago, che si restringeva man mano che mi avvicinavo alla città. Vedevo ora più distintamente i fianchi scuri del Giura, e la cima luminosa del Monte Bianco. Piansi come un bambino. «Care montagne! Mio bellissimo lago! Che benvenuto date al vostro vagabondo? Le vostre cime sono chiare, il cielo e il lago azzurri e placidi. È questo un presagio di pace o un'irrisione alla mia infelicità?»

Temo, amico mio, di annoiarvi nel soffermarmi così su queste circostanze preliminari, ma erano giorni di relativa felicità, e li ripenso volentieri. Paese mio, mio amato paese! Chi, se non uno che vi è nato, può dire il piacere che provavo nel rivedere i tuoi torrenti, le tue montagne e, più di tutto, il tuo bel lago!

Tuttavia, man mano che mi avvicinavo a casa, angoscia e paura si impadronivano di nuovo di me. Sopravvenne anche la notte, e quando non riuscii se non a malapena a distinguere le montagne scure, mi sentii ancora più abbattuto. La scena sembrava una vasta e indistinta immagine di male, e presentii oscuramente che ero destinato a diventare il più infelice degli esseri umani. Ahimè! la mia profezia si avverò, e sbagliai solo in un particolare, che in tutta l'infelicità che immaginai e che temetti non calcolai neppure la centesima parte dell'angoscia che ero destinato a soffrire.

Era completamente buio quando arrivai nei dintorni di Ginevra; le porte della città erano già chiuse, e fui costretto a passare la notte a Secherón, un villaggio a circa mezza lega dalla città. Il cielo era sereno, e, poiché non riuscivo a riposare, decisi di visitare il luogo in cui il povero William era stato assassinato. Non potendo passare per la città, fui costretto ad attraversare il lago in barca per arrivare a Plainpalais. Durante il breve tragitto vidi i lampi tracciare figure bellissime sulla cima del Monte Bianco. Il temporale sembrava avvicinarsi rapidamente, e, quando sbarcai, salii su un'altura per osservarne meglio il crescendo. Si avvicinava, il cielo si era tutto rannuvolato, e presto la pioggia cominciò a scendere a gocce larghe e rade; poi la sua violenza aumentò.

Lasciai il luogo dove m'ero fermato, e proseguii, anche se l'oscurità e il temporale aumentavano di intensità a ogni minuto, e il tuono scoppiava con scrosci terribili proprio sopra di me. Gli rispondeva l'eco della Salêve, del Giura e delle Alpi della Savoia; i lividi squarci dei lampi mi abbagliavano, illuminando il lago e facendolo apparire come uno specchio di fuoco; poi per un attimo tutto piombava nell'oscurità più profonda, finché l'occhio non si riaveva dalla luce accecante di prima. Il temporale, come succede spesso in Svizzera, appariva contemporaneamente in diversi punti del cielo. Il più violento stava esattamente sopra la zona settentrionale della città, su quella parte del lago che va dal promontorio di Belrive al villaggio di Copêt. Un altro illuminava il Giura con deboli lampi, e un altro ancora oscurava, e a tratti lasciava intravedere, la Môle, un picco a est del lago.

Mentre osservavo la tempesta, così bella eppure così terrificante, continuavo a camminare a passi veloci. Questa grande battaglia nel cielo esaltava il mio spirito; giunsi le mani ed esclamai ad alta voce: «William, caro angelo! questo è il tuo funerale, questo il tuo canto funebre!». Mentre pronunciavo queste parole, intravidi nell'oscurità una figura che scivolava via da una macchia d'alberi vicino a me; restai immobile, aguzzando gli occhi: non potevo sbagliarmi. Un bagliore di lampo la illuminò e ne delineò chiaramente la forma: la statura gigantesca e la deformità del suo aspetto, troppo orribile per appartenere a essere umano, mi rivelarono immediatamente che si trattava dello sciagurato, dell'empio demone a cui avevo dato vita. Che cosa faceva lì? Poteva forse trattarsi (rabbrividii al pensiero) dell'assassino di mio fratello? L'idea mi era appena balenata nella mente che fui convinto della sua verità; cominciai a battere i denti e fui costretto ad appoggiarmi a un albero per non cadere. La figura mi oltrepassò velocemente e la persi di vista nell'oscurità. Niente che avesse forma umana avrebbe potuto distruggere quel bel bambino. *Lui* era l'assassino! Non potevo aver dubbi. Il fatto stesso che me ne fosse venuta l'idea era una prova inconfutabile. Pensai di inseguire quel demonio, ma sarebbe stato inutile, perché un altro lampo me lo fece vedere aggrappato alle rocce di una parete quasi a perpendicolo del monte Salêve, una collina che chiude a sud Plainpalais. Presto raggiunse la cima e scomparve.

Rimasi immobile. Il tuono cessò; ma la pioggia continuava a cadere e il paesaggio era avvolto da un buio impenetrabile. Riandavo con la mente agli avvenimenti che finora avevo cercato di dimenticare: tutta la storia del processo per giungere alla creazione; l'apparizione del frutto delle mie stesse mani accanto al mio letto; la sua fuga. Quasi due anni erano trascorsi ormai dalla notte in cui aveva ricevuto la vita; ed era questo il suo primo crimine? Ahimè! avevo sguinzagliato per il mondo un essere perverso, che godeva di stragi e sciagure: non aveva forse ucciso mio fratello?

Nessuno può immaginare l'angoscia che patii durante il resto di quella notte, che passai all'aria aperta, bagnato e intirizzito. Ma non sentivo disagio per il maltempo: la mia immaginazione era piena di scene di orrore e di disperazione. Mi ritrovai a pensare all'essere (che avevo immesso tra gli uomini, dotato di volontà e potere per realizzare atti tremendi come quello che aveva appena compiuto) come quasi al mio vampiro, il mio stesso spirito, liberato dalla tomba e costretto a distruggere tutto quello che mi era caro.

Sorse il giorno, e mi diressi verso la città. Le porte erano aperte e mi affrettai a casa di mio padre. Il mio primo pensiero fu di rivelare quel che sapevo dell'assassino, e fargli subito dare la caccia. Ma mi fermai, riflettendo sulla storia che avevo da raccontare: un essere, che io stesso avevo formato e dotato di vita, mi si era parato dinanzi a mezzanotte, tra i precipizi di una montagna inaccessibile. Ricordai anche la febbre nervosa che mi aveva preso proprio al tempo a cui risaliva la mia creazione, e che avrebbe potuto far sembrare delirio una storia altrimenti così improbabile. Sapevo bene che, se qualcun altro mi avesse fatto un tale racconto, l'avrei considerato come l'allucinazione di un folle. Inoltre, la strana natura di quella bestia avrebbe eluso ogni inseguimento, anche se fossi riuscito a farmi credere, al punto di persuadere la mia famiglia a dargli la caccia. E poi, con quale risultato? Chi poteva fermare una creatura capace di scalare le pareti a strapiombo del monte Salêve? Queste riflessioni furono determinanti, e decisi di non parlare.

Erano circa le cinque del mattino quando entrai in casa di mio padre. Dissi ai servitori di non disturbare i miei familiari, e andai in biblioteca ad attendere l'ora in cui di solito si alzavano.

Sei anni erano trascorsi, passati come un sogno, se non fosse stato per quella indelebile traccia, e io mi ritrovavo nello stesso luogo dove avevo abbracciato mio padre per l'ultima volta prima della partenza per Ingolstadt. Amato e venerato genitore! Mi restava ancora lui. Contemplai il ritratto di mia madre sopra il caminetto. Rappresentava un episodio della sua vita, dipinto per volere di mio padre, e raffigurava Caroline Beaufort, disperata e piena di angoscia, in ginocchio accanto alla bara di suo padre. Era vestita poveramente, e il viso era pallidissimo, ma aveva un'aria di dignità e di bellezza che quasi non permetteva di sentire pietà per lei. Sotto a questo quadro c'era una miniatura di William, e mi scesero le lacrime nel guardarla. Mentre ero così assorto, entrò Ernest: mi aveva sentito arrivare ed era corso a darmi il benvenuto. Nel vedermi espresse la sua gioia, venata di tristezza: «Benvenuto, carissimo Victor!» disse. «Ah! vorrei che tu fossi arrivato tre mesi fa. Allora ci avresti trovati tutti pieni di gioia e di allegria. Ora vieni a condividere un'infelicità che nulla può alleviare; tuttavia, la tua presenza, spero, ridarà vita a nostro padre, che sembra accasciarsi sotto il colpo di questa disgrazia; e tu riuscirai a persuadere la povera Elizabeth di smettere di accusarsi e tormentarsi invano. Povero William! Era il nostro beniamino e il nostro orgoglio!»

Le lacrime sgorgarono copiose dagli occhi di mio fratello; un senso di gelo mortale mi si insinuò nelle ossa. Prima avevo solo immaginato l'infelicità della mia casa desolata; la realtà ora mi travolse come un nuovo e non meno terribile disastro. Cercai di calmare Ernest; chiesi notizie più dettagliate di mio padre e di colei che chiamavo cugina.

«Lei più di tutti» disse Ernest, «ha bisogno di essere consolata, si è accusata di aver causato la morte di mio fratello, e questo l'ha resa disperata. Ma da quando l'assassino è stato scoperto...»

«L'assassino scoperto! Buon Dio! Come può essere? Chi può aver cercato di inseguirlo? È impossibile; sarebbe come voler tentare di superare il vento, o di arginare un torrente di montagna con una pagliuzza. L'ho visto anch'io, era libero la notte scorsa!»

«Non so che cosa intendi» replicò mio fratello con aria meravigliata, «ma per noi la scoperta non ha fatto che dare il tocco finale alla nostra infelicità. Nessuno voleva crederci all'inizio, e anche ora Elizabeth non riesce a convincersene nonostante le prove. E davvero, chi potrebbe credere che Justine Moritz, così amorosa, così affezionata a tutta la famiglia, possa all'improvviso essere diventata capace di un crimine tanto spaventoso, tanto agghiacciante?»

«Justine Moritz! Povera, povera ragazza, è lei l'accusata? Ma lo è ingiustamente, lo sanno tutti; certo non ci crede nessuno, Ernest?»

«Nessuno, all'inizio; ma ora sono state scoperte diverse circostanze che ci hanno quasi costretto a convincercene; e il suo stesso modo di comportarsi è stato così ambiguo da aggiungere un peso tale alla prova dei fatti che ora, temo, non lasci speranza di dubbio. Ma sarà giudicata oggi, e sentirai tutta la storia.»

Raccontò che, la mattina in cui era stato scoperto l'assassinio del povero William, Justine si era sentita male ed era stata costretta a letto per parecchi giorni. Durante questo periodo, uno dei domestici, esaminando per caso gli abiti che ella indossava la notte del delitto, aveva trovato in una delle tasche la miniatura di mia madre, che si pensava fosse stata il movente dell'assassinio. Il domestico l'aveva subito mostrata a un altro, e questi, senza dire una parola di ciò alla famiglia, si era recato da un magistrato, e Justine era stata arrestata in base alla loro deposizione. Accusata del fatto, la povera ragazza aveva ampiamente confermato i sospetti con la sua estrema confusione.

Era una strana storia, ma non scosse la mia convinzione e con calore risposi: «Siete tutti in errore; io so chi è l'assassino. Justine, la povera, buona Justine è innocente».

In quel momento entrò mio padre. Gli vidi l'infelicità profondamente impressa sul volto, ma cercò di darmi un allegro benvenuto, e, dopo esserci scambiati un triste saluto, avrebbe voluto parlare di qualche altro argomento piuttosto che della nostra disgrazia, se Ernest non avesse esclamato: «Buon Dio, papà! Victor dice che sa chi è l'assassino del povero William».

«Anche noi purtroppo» rispose mio padre, «anche se veramente avrei voluto ignorarlo per il resto della vita piuttosto che scoprire tale malvagità e ingratitudine in una che avevo in tanta considerazione.»

«Mio caro padre, vi sbagliate; Justine è innocente.»

«Se lo è, Dio non voglia che sia punita. Sarà giudicata oggi, e spero, spero sinceramente che venga assolta.»

Queste parole mi calmarono. Dentro di me ero fermamente convinto che Justine, e in verità qualsiasi altro essere umano, non era colpevole di questo omicidio. Non temevo quindi che potesse essere presentata alcuna prova circostanziale così convincente da farla condannare. La mia non era una storia da raccontare in pubblico; il suo incredibile orrore sarebbe stato considerato pazzia dal volgo. Tranne me, che ne ero il creatore, esisteva forse qualcuno che potesse credere, senza che i suoi sensi gliene avessero data la prova, all'esistenza di quel monumento vivente di presunzione e di ignoranza cieca che io avevo sguinzagliato per il mondo?

Fummo presto raggiunti da Elizabeth. Il tempo l'aveva cambiata da come l'avevo vista l'ultima volta: l'aveva dotata di un fascino che superava la bellezza di quand'era fanciulla. Il candore, la vivacità erano le stesse; ma ora erano accompagnate da un'espressione piena di sensibilità e di intelligenza. Mi diede il benvenuto con molto affetto. «Il tuo arrivo, mio caro cugino» disse, «mi riempie di speranza. Tu forse riuscirai a trovare il modo di provare l'innocenza della nostra povera Justine. Ahimè! Chi si può salvare se lei viene giudicata un'assassina? Credo nella sua innocenza come nella mia. La nostra disgrazia è doppiamente penosa: non solo abbiamo perso quel bambino adorato, ma ora questa povera fanciulla, che amo di tutto cuore, deve esserci strappata da un fato anche peggiore. Se viene condannata, non conoscerò più gioia. Ma non lo sarà, sono sicura che non lo sarà; e allora tornerò a essere felice, persino dopo la morte del mio piccolo William.»

«È innocente, mia Elizabeth» dissi, «e ciò verrà provato, non temere di nulla, ma lasciati confortare dalla certezza della sua assoluzione.»

«Come sei buono e generoso! Tutti gli altri credono che sia colpevole, e questo mi ha angosciata perché sapevo che era impossibile; e vedere tutti così prevenuti, in modo tanto inesorabile, mi aveva sconfortato e fatto disperare.» Scoppiò in lacrime.

«Carissima nipote» disse mio padre, «asciugati le lacrime. Se è innocente, come tu credi, fidati della giustizia delle nostre leggi, e della sollecitudine con cui impedirò anche la più pallida ombra di parzialità.»

Capitolo VIII

Passammo alcune ore tristi fino alle undici, quando doveva avere inizio il processo. Poiché mio padre e il resto della famiglia dovevano comparire come testimoni, li accompagnai in tribunale. Durante tutta questa miserevole parodia di giustizia, soffrii torture cocenti. Si doveva decidere se il risultato della mia curiosità e dei miei illeciti esperimenti avesse potuto causare la morte di due esseri umani: uno, un bambino ridente, pieno di gioia di vivere e di innocenza; l'altro ucciso in modo ben più terribile, con tutte le aggravanti dell'infamia, che avrebbe fatto ricordare per sempre quell'omicidio con orrore. Anche Justine era una ragazza di molte qualità, e possedeva doti che promettevano di offrirle una vita felice; ora tutto ciò doveva essere cancellato in una tomba ignominiosa; e io ne ero la causa! Piuttosto mi sarei confessato io mille volte colpevole del crimine attribuito a Justine; ma ero assente quando era stato commesso, e una tale dichiarazione sarebbe stata considerata il delirio di un pazzo e non avrebbe discolpato colei che soffriva per colpa mia.

L'aspetto di Justine era calmo. Era vestita a lutto, e il suo viso, sempre attraente, era ora, a causa della solennità dei suoi sentimenti, squisitamente bello. Sembrava fiduciosa della sua innocenza, e non tremava, benché fosse sottoposta alle occhiate e alla esecrazione di tante persone: infatti tutta la benevolenza che in altre occasioni la sua bellezza avrebbe suscitato, era ora cancellata nella mente degli spettatori dall'immagine dell'enorme crimine che si supponeva avesse commesso. Era tranquilla; tuttavia, la sua tranquillità era evidentemente forzata; e, poiché la sua confusione era stata in precedenza addotta come prova della sua colpevolezza, ora si era imposta una parvenza di coraggio. Quando entrò in aula, gettò un'occhiata intorno e scoprì subito dove eravamo seduti. Una lacrima sembrò velarle gli occhi quando ci vide, ma si riprese immediatamente e un'espressione triste di affetto parve testimoniare la sua totale innocenza.

Il processo cominciò; e, dopo che il magistrato ebbe formulato l'accusa a suo carico, furono chiamati diversi testimoni. C'erano parecchie strane circostanze che congiuravano a suo sfavore, e che avrebbero sconcertato chiunque non avesse le prove che avevo io della sua innocenza. Era stata fuori tutta la notte del delitto, e, verso mattina, era stata vista da una donna del mercato non lontano dal luogo dove era stato in seguito trovato il corpo del bambino ucciso. La donna le aveva chiesto che cosa facesse lì, ma lei aveva un aspetto molto strano e diede solo una risposta confusa e incomprensibile. Era tornata a casa verso le otto, e, quando qualcuno le chiese dove avesse passato la notte, rispose che era stata a cercare il bambino, e domandò ansiosamente se si avessero sue notizie. Quando le fu mostrato il corpo, fu presa da una violenta crisi isterica e rimase a letto diversi giorni. Fu quindi portata davanti alla corte la miniatura che il domestico le aveva trovato in tasca, e, quando Elizabeth balbettando confermò che era la stessa che, un'ora prima che il bambino scomparisse, gli aveva messo al collo, un mormorio di orrore e di indignazione riempì l'aula.

Justine fu chiamata a difendersi. Man mano che il

processo andava avanti, la sua espressione era cambiata. Sorpresa, orrore e angoscia erano apparse sul suo viso. Talvolta lottava con le lacrime, ma, quando le fu chiesto di venire a deporre, raccolse le forze e parlò con voce ben udibile, anche se ineguale.

«Dio sa» disse «che io sono del tutto innocente. Ma non mi aspetto che le mie dichiarazioni bastino a discolparmi; affido la mia innocenza a una chiara e semplice spiegazione di quei fatti che sono stati addotti contro di me, e spero che la reputazione che ho sempre avuto farà propendere i miei giudici per un'interpretazione favorevole, laddove le circostanze sembrassero dubbie o sospette.»

Raccontò quindi che, col permesso di Elizabeth, aveva passato la sera della notte in cui era stato commesso il delitto a casa di una zia a Chêne, un villaggio a circa una lega da Ginevra. Al suo ritorno, verso le nove, aveva incontrato un uomo che le aveva chiesto se per caso avesse visto il bambino che si era perso. A questa notizia si era allarmata e aveva passato diverse ore a cercarlo, finché le porte di Ginevra si erano chiuse ed era stata costretta a passare alcune ore di quella notte nel fienile di una casupola, non volendo svegliare gli abitanti che la conoscevano bene. Qui aveva trascorso la maggior parte della notte, sveglia; verso mattina pensava di essersi assopita per qualche minuto, dei passi l'avevano disturbata e si era svegliata. Albeggiava, e abbandonò quindi il suo ricovero per tornare alla ricerca di mio fratello. Se si era trovata vicino al punto dove giaceva il suo corpo, era stato senza saperlo. Che si fosse mostrata sgomenta quando era stata interrogata dalla donna del mercato, non era cosa da stupirsi, perché aveva passato una notte insonne e la sorte del povero William era ancora incerta. Per quanto riguardava la miniatura, non poteva dare alcuna spiegazione.

«Capisco» continuò l'infelice vittima «quanto questa circostanza pesi fatalmente contro di me, ma non sono assolutamente in grado di spiegarla, e, dopo avere dichiarato la mia totale ignoranza del fatto, non mi resta che fare supposizioni su come può essermi stata messa in tasca. Ma anche qui non so da che parte rifarmi. Non credo di avere un solo nemico in terra, e certo nessuno così malvagio da volermi coscientemente rovinare. Ve l'ha messa l'assassino? Non so quale occasione abbia avuto per farlo; o, se io gliel'ho data, perché rubare un gioiello per poi disfarsene subito?

«Affido la mia causa al senso di giustizia dei giudici pur non avendo speranze. Chiedo il permesso di fare interrogare alcune persone in merito al mio carattere, e, se la loro testimonianza non avrà più peso della mia supposta colpevolezza, dovrò essere condannata, anche se preferirei affidare la mia salvezza alla mia innocenza.»

Furono chiamati diversi testimoni; che la conoscevano da molti anni, e parlarono bene di lei; ma la paura e l'orrore per il crimine di cui la supponevano colpevole li rendeva timorosi e poco propensi a farsi avanti. Elizabeth vide anche quest'ultima risorsa, il suo eccellente carattere e la sua condotta irreprensibile, venire meno all'accusata; per cui, anche se visibilmente agitata, chiese il permesso di rivolgersi alla corte.

«Io sono» disse «la cugina dell'infelice bambino che è stato ucciso; o meglio, una sorella, perché sono stata educata e ho vissuto con i suoi genitori ancora prima che nascesse. Può quindi sembrare poco appropriato da parte mia farmi avanti in questa occasione, ma quando vedo un altro essere umano sul punto di soccombere per la vigliaccheria dei suoi presunti amici, desidero che mi si conceda il diritto

103

di parlare per dire quello che so del suo carattere. Conosco bene l'imputata. Abbiamo vissuto nella stessa casa, una prima volta per cinque e una seconda volta per quasi due anni. In tutto questo tempo mi è parsa la creatura più buona e degna d'amore. Ha curato Madame Frankenstein al tempo della sua ultima malattia, con la massima sollecitudine e affetto; e in seguito ha assistito la propria madre durante una lunga malattia in modo che ha suscitato l'ammirazione di tutti quelli che la conoscevano; dopo di ciò, è tornata a vivere in casa di mio zio, dove era amata da tutta la famiglia. Era molto attaccata al bambino che è morto, e si comportava verso di lui come la più affettuosa delle madri. Da parte mia non esito a dire che, nonostante le prove addotte contro di lei, io credo fermamente nella sua completa innocenza. Non aveva motivo per una tale azione, e, per quanto riguarda la miniatura, questa sciocchezza su cui si basa l'accusa principale, se l'avesse veramente voluta gliel'avrei data volentieri: tanta è la stima e la considerazione che ho per lei.»

Un mormorio di approvazione seguì la semplice e incisiva perorazione di Elizabeth, ma era stato provocato dal suo atto generoso e non era a favore della povera Justine, verso la quale ora l'indignazione pubblica si rivolse con rinnovata violenza, accusandola anche della più nera ingratitudine. Lei stessa piangeva mentre Elizabeth parlava, ma non rispose. La mia agitazione e la mia angoscia erano estreme durante tutto il processo. Credevo nella sua innocenza, ne ero certo. Quel demonio che aveva ucciso mio fratello (non ne dubitai mai per un attimo) poteva anche, nel suo gioco infernale, aver consegnato un'innocente alla morte e all'ignominia? Non potevo sopportare l'orrore della mia situazione; e quando mi accorsi che la voce popolare e l'espressione dei giudici avevano già condannato la mia infelice vittima, mi precipitai fuori dall'aula in preda all'angoscia. Le torture dell'accusata non eguagliavano le mie: lei era sostenuta dalla sua innocenza, ma gli artigli del rimorso laceravano il mio petto e non lasciavano la presa.

Passai una notte di continua angoscia. Al mattino mi recai in tribunale; avevo le labbra e la gola secche. Non osavo porre la fatale domanda, ma ero conosciuto e il funzionario indovinò la causa della mia visita. La votazione aveva già avuto luogo, e le palline erano risultate tutte nere: Justine era stata condannata.

Non è possibile descrivere cosa provai in quel momento. Avevo già sperimentato sensazioni di orrore, e ho cercato di renderle con espressioni adeguate, ma le parole non possono dare l'idea della lancinante disperazione che sentii allora. La persona a cui mi ero rivolto aggiunse che Justine aveva già confessato la sua colpa. «Questa prova» egli osservò «era a malapena necessaria in un caso così chiaro, ma ne sono contento; in verità, a nessuno dei nostri giudici piace condannare un criminale sulla base di prove circostanziali, per quanto così decisive.»

Questa era una notizia strana e inaspettata; cosa poteva voler dire? I miei occhi si erano forse ingannati? Ero veramente pazzo come tutti mi avrebbero ritenuto se avessi rivelato l'oggetto dei miei sospetti? Mi affrettai a tornare a casa, ed Elizabeth mi chiese ansiosamente il verdetto.

«Cugina mia» replicai «la sentenza è quale te la potevi immaginare; ogni giudice preferirebbe far soffrire dieci innocenti piuttosto che lasciarsi sfuggire un solo colpevole. Ma ha confessato.»

Questo fu un colpo feroce per la povera Elizabeth, che aveva creduto con fermezza nell'innocenza di Justine. «Ahimè!» esclamò. «Come farò a credere di nuovo nella bontà umana? Justine, che amavo e stimavo come una sorella, come poteva fingere quei sorrisi innocenti, che invece nascondevano solo tradimento? I suoi occhi dolci sembravano incapaci di ogni durezza o finzione, eppure ha commesso un omicidio.»

Subito dopo venimmo a sapere che la povera vittima aveva espresso il desiderio di vedere mia cugina. Mio padre non desiderava che andasse, ma dichiarò che lasciava la decisione alla sua discrezione e ai suoi sentimenti. «Sì,» disse Elizabeth «andrò, anche se è colpevole, e tu, Victor mi accompagnerai; non posso andare da sola.» L'idea di quella visita era una tortura per me, ma non potevo rifiutare.

Entrammo nella squallida cella e vedemmo Justine seduta sulla paglia all'estremità opposta; aveva le catene ai polsi e la testa appoggiata alle ginocchia. Si alzò vedendoci entrare, e, quando fummo soli con lei, si gettò ai piedi di Elizabeth, piangendo amaramente. Anche mia cugina piangeva.

«Oh, Justine!» disse «perché mi hai derubato del mio ultimo conforto? Credevo nella tua innocenza, e, benché fossi molto infelice, non ero però così disperata come sono ora.»

«Ma credete anche voi che io sia tanto perversa? Anche voi vi unite ai miei nemici per schiacciarmi, condannandomi come un'assassina?» La sua voce era soffocata dai singhiozzi.

«Alzati, mia povera ragazza» disse Elizabeth «perché ti inginocchi se sei innocente? Non sono uno dei tuoi nemici; ti ho creduto innocente nonostante ogni evidenza, finché non ho sentito che tu stessa ti eri dichiarata colpevole. Questa notizia, tu dici, è falsa; e sii certa, cara Justine, che niente può scuotere la mia fede in te, anche per un solo momento, se non la tua confessione.»

«Ho confessato, ma era una menzogna. Ho confessato per ottenere l'assoluzione, ma ora questa falsità mi pesa sul cuore più di tutti gli altri miei peccati. Che il Dio del cielo mi perdoni! Da quando sono stata condannata il mio confessore non mi ha dato requie: mi ha terrorizzato in tutti i modi, finché ho quasi cominciato a credere di essere il mostro che diceva che ero. Ha minacciato che in punto di morte mi avrebbe scomunicata condannandomi al fuoco eterno se avessi continuato a negare. Cara signora, non avevo nessuno a sostenermi; tutti mi guardavano come una disgraziata destinata all'ignominia e alla perdizione. Cosa potevo fare? In un momento di debolezza, ho sottoscritto una menzogna; e ora soltanto mi sento veramente perduta.»

Fece una pausa, piangendo, e poi continuò: «Pensavo con orrore, mia dolce signora, che voi poteste ritenere la vostra Justine, che la vostra zia benedetta teneva in tanta stima e che voi stessa amavate, una creatura capace di un crimine che neppure il diavolo avrebbe potuto commettere! Caro William! Caro bambino benedetto! Ti vedrò presto di nuovo, in cielo, dove saremo tutti felici; e questo mi consola mentre sto per affrontare ignominia e morte!».

«Oh, Justine! perdonami per avere dubitato di te un attimo! Perché hai confessato? Ma non piangere, cara ragazza. Non aver paura. Proclamerò e proverò la tua innocenza. Scioglierò i cuori di pietra dei tuoi nemici con le mie lacrime e le mie preghiere. Non morirai! Tu, compagna di giochi, amica, sorella, morire sul patibolo! No! no! Non potrei sopravvivere a una disgrazia così terribile!»

Justine scosse tristemente la testa. «Non ho paura di morire» disse «quest'angoscia è passata. Dio innalza la mia debolezza e mi dà il coraggio di sopportare il peggio. Lascio un mondo triste e amaro; e se voi vi ricorderete e penserete a me come a una che è stata ingiustamente condannata, io mi rassegnerò alla sorte che mi aspetta. Imparate da me, cara signora, a sottomettervi con rassegnazione al volere del cielo!»

Durante questa conversazione, mi ero ritirato in un angolo della cella per poter nascondere l'orribile angoscia che mi possedeva. Disperazione! Chi osa parlarne? La povera vittima, che l'indomani doveva oltrepassare lo spaventoso confine tra la vita e la morte, non sentiva un'angoscia così amara e profonda come la mia. Strinsi e digrignai i denti, con un gemito che mi veniva dal fondo dell'anima. Justine sobbalzò. Quando vide di chi si trattava, mi si avvicinò e disse: «Caro signore, siete molto gentile a farmi visita; voi, spero, non crederete che io sia colpevole?».

Non potei rispondere. «No, Justine» disse Elizabeth «è più convinto della tua innocenza di quanto non fossi io; perché anche quando sentì che avevi confessato, non vi credette.»

«Lo ringrazio vivamente. In questi ultimi momenti, sento la più sincera gratitudine per tutti coloro che pensano a me con bontà. Come è dolce l'affetto degli altri per una disgraziata come me! Mi toglie di dosso più di metà della pena; e mi sento quasi di poter morire in pace, ora che la mia innocenza è riconosciuta da voi, cara signora, e da vostro cugino.»

Così la povera infelice cercava di confortare gli altri e se stessa. Acquistò veramente la rassegnazione che desiderava. Ma io, il vero assassino, sentivo muoversi nel mio petto un tarlo incessante, che non mi concedeva né speranza né conforto. Anche Elizabeth piangeva ed era infelice, ma anche la sua era l'infelicità dell'innocenza, che, come una nuvola, passa davanti alla luna luminosa, la nasconde per un tratto, ma non può alterarne per sempre lo splendore. Disperazione e angoscia mi erano penetrate nel profondo del cuore; avevo un inferno dentro di me che nulla poteva estinguere. Restammo diverse ore con Justine, e fu con grande difficoltà che Elizabeth riuscì a separarsene. «Vorrei» esclamò «poter morire con te; non posso vivere in questo mondo di infelicità.»

Justine assunse un'espressione rasserenata, mentre tratteneva a stento lacrime amare. Abbracciò Elizabeth e disse con un tono di emozione repressa: «Addio, dolce signora, carissima Elizabeth, mia amata e unica amica; possa il cielo nella sua generosità benedirvi e conservarvi; possa questa essere l'ultima disgrazia che dovete affrontare! Vivete e siate felice, e rendete altri felici».

E l'indomani Justine morì. L'eloquenza commovente di Elizabeth non riuscì a smuovere i giudici dalla loro ferma convinzione della colpevolezza di quella santa vittima. I miei appelli appassionati e indignati furono inutili. E quando ricevetti la loro fredda risposta e sentii i duri, insensibili ragionamenti di quegli uomini, la confessione che mi proponevo mi morì sulle labbra. Così mi sarei fatto dichiarare pazzo, ma senza riuscire a revocare la sentenza emessa a carico della mia disgraziata vittima. Ella morì sul patibolo come un'assassina!

Mi distolsi dalle torture del mio cuore per osservare il muto e profondo dolore della mia Elizabeth. Anche questo era opera mia! E il dolore di mio padre, e la desolazione di quella casa, un tempo così gioiosa... tutto era opera delle mie mani tre volte maledette! Infelici, voi piangete ora, ma queste non sono le vostre ultime lacrime! Ancora leverete i vostri lamenti funebri, e il suono dei vostri gemiti più e più volte si farà sentire! Frankenstein, vostro figlio, vostro congiunto, vostro amato amico di sempre, colui che darebbe l'ultima goccia del suo sangue per amor vostro; colui che non ha pensiero o gioia che non sia riflessa anche sui vostri cari visi, che riempirebbe l'aria di benedizioni e passerebbe la vita a servirvi; egli vi chiede di piangere, di versare lacrime senza fine felice oltre ogni speranza se in questo modo il fato inesorabile si riterrà soddisfatto e se la distruzione si fermerà prima che la pace della tomba si sostituisca ai vostri tristi tormenti!

Così parlava la mia anima profetica, mentre, lacerato dal rimorso, dall'orrore e dalla disperazione, vedevo coloro che amavo lamentarsi invano sulle tombe di William e di Justine, le prime infelici vittime delle mie arti infernali.

Capitolo IX

Niente è più doloroso per l'animo umano, dopo che i sentimenti sono stati eccitati da un rapido susseguirsi di avvenimenti, della calma totale dell'inattività e della conseguente certezza che la priva sia della speranza che della paura. Justine era morta: lei era in pace, mentre io ero vivo. Il sangue mi scorreva libero per le vene, ma un peso di disperazione e di rimorso, che nulla valeva ad alleviare, mi opprimeva il cuore. Il sonno aveva lasciato i miei occhi, e io vagavo come uno spirito del male perché avevo commesso misfatti orrendi e indescrivibili; e più ancora, molto di più (ne ero persuaso) doveva accadere. Tuttavia, il mio cuore traboccava di sentimenti di benevolenza e di amore per la virtù. Avevo cominciato la vita con intenzioni buone, e avevo atteso con ansia il momento in cui le avrei potute mettere in pratica rendendomi utile ai miei simili. Adesso tutto era perduto: invece di possedere quella coscienza serena che mi permetteva di guardare al passato con soddisfazione e di trarne gli auspici per nuove speranze, ero in preda a sentimenti di rimorso e di colpa, che mi sospingevano in un inferno di torture così intense da non trovare parole per descriverle.

Questo stato d'animo minava la mia salute, forse non interamente ristabilitasi dopo la prima scossa. Evitavo la vista degli uomini, ogni suono di gioia e di piacere era per me una tortura; la solitudine era la mia sola consolazione – una profonda, oscura, mortale solitudine.

Mio padre osservava con molta pena i cambiamenti visibili nel mio carattere e nelle mie abitudini, e, con argomenti ispiratigli dalla sua coscienza tranquilla e dalla sua vita immacolata, cercava di farmi forza e di risvegliare in me il coraggio di dissipare quelle oscure nubi che mi gravavano addosso. «Tu pensi, Victor» mi diceva «che anch'io non soffra? Nessuno può avere amato un bambino più di quanto io non amassi tuo fratello» (e mentre parlava piangeva); «ma non è forse dovere di coloro che sopravvivono impedirsi di aumentare la loro infelicità, dimostrando un dolore smodato? È anche un dovere verso te stesso, perché un eccessivo cordoglio impedisce ogni progresso o piacere, o persino l'esercizio di quelle funzioni quotidiane senza le quali un uomo non è adatto a vivere in società.»

Questi consigli, anche se buoni, non potevano assolutamente applicarsi al mio caso; sarei stato il primo a nascondere il dolore e a consolare i miei cari, se il rimorso non avesse mescolato la sua amarezza, e il terrore le sue ansie, alle mie altre sensazioni. Ora potevo solo rispondere a mio padre con uno sguardo disperato e cercare di nascondermi alla sua vista.

All'incirca in questo periodo andammo a stare nella nostra casa di Belrive. Questo cambiamento mi fu molto gradito. Le porte della città, che si chiudevano puntualmente alle dieci, e l'impossibilità di rimanere sul lago dopo quell'ora, mi avevano reso la nostra vita entro le mura di Ginevra particolarmente sgradevole. Ora ero libero. Spesso, dopo che il resto della famiglia si era ritirato per la notte, prendevo la barca e passavo molte ore sull'acqua. A volte, con le vele spiegate, mi lasciavo trascinare dal vento; oppure, dopo aver remato fino in mezzo al lago, lasciavo che la barca seguisse il suo corso e davo libero sfogo alle mie dolorose riflessioni. Ero spesso tentato, quando tutto intorno a me era tranquillo, e io la sola cosa inquieta che vagava senza requie in uno scenario così divinamente bello – se si eccettuano i pipistrelli o qualche rana, il cui gracidare aspro e intermittente si faceva sentire solo quando mi avvicinavo a riva – spesso, come dicevo, ero tentato di gettarmi nel lago silenzioso, così che le acque si chiudessero per sempre sopra di me e le mie sciagure. Ma mi trattenevo, pensando all'eroica e infelice Elizabeth, che amavo teneramente e la cui esistenza era strettamente legata alla mia. Pensavo anche a mio padre e al fratello che mi restava; dovevo con la mia vile diserzione lasciarli esposti senza protezione alla malvagità di quel demonio che io avevo sguinzagliato in mezzo a loro?

In quei momenti piangevo amaramente e desideravo che la pace si ristabilisse nel mio animo, solo per poter offrire loro consolazione e felicità. Ma era impossibile. Il rimorso soffocava ogni speranza. Ero stato l'autore di mali che non si potevano cancellare, e vivevo ogni giorno nella paura che il mostro che avevo creato perpetrasse qualche nuova nefandezza. Avevo un oscuro presentimento che non fosse tutto finito, e che egli avrebbe ancora commesso qualche crimine inusitato, che per la sua enormità avrebbe quasi fatto dimenticare quello passato. Ci sarebbe sempre stato motivo di temere finché sopravviveva qualcosa che io amassi. Non si può immaginare quanto detestassi questo demonio. Quando vi pensavo, digrignavo i denti, mi si accendevano gli occhi e anelavo a por fine a quella vita che avevo elargito così sconsideratamente. Quando ripensavo ai suoi crimini e alla sua malvagità, l'odio e il desiderio di vendetta prorompevano senza freni. Sarei salito fin sulla cima più alta delle Ande, se avessi potuto, una volta là, scaraventarlo giù a valle. Desideravo vederlo ancora per poter riversare su di lui tutta la mia repulsione, e per vendicare la morte di William e di Justine.

La nostra era diventata la casa del lutto. La salute di mio padre era profondamente scossa dall'orrore dei recenti avvenimenti. Elizabeth era triste e depressa, non traeva più gioia dalle sue normali occupazioni, ogni piacere le sembrava un sacrilegio nei confronti dei morti; pensava che pianto e lacrime eterne fossero il giusto tributo che doveva pagare per l'innocenza così colpita e distrutta. Non era più quella creatura felice che nella prima giovinezza passeggiava con me sulle rive del lago e parlava in tono estatico dei nostri progetti per il futuro. Il primo di quei dolori, che ci vengono mandati per svezzarci dai desideri terreni, l'aveva visitata e il suo effetto aveva offuscato e spento i suoi cari sorrisi.

«Quando penso, mio caro cugino» diceva «alla misera morte di Justine Moritz, non vedo più il mondo e le sue opere come mi apparivano prima. Allora consideravo le descrizioni del vizio e dell'ingiustizia, che mi capitava di leggere o di ascoltare, come favole dei tempi antichi o come mali immaginari: insomma, erano lontani e noti più alla ragione che all'immaginazione; ma ora l'infelicità è giunta, e gli uomini mi appaiono come mostri assetati l'uno del sangue dell'altro. Tuttavia, sono certamente ingiusta. Tutti credevano che quella povera ragazza fosse colpevole; se avesse veramente compiuto il crimine per cui ha pagato, indubbiamente sarebbe stata la più corrotta delle creature. Per amore di un misero gioiello uccidere il figlio del suo amico e benefattore, un bambino di cui si era presa cura fin dalla nascita e che sembrava amare come suo! Non riesco ad accettare la morte di nessun essere umano, ma in questo caso avrei pensato che una tale creatura non era degna di continuare a vivere nella società degli uomini. Ma era innocente. So, sento che era innocente; tu sei della stessa opinione, e ciò mi rafforza nel crederlo. Ohimè, Victor! Quando la falsità può apparire tanto simile alla verità, chi può ritenersi certo di una felicità duratura? Mi sento come se stessi camminando sull'orlo di un precipizio verso cui sta dirigendosi una enorme folla che cerca di sospingermi nell'abisso. William e Justine sono stati assassinati, e l'uccisore è fuggito; se ne va libero per il mondo e forse è anche rispettato. Ma anche se fossi condannata al patibolo per lo stesso crimine di Justine, non vorrei cambiare posto con un tale disgraziato.»

Ascoltavo questo discorso tra spasimi di angoscia. Io ero in realtà il vero assassino, anche se non di fatto. Elizabeth lesse l'angoscia sul mio volto, e, prendendomi affettuosamente la mano, disse: «Mio carissimo amico, devi calmarti. Questi avvenimenti mi hanno toccato il cuore Dio solo sa quanto profondamente, ma non sto male come te. C'è un'espressione di disperazione, a volte di vendetta, sul tuo volto, che mi fa tremare. Caro Victor, liberati da queste oscure passioni. Ricordati dei tuoi cari che ripongono in te tutte le loro speranze. Abbiamo forse perso la capacità di renderti felice? Ah! finché amiamo, finché siamo leali gli uni verso gli altri, qui, in questa terra piena di bellezza e di pace, il tuo paese natio, possiamo godere di ogni serena benedizione: cosa può disturbare la nostra tranquillità?».

Perché non potevano tali parole, da parte di colei che consideravo teneramente come il più alto dei doni toccatimi in sorte, perché non potevano bastare a scacciare il demonio che si nascondeva nel mio cuore? Persino mentre mi parlava, mi facevo più vicino a lei, come per terrore che proprio in quell'attimo il distruttore si aggirasse lì attorno per portarmela via.

Così, né la tenerezza dell'amicizia, né la bellezza della terra o del cielo riuscivano a redimere la mia anima dalla sofferenza; persino gli accenti dell'amore non avevano effetto. Ero circondato da una nube che nessuna influenza benefica riusciva a penetrare. Il cervo ferito, che trascina a malapena il suo corpo nel folto degli alberi e là muore fissando la freccia che lo ha trafitto: questa era la mia immagine.

A volte riuscivo a sopportare la cupa disperazione che mi sopraffaceva, ma a volte il vortice delle passioni della mia anima mi spingeva a cercare, con l'esercizio fisico e un mutamento di luogo, un qualche sollievo a queste sensazioni intollerabili. Fu durante una crisi di questo genere che abbandonai improvvisamente la casa, e, dirigendomi verso le vicine valli alpine, cercai, nella loro magnificenza e nel senso di eternità che i loro scenari ispirano, di dimenticare me stesso e i miei dolori effimeri in quanto umani. Le mie peregrinazioni mi portarono nella direzione della valle di Chamonix. L'avevo spesso visitata durante la fanciullezza. Da allora erano passati sei anni; *io* ero distrutto... ma niente era cambiato in quei luoghi selvaggi e imperituri.

Feci la prima parte del viaggio a cavallo. Poi noleggiai un mulo, perché più sicuro e resistente ai disagi di quegli aspri sentieri. Il tempo era bello; si era più o meno alla metà di agosto, quasi due mesi dalla morte di Justine, quell'epoca miserevole da cui datano tutti i miei affanni. Il peso che gravava sulla mia anima andava gradatamente allevviandosi, man mano che mi addentravo nella forra dell'Arve. Le montagne e gli strapiombi immensi che mi sovrastavano da ogni parte – il rumore del fiume che infuriava tra le rocce e lo scrosciare delle cascate tutt'intorno parlavano di una forza grande come l'Onnipotente – fecero sì che io cessassi di temere e di piegarmi di fronte a esseri meno potenti di colui che aveva creato e dominava gli elementi, che qui si mostravano nel loro aspetto più straordinario. Tuttavia, quando salii più in alto, la valle assunse un aspetto anche più meraviglioso e stupefacente. Castelli in rovina aggrappati ai precipizi di montagne coperte di abeti, l'Arve impetuoso e le baite che ammiccavano qua e là tra gli alberi, formavano uno scenario di singolare bellezza, accresciuta e resa sublime dalle Alpi possenti, le cui vette e le cui cupole, bianche e scintillanti, torreggiavano sopra ogni cosa, come se appartenessero a un'altra terra, abitazioni di un'altra razza di esseri.

Passai il ponte di Pélissier, dove il burrone formato dal fiume mi si aprì dinanzi, e cominciai a salire la montagna che lo sovrasta. Poco dopo, entrai nella vallata di Chamonix: più maestosa e sublime, ma non altrettanto pittoresca di quella del Servox che avevo appena attraversato. Le montagne, alte e coperte di neve, la cingevano tutta intorno, ma non si vedevano più castelli in rovina o campi coltivati. Immensi ghiacciai scendevano fino alla strada; udivo il brontolio sordo della valanga che cadeva, e distinguevo la scia che si levava al suo passaggio. Il Monte Bianco, il supremo e magnifico Monte Bianco, si ergeva sopra le vette circostanti, e la sua maestosa cupola dominava la vallata.

Una intensa sensazione di piacere, da tempo dimenticata, mi pervase spesso l'animo durante questo viaggio. Qualche curva della strada, qualche nuovo oggetto che notavo e all'improvviso riconoscevo, mi ricordava tempi passati e si associavano nella mente alla gaiezza spensierata dell'adolescenza. Persino i venti bisbigliavano con accenti tranquillizzanti e la natura materna mi suggeriva di non piangere più. Poi di nuovo questa influenza benigna cessava di agire, e mi trovavo un'altra volta prigioniero del dolore, a indulgere in tutta l'infelicità delle mie riflessioni. Allora spronavo la mia cavalcatura, cercando di dimenticare il mondo, le mie paure e soprattutto me stesso, oppure, con un gesto più disperato, smontavo e mi gettavo sull'erba, schiacciato dall'orrore e dalla disperazione.

Alla fine, giunsi al villaggio di Chamonix. Mi sentii sfinito dopo l'estrema fatica fisica e mentale che avevo sopportato. Per un poco restai alla finestra a osservare i deboli lampi che danzavano sopra il Monte Bianco, e ad ascoltare lo scrosciare dell'Arve che proseguiva il suo corso rumoroso. Questi suoni riposanti agirono come una ninnananna sulle mie sensazioni troppo acute: quando posai il capo sul guanciale, il sonno mi sopraffece; lo sentii arrivare e benedissi il dispensatore di oblio.

Capitolo X

Passai il giorno seguente vagando per la vallata. Fui
alla sorgente dell'Arveiron, che ha origine da un
ghiacciaio che avanza lentamente giù dalle cime fino
a sbarrare la vallata. I fianchi ripidi delle grandi
montagne erano davanti a me; il muro gelato del
ghiacciaio mi sovrastava; qualche stento abete era
sparso qua e là; il silenzio solenne di questa gloriosa
sala delle udienze della imperiale Natura era rotto
solo dallo sgorgare dell'acqua, dalla caduta di qualche blocco di ghiaccio, dal fragore tonante delle valanghe o dagli scricchiolii, echeggianti tra le montagne, del ghiaccio accumulatosi, che, sotto il lavorio
silenzioso di leggi immutabili, di tanto in tanto veniva spezzato e schiantato come un giocattolo nelle loro mani. Questo scenario sublime e magnifico mi
dava il più grande conforto, mi elevava da ogni pic-
colezza di sentimenti, e, benché non avesse il potere
di eliminare la mia angoscia, tuttavia la calmava e la
placava. In qualche modo, distoglieva la mia mente
dai pensieri su cui mi ero tormentato negli ultimi
mesi. Quando la sera andai a riposare, i miei sogni
furono per così dire protetti e custoditi da quell'insieme di forme maestose che avevo contemplato durante il giorno. Mi si radunarono intorno; la cima
nevosa e immacolata, il pinnacolo scintillante, i boschi di abeti, il brullo precipizio, l'aquila che plana

tra le nubi: tutti mi circondarono e mi invitarono alla pace.

Dov'erano spariti la mattina quando mi svegliai? Tutto quello che mi aveva sollevato l'anima se ne andò col sonno, e una cupa malinconia avvolse ogni mio pensiero. La pioggia scendeva a torrenti, e fitte nebbie nascondevano le cime delle montagne, così che non scorgevo nemmeno il volto di quei possenti amici. Tuttavia avrei attraversato il loro velo di foschia e li avrei cercati nelle loro dimore di nubi. Cos'erano pioggia e tempesta per me? Il mulo mi fu portato alla porta, e decisi di salire la cima del Montanvert. Ricordai l'effetto che la vista del tremendo ghiacciaio aveva prodotto nella mia mente quando l'avevo visto per la prima volta. Allora mi aveva riempito di un'estasi sublime, che aveva dato ali alla mia anima e mi aveva permesso di innalzarmi dall'oscurità del mondo alla luce e alla gioia. La vista dell'orrido e del magnifico in natura aveva sempre avuto l'effetto di dare un senso di solennità alla mia mente e di farmi dimenticare le preoccupazioni passeggere della vita. Decisi di andare senza guida, perché conoscevo bene il sentiero, e la presenza di un altro avrebbe distrutto il senso di solitaria grandezza del paesaggio.

La salita è quasi a perpendicolo, ma il sentiero serpeggia con curve strette e continue che permettono di superare l'estrema ripidità del costone. È una scena desolata e terrificante: in mille punti si possono notare le tracce delle valanghe invernali, dove gli alberi giacciono frantumati e sparsi a terra, alcuni completamente distrutti, altri piegati sulle rocce sporgenti o di traverso su altri alberi. Il sentiero, una volta saliti più in alto, è interrotto da canaloni di neve lungo i quali precipitano continuamente pietre; uno di essi è particolarmente pericoloso, perché il minimo suono, persino il parlare ad alta voce, causa uno spostamento d'aria sufficiente ad attirare la morte sulla testa di chi ha aperto bocca. Gli abeti non sono alti e lussureggianti, ma scuri, e danno un'aria di severità alla scena. Guardai giù nella valle: vasti banchi di nebbia salivano dai fiumi che la percorrevano, e inghirlandavano le montagne di fronte, le cui cime erano nascoste da un banco di nuvole. La pioggia scendeva fitta dal cielo scuro, accrescendo l'impressione di malinconia che ricevevo da tutto ciò che mi circondava. Ahimè! Perché l'uomo vanta sensibilità superiore a quella dei bruti? Ciò lo rende un essere ancora più afflitto dai bisogni. Se i nostri impulsi si limitassero alla fame, alla sete e al desiderio, potremmo quasi essere liberi; ma ora siamo mossi da ogni soffio di vento, e da una parola occasionale o dall'immagine che tale parola evoca.

Dormiamo; un sogno può avvelenare il sonno.
Ci alziamo; un pensiero vagante inquina la giornata.
Sentire, intuire, ragionare; ridere o piangere,
abbracciare il dolore, o scacciare le angosce,
è lo stesso: perché, sia gioia o tristezza,
il sentiero della sua scomparsa è sempre aperto.
L'ieri dell'uomo non somiglia mai al domani;
niente permane, se non la mutabilità!

Era quasi mezzogiorno quando arrivai in cima alla salita. Per un po' restai seduto sulla roccia che domina il mare di ghiaccio. Una bruma lo copriva insieme alle montagne circostanti. A un certo punto una folata di vento dissolse la nebbia, e io scesi sul ghiacciaio. La superficie è molto irregolare, si alza e si abbassa come le onde di un mare agitato, ed è disseminata di crepacci profondi. La pianura di ghiaccio è larga circa una lega, ma io ci misi quasi due ore per attraversarla. La montagna di fronte è una roccia nuda e a perpendicolo. Il Montanvert era esattamente dalla parte opposta rispetto a dove mi trovavo ora, a distanza di una lega, e al di sopra si innalzava il Monte Bianco in tutta la sua grandiosa maestosità. Mi fermai in un anfratto della roccia, a contemplare questo paesaggio stupendo e meraviglioso. Il mare, o piuttosto il largo fiume di ghiaccio, si snodava tra le montagne le cui cime aeree si libravano sopra le sue insenature. I loro picchi ghiacciati e scintillanti splendevano alla luce del sole al di sopra delle nuvole. Il mio cuore, prima così triste, si gonfiò ora di qualcosa di simile alla gioia; esclamai: «Spiriti vaganti, se veramente voi errate e non riposate nei vostri angusti letti, permettetemi questa lieve felicità, o prendetemi come vostro compagno portandomi lontano dalle gioie della vita».

Mentre dicevo questo, all'improvviso scorsi a una certa distanza la figura di un uomo che veniva verso di me a una velocità sovrumana. Balzava sopra quei crepacci di ghiaccio, tra i quali io avevo camminato con estrema cautela; anche la sua statura, man mano che si avvicinava, sembrava superiore a quella umana. Ero turbato, mi si annebbiò la vista, e sentii che venivo meno, ma fui presto rianimato dal freddo vento delle montagne. Vidi, mentre la forma avanzava (vista aborrita e tremenda!), che si trattava dell'essere miserabile che avevo creato. Tremavo di rabbia e di orrore, deciso ad attendere il suo arrivo, per poi ingaggiare con lui una lotta mortale. Si avvicinò: la sua espressione parlava di una angoscia amara unita a sdegno e malvagità, mentre la sua bruttezza disumana lo rendeva quasi troppo orribile a guardarsi. Ma me ne resi appena conto; rabbia e odio mi avevano privato della voce, e mi ripresi solo per investirlo con parole piene di furioso disprezzo.

«Demonio» esclamai «come osi avvicinarti a me?

Non temi la feroce vendetta del mio braccio levato sulla tua ignobile testa? Vattene via, spregevole insetto! O meglio, resta, che ti possa schiacciare e ridurre in polvere! Oh!, se potessi, estinguendo la tua miserabile esistenza, ridar vita a quelle vittime che hai così diabolicamente assassinato!»

«Mi aspettavo questa accoglienza» disse il demonio. «Gli uomini odiano i disgraziati; quanto, dunque, devo essere odiato io, la più miserabile di tutte le creature viventi! Anche tu, mio creatore, detesti e disprezzi me, la tua creatura, a cui sei legato da vincoli che si possono sciogliere solo con l'annientamento di uno di noi. Tu hai intenzione di uccidermi. Come osi giocare così con la vita? Fai il tuo dovere verso di me, e io farò il mio verso di te e il resto dell'umanità. Se ti adeguerai a queste condizioni, lascerò in pace te e loro; ma se rifiuti, riempirò le fauci della morte finché non si sarà saziata del sangue dei tuoi cari ancora superstiti.»

«Mostro aborrito! Demone che sei! Le torture dell'inferno sono troppo blande per punire i tuoi crimini. Diavolo miserabile! Mi rimproveri di averti creato; vieni avanti, dunque, che io possa estinguere la scintilla che ho dato senza riflettere.»

La mia rabbia non aveva limiti, mi slanciai contro di lui, spinto da tutti quei sentimenti che portano un essere ad attentare all'esistenza di un altro.

Egli mi schivò facilmente, e disse: «Calmati! Ti prego di ascoltarmi prima di riversare il tuo odio sulla mia testa esecrata. Non ho forse sofferto abbastanza, perché tu cerchi di accrescere la mia pena? La vita, anche se fosse solo un accumularsi di angosce, mi è cara e la difenderò. Ricordati, tu mi hai fatto più forte di te: la mia statura è superiore alla tua, le mie membra più agili. Ma non mi lascerò indurre a lottare con te. Sono la tua creatura, e sarò persino docile e mansueto col mio naturale signore e padrone, se anche tu farai la tua parte doverosa verso di me. Oh, Frankenstein, non essere giusto con tutti mentre calpesti me solo, a cui la tua giustizia, e persino la tua clemenza e il tuo affetto, sono più che dovuti. Ricorda che sono la tua creatura; dovrei essere il tuo Adamo, ma sono piuttosto l'angelo caduto, che tu scacci dalla gioia senza alcuna colpa. Ovunque vedo beatitudine da cui io sono irrevocabilmente escluso. Ero buono e benevolo: l'infelicità mi ha reso un demonio. Fammi felice, e sarò di nuovo virtuoso».

«Vattene! Non starò ad ascoltarti. Non ci può essere comunanza tra me e te: siamo nemici. Vattene, o proviamo le nostre forze in una lotta in cui uno dei due deve morire.»

«Come posso toccarti il cuore? Nessuna supplica ti farà volgere benevolmente gli occhi verso la tua creatura, che implora da te bontà e compassione? Credimi, Frankenstein: avevo una disposizione benigna, la mia anima ardeva di amore e di umanità; ma non sono forse solo, miseramente solo? Tu, mio creatore, mi aborrisci; che speranza posso nutrire nei confronti dei tuoi simili che non mi debbono nulla? Mi disprezzano e mi odiano. Le montagne deserte e i ghiacci desolati sono il mio rifugio. Ho vagato qui per molti giorni; le caverne di ghiaccio, che io solo al mondo non temo, sono ora la mia abitazione, l'unica che l'uomo non mi rifiuti. Questi cieli desolati io li saluto riconoscente, perché sono più buoni con me dei tuoi simili. Se la moltitudine degli uomini sapesse della mia esistenza, farebbe come te, e si armerebbe per distruggermi. Non devo dunque odiare coloro che mi aborriscono? Non verrò a patti con i miei nemici. Sono infelice, ed essi condivideranno la mia miseria. Tuttavia, è in tuo potere aiutarmi, e liberarli da un male che solo tu puoi evitare di rendere così grande che non soltanto tu e la tua famiglia ma migliaia di altri sarebbero inghiottiti dai turbini della sua furia. Abbi compassione, e non disdegnarmi. Ascolta la mia storia: quando l'avrai sentita, abbandonami o compiangimi, come ti parrà più giusto. Ma ascoltami. Ai colpevoli, per quanto sanguinosi siano i loro crimini, è concesso dalle leggi umane di parlare in propria difesa prima di essere condannati. Ascoltami, Frankenstein! Tu mi accusi di assassinio; eppure, tu stesso vorresti, con la coscienza tranquilla, distruggere la tua creatura. Oh, sia lode all'eterna giustizia dell'uomo! Tuttavia non ti chiedo di risparmiarmi: ascoltami soltanto, e poi, se puoi e se vuoi, distruggi pure l'opera delle tue stesse mani.»

«Perché mi riporti alla memoria» ribattei «delle circostanze che mi fanno rabbrividire, se rifletto che ne sono stato la sciagurata causa e l'autore? Sia maledetto il giorno, aborrito demonio, in cui per la prima volta hai visto la luce! Maledette (anche se maledico me stesso) le mani che ti hanno formato! Mi hai reso infelice oltre ogni dire. Tu non mi hai lasciato possibilità di decidere se sono giusto verso di te oppure no. Vattene! Liberami dalla vista della tua forma detestabile.»

«Così te ne libero, mio creatore» disse, e mi pose sugli occhi le sue mani odiose che allontanai con violenza; «così ti tolgo dagli occhi una vista che detesti. Tuttavia puoi ascoltarmi e concedermi la tua compassione. Te lo domando in nome delle virtù che possedevo un tempo. Ascolta la mia storia; è lunga e strana, e la temperatura di questo luogo non è adatta ai tuoi sensi delicati; vieni nella mia capanna sulla montagna. Il sole è ancora alto in cielo; prima che scenda a nascondersi dietro quei precipizi innevati e vada a illuminare un altro mondo, avrai sentito la mia storia e potrai decidere. Dipende da te se io abbandonerò per sempre la vicinanza degli uomini e condurrò una vita innocente, o se invece diventerò il flagello dei tuoi simili, e l'autore della tua rapida rovina.»

Così dicendo, mi fece strada attraverso i ghiacci; lo seguii. Il mio cuore era così gonfio che non gli risposi; ma, mentre procedevo, soppesavo i vari argomenti che aveva usati e decisi, almeno, di ascoltare il suo racconto. Ero in parte spinto dalla curiosità, e la compassione rafforzò questa decisione. Avevo supposto fin qui che fosse l'assassino di mio fratello, e cercavo ansiosamente una conferma o una smentita di questa convinzione. Per la prima volta sentivo anche quali fossero i doveri di un creatore verso la sua creatura, e che avrei dovuto renderlo felice prima di lamentarmi della sua malvagità. Tutti questi motivi mi spinsero ad accettare la sua richiesta. Attraversammo quindi il ghiacciaio e scalammo la roccia di fronte a noi. L'aria era fredda e la pioggia aveva cominciato a cadere di nuovo; entrammo nella capanna, quel demonio con un'aria esultante, io col cuore pesante e lo spirito depresso. Ma acconsentii ad ascoltarlo e, dopo che mi fui seduto accanto al fuoco che il mio odioso compagno aveva acceso, egli cominciò così il suo racconto.

Capitolo XI

«È con notevole difficoltà che ricordo la prima epoca della mia esistenza tutti gli avvenimenti di quel periodo mi appaiono confusi e indistinti. Una strana molteplicità di sensazioni si impossessò di me, e io vidi e sentii, percepii suoni e odori tutto in una volta; e ci volle in verità molto tempo prima che imparassi a distinguere tra le funzioni dei vari sensi. Gradualmente, ricordo, una luce più forte mi stimolò i nervi così fui costretto a chiudere gli occhi. L'oscurità scese allora su di me e mi spaventò; ma avevo appena avuto questa sensazione, che riaprii gli occhi (come ora capisco) e la luce vi entrò di nuovo a fiotti. Mi misi a camminare, e, credo, scesi le scale; ma a un certo punto vi fu una notevole alterazione nelle mie sensazioni. Prima ero circondato da corpi scuri e opachi, impenetrabili al tatto e alla vista, ma ora mi accorsi che potevo muovermi liberamente, senza incontrare ostacoli che non potessi o superare o evitare. La luce divenne sempre più opprimente, e, poiché a camminare il caldo mi stancava, cercai un posto che mi potesse dare un po' d'ombra. Si trattava della foresta vicino a Ingolstadt, e qui mi sdraiai presso un ruscello per riposarmi dalla fatica, finché non mi sentii tormentato dalla fame e dalla sete. Ciò mi risvegliò dal mio stato di torpore, e mangiai delle bacche che crescevano sugli alberi o per terra, e placai la mia sete al ruscello; infine, sdraiatomi, fui sopraffatto dal sonno.

«Era buio quando mi svegliai; avevo freddo ed ero anche istintivamente un po' spaventato a trovarmi così solo. Prima di andarmene dal tuo appartamento, sentendo freddo mi ero coperto con degli abiti, ma insufficienti a ripararmi dalla brina notturna. Ero un povero e infelice derelitto; non sapevo e non capivo niente, ma sentendomi invadere dalla pena mi sedetti e piansi.

«Presto una tenue luce apparve in cielo, e mi diede una sensazione di piacere. Mi alzai e vidi una forma radiosa che usciva dagli alberi (la luna). La guardai con una specie di stupore. Si muoveva lentamente, ma illuminava il mio sentiero, e, di nuovo, andai in cerca di bacche. Avevo ancora freddo quando, sotto degli alberi, trovai un ampio mantello con cui mi coprii; poi, mi sedetti per terra. Nessuna idea precisa occupava la mia mente: tutto era confuso. Percepivo la luce e il buio e la fame e la sete; una molteplicità di suoni mi frastornava le orecchie, e da ogni lato mi avvolgevano odori diversi; la sola cosa che riuscivo a distinguere era la luna splendente, e io vi fissavo gli occhi con piacere.

«Si susseguirono molti giorni e molte notti, e l'astro della notte era molto diminuito quando cominciai a distinguere una sensazione dall'altra. A poco a poco vidi distintamente il ruscello limpido che mi forniva l'acqua, e gli alberi che mi davano ombra con le loro fronde. Mi diede gioia scoprire che un suono piacevole, che tanto spesso mi rallegrava l'udito, proveniva dalla gola dei piccoli animali alati che avevano spesso coperto per un attimo la luce dei miei occhi. Cominciai anche a osservare con maggiore accuratezza le forme che mi circondavano, e a percepire i confini del luminoso tetto di luce che mi faceva da baldacchino. A volte, tentavo di imitare il piacevole canto degli uccelli, ma ne ero incapace. Talvolta avrei voluto esprimere le mie sensazioni a modo mio, ma i suoni rozzi e inarticolati che mi uscivano mi spaventavano fino a farmi tacere di nuovo.

«La luna era scomparsa dalla notte e poi era riapparsa in forma più sottile, e io ero sempre nella foresta. Le mie sensazioni a questo punto erano diventate ben distinte, e la mia mente riceveva ogni giorno nuove idee. I miei occhi si abituarono alla luce e a percepire le cose nella loro vera forma: distinguevo l'insetto dall'erba e, a poco a poco, un'erba dall'altra. Scoprii che il passero emetteva note aspre, mentre quelle del merlo o del tordo erano dolci e avvincenti.

«Un giorno, oppresso dal freddo, trovai un fuoco lasciato acceso da qualche vagabondo, e fui sopraffatto dal piacere alla sensazione che ne ricevetti. Per la gioia, infilai la mano nei carboni accesi, ma la ritirai di scatto con un grido di dolore. Che strano, pensai, che la stessa causa produca due effetti opposti! Esaminai il materiale del fuoco, e con mia grande gioia scoprii che era di legno. Raccolsi rapidamente dei rami, ma erano umidi e non vollero bruciare. Mi dispiacque, e rimasi seduto a osservare l'azione del fuoco. La legna umida che avevo messo vicino al calore si asciugò, e presto prese fuoco. Riflettei su questo; e, toccando i vari rami, ne scoprii la causa, per cui mi affaccendai a raccogliere una gran quantità di legna per poterla far asciugare e averne una buona scorta. Quando venne la notte, e con essa il sonno, avevo un gran timore che il mio fuoco si estinguesse. Lo coprii accuratamente con legna e foglie secche, e vi misi sopra dei rami umidi; poi, steso il mantello, mi sdraiai per terra e sprofondai nel sonno.

«Era mattina quando mi svegliai, e la mia prima

preoccupazione fu di andare a vedere il fuoco. Lo scopersi, e il soffio di una leggera brezza ne fece sprigionare delle fiamme. Osservai anche questo, e mi ingegnai a fare un ventaglio di fronde, che rianimava le ceneri quando erano quasi spente. Venne di nuovo la notte, e scoprii con piacere che il fuoco dava luce oltre che calore. E trovai anche che la scoperta di questo elemento mi era utile per il cibo: perché gli avanzi di carne lasciati dai viandanti si erano arrostiti e avevano un sapore migliore delle bacche che raccoglievo dagli alberi. Cercai quindi di preparare il cibo nella stessa maniera, ponendolo sui carboni accesi. Scopersi che le bàcche si rovinavano con questo trattamento, ma le noci e le radici diventavano più buone.

«Il cibo però divenne scarso, e spesso passavo una intera giornata a cercare invano qualche ghianda per calmare i morsi della fame. Quando mi accorsi di ciò, decisi di abbandonare il posto dove avevo abitato finora, per cercarne uno dove i pochi bisogni che avevo potessero essere più facilmente soddisfatti. In questa migrazione rimpiansi amaramente la perdita del fuoco che avevo trovato per caso e che non sapevo come riprodurre. Passai alcune ore a considerare seriamente questa difficoltà; ma fui costretto ad abbandonare ogni tentativo di procurarmelo, per cui, avvoltomi nel mantello, mi avviai attraverso il bosco verso il sole che calava. Passai tre giorni in questo girovagare, e infine scoprii l'aperta campagna. La notte precedente c'era stata una grande nevicata, e i campi erano di un bianco uniforme; era una vista sconsolata, e mi ritrovai coi piedi gelati dalla fredda, umida sostanza che copriva il terreno.

«Erano circa le sette del mattino, e desideravo trovare cibo e riparo; alla fine, vidi su un punto più alto una piccola capanna che era stata senz'altro costruita per le necessità di qualche pastore. Era una vista nuova per me, ed esaminai la costruzione con grande curiosità. Trovando la porta aperta, entrai. Un vecchio sedeva vicino al fuoco su cui stava preparando la colazione. Si girò sentendo rumore, e, vedendomi, urlò; poi, abbandonando la capanna, si precipitò attraverso i campi a una velocità di cui il suo debole corpo non sembrava capace. Il suo aspetto, diverso da tutti quelli che avevo visto prima, e la sua fuga mi sorpresero un po'. Ma ero incantato dall'aspetto della capanna: qui pioggia e neve non potevano penetrare, il suolo era asciutto, ed essa mi si presentava quindi come un rifugio magnifico e divino, proprio come doveva essere apparso Pandaemonium ai demoni dell'inferno dopo le sofferenze patite nel lago di fuoco. Divorai avidamente i resti della colazione del pastore, che consistevano di pane, formaggio, latte e vino; quest'ultimo però non mi piacque. Quindi, sopraffatto dalla stanchezza, mi sdraiai su un po' di paglia e mi addormentai.

«Era mezzogiorno quando mi svegliai, e, attirato dal calore del sole che splendeva luminoso sulla bianca distesa, decisi di riprendere il mio viaggio; e, messi i resti della colazione del contadino in una borsa che trovai, proseguii per i campi per varie ore, finché al tramonto arrivai a un villaggio. Come sembrava miracoloso! Le capanne, le linde casette, le dimore imponenti suscitarono volta per volta la mia ammirazione. Gli ortaggi nei giardini, il latte e il formaggio che vidi sui davanzali di alcune case, mi stimolarono l'appetito. Entrai in una delle più belle, ma avevo appena messo piede all'interno che i bambini strillarono e una delle donne svenne. Tutto il villaggio entrò in subbuglio: alcuni fuggirono, altri mi attaccarono, finché, malamente ferito dalle pietre e dai molti altri tipi di proiettili, fuggii per l'aperta campagna; e, pieno di paura, mi rifugiai in un basso capanno del tutto spoglio e squallido a paragone dei palazzi che avevo visto nel villaggio. Questo capanno era addossato, tuttavia, a un casolare dall'aspetto lindo e gradevole, ma, dopo la mia ultima esperienza pagata così cara, non osai entrarvi. Il mio rifugio era di legno, ma così basso che riuscivo a malapena a starvi seduto. In terra non c'erano assi a formare il pavimento, ma il suolo era asciutto, e, benché il vento entrasse da molte fessure, lo trovai un riparo conveniente contro la neve e la pioggia.

«Qui dunque mi rifugiai e mi sdraiai, felice di aver trovato un rifugio, anche se povero, contro l'inclemenza della stagione e più ancora contro la barbarie degli uomini.

«Appena sorse l'alba, scivolai fuori da quella mia cuccia per poter osservare il casolare adiacente e scoprire se potevo rimanere nell'abitazione che avevo trovato. Questa era attaccata al retro della casa, ed era circondata nei tre lati liberi da un recinto per i maiali e da una pozza d'acqua limpida. Un lato era aperto, e di lì ero entrato, ma ora tappai tutte le aperture da cui potevo essere visto con pietre e legno, in modo però da poterle rimuovere se dovevo uscire; tutta la luce che avevo veniva dal recinto, ma per me era sufficiente.

«Dopo aver così sistemato la mia abitazione, ed essermi fatto un tappeto di paglia pulita, mi ritirai all'interno, perché vidi di lontano la figura di un uomo, e mi ricordavo ancora troppo bene del trattamento della sera precedente per espormi a lui. Mi ero tuttavia prima procurato cibo sufficiente per quel giorno, una forma di pane nero che avevo rubato e una tazza con cui avrei potuto bere, meglio che con il cavo della mano, l'acqua pura che scorreva presso il mio rifugio. Il terreno era un po' rialzato, così che si manteneva perfettamente asciutto, e la vicinanza al camino della casa lo rendeva abbastanza tiepido.

«Così sistemato, decisi di abitare in questo capanno finché non succedesse qualcosa che mi facesse cambiare parere. Era in effetti un paradiso in confronto alla foresta desolata, mia precedente residenza, con i rami che grondavano acqua e il terreno sempre umido. Consumai la mia colazione con piacere e stavo per rimuovere un'asse per procurarmi un po' d'acqua, quando sentii un passo, e, guardando da una stretta fessura, vidi una giovane con un secchio sul capo che passava davanti al mio capanno. La ragazza era giovane e di aspetto gentile, diverso da quello che ho poi sempre visto nelle fattorie tra le contadine e le serventi. Era però vestita poveramente con solo una rustica sottana blu e una giacca di lino; i capelli chiari erano raccolti in una treccia, ma senza ornamenti; aveva un'aria paziente, ma triste. La persi di vista; dopo circa un quarto d'ora ritornò portando il secchio che adesso era quasi pieno di latte. Mentre avanzava, visibilmente affaticata dal peso, le venne incontro un giovane con un'espressione ancora più sconsolata. Pronunciando alcuni suoni in tono malinconico, prese il secchio dalla testa di lei e lo portò in casa. Ella lo seguì e scomparve. Di lì a poco vidi di nuovo il giovane con degli arnesi in mano attraversare il campo dietro la casa, e anche la ragazza era affaccendata ora in casa ora in cortile.

«Esaminando la mia abitazione, mi accorsi che una delle finestre della casa doveva un tempo averne fatto parte, ma ora i vetri erano stati sostituiti da assi di legno. In una di queste c'era una fessura quasi impercettibile che permetteva di guardare all'interno. Da questo spiraglio si vedeva una stanzetta pulita, imbiancata a calce, ma con pochissimi mobili. In un angolo, vicino a un caminetto, sedeva un vecchio con la testa appoggiata alle mani, in atteggiamento sconsolato. La ragazza era occupata a mettere in ordine la casa, ma a un certo punto prese da un cassetto qualcosa che le teneva impegnate le mani e sedette accanto al vecchio, che, preso uno strumento, cominciò a suonare e a produrre note più dolci del canto del tordo e dell'usignolo. Era uno spettacolo delizioso persino per me, povero disgraziato, che non avevo visto mai niente di bello prima. I capelli d'argento e l'espressione buona del vecchio mi ispirarono reverenza, mentre le maniere gentili della ragazza suscitarono il mio affetto. Egli suonò un'aria dolce e malinconica, che notai fece venire le lacrime agli occhi della sua tenera compagna; il vecchio non se ne accorse, finché non singhiozzò forte; allora egli pronunciò alcuni suoni, e la bella creatura, lasciando il suo lavoro, si inginocchiò ai suoi piedi. Egli la rialzò, e le sorrise con tanto affetto e delicatezza che provai sensazioni strane e sconvolgenti: erano un miscuglio di dolore e di piacere, come non avevo mai sentito prima per la fame o il freddo, il caldo o il cibo; e mi ritrassi dalla finestra, incapace di sostenere queste emozioni.

«Poco dopo ritornò il giovane, portando sulle spalle un carico di legna. La ragazza gli andò incontro sulla porta, lo aiutò ad alleggerirsi del peso, e portata un po' di legna in casa la mise sul fuoco. Poi, lei e il giovane si appartarono in un angolo della stanza, ed egli le mostrò una grossa forma di pane e un pezzo di formaggio. Sembrò contenta, e andò nell'orto a prendere delle piante e delle radici che mise nell'acqua e poi sul fuoco. Dopo di che continuò il suo lavoro, mentre il giovane, uscito nell'orto, pareva occupato a scavare e a estrarre radici. Dopo aver lavorato così per circa un'ora, la giovane lo raggiunse e insieme rientrarono in casa.

«Il vecchio, nel frattempo, era rimasto pensieroso, ma all'apparire dei suoi compagni assunse un'aria più allegra e si sedettero tutti a mangiare. Il pasto finì presto. La giovane era ora di nuovo occupata a riordinare la casa; il vecchio passeggiò su e giù al sole davanti alla casa per qualche minuto, appoggiandosi al braccio del giovane. Niente poteva superare la bellezza del contrasto tra queste due eccellenti creature. Uno era vecchio con i capelli argentei e un viso soffuso di benevolenza e di affetto; il più giovane era snello e di figura aggraziata, e i suoi lineamenti erano modellati con squisita perfezione; tuttavia i suoi occhi e il suo atteggiamento esprimevano la tristezza e lo sconforto più profondi. Il vecchio ritornò dentro, e il giovane, con arnesi diversi da quelli che aveva usato il mattino, si avviò verso i campi.

«La notte scese rapidamente; ma, con mia grande meraviglia, vidi che gli abitanti della casa avevano trovato il modo di prolungare la luce usando delle candele, e rimasi incantato scoprendo che il calar del sole non poneva fine al piacere che provavo nell'osservare i miei vicini. La sera, la giovane e il suo compagno furono occupati in varie faccende che io non capii; e il vecchio prese di nuovo lo strumento che produceva quei suoni divini che mi avevano incantato la mattina. Appena ebbe finito, il giovane cominciò non a suonare ma a emettere suoni monotoni, che non assomigliavano né all'armonia dello strumento del vecchio, né al canto degli uccelli; più tardi scoprii che egli leggeva ad alta voce, ma allora non sapevo nulla della scienza delle parole o della scrittura.

«Finita dopo poco questa attività, la famiglia spense le luci e si ritirò, come supposi, a riposare.»

Capitolo XII

«Giacevo sulla paglia, ma non riuscivo a dormire.
Pensavo agli avvenimenti della giornata. Quello che
soprattutto mi aveva colpito erano i modi gentili di
queste persone, e desideravo unirmi a loro ma non
osavo. Mi ricordavo troppo bene come ero stato mal-
trattato la sera precedente dai barbari abitanti del
villaggio, e decisi, qualunque comportamento avessi
deciso di adottare in seguito, che per il momento sarei rimasto tranquillo nel mio capanno a osservare e
a cercare di scoprire i motivi che provocavano le loro
azioni.

«Gli abitanti del casolare si svegliarono la mattina
dopo prima dell'alba. La giovane mise ordine in casa
e preparò il cibo, e il giovane dopo il primo pasto
partì.

«Quel giorno passò nello stesso modo del precedente. Il giovane era sempre occupato fuori casa, e la
ragazza in varie, laboriose faccende all'interno. Il
vecchio, che presto mi accorsi era cieco, passava le
sue ore suonando lo strumento o meditando. Niente
poteva superare l'affetto e il rispetto che i due giovani mostravano per il loro venerabile compagno. Nei
suoi confronti compivano ogni più piccolo atto d'a-
more e di dovere con gentilezza, ed egli li ricambiava
con sorrisi pieni di bontà.

«Non erano del tutto felici. Il giovane e la sua

compagna spesso si appartavano, e li vedevo piangere. Non capivo la causa di questa infelicità, ma ne ero profondamente toccato. Se tali dolci creature erano tristi, era meno strano che io, essere imperfetto e solitario, fossi infelice. Tuttavia, perché queste gentili creature lo erano? Avevano una bella casa (tale infatti appariva ai miei occhi) e ogni lusso: un fuoco per riscaldarsi quando avevano freddo e vivande deliziose quando avevano fame, erano vestiti con abiti ottimi e, per di più, godevano della compagnia e della conversazione reciproca, scambiandosi ogni giorno sguardi di affetto e di dolcezza. Che cosa volevano dire le loro lacrime? Esprimevano veramente dolore? All'inizio fui incapace di risolvere questi problemi, ma l'attenzione continua e il passare del tempo mi spiegarono molte cose che prima mi erano sembrate enigmatiche.

«Passò un lungo periodo di tempo prima che scoprissi una delle cause del disagio di questa cara famiglia: la povertà, un male di cui soffrivano duramente. Il loro nutrimento consisteva esclusivamente delle verdure dell'orto e del latte di una mucca, che ne dava molto poco durante l'inverno quando i suoi padroni potevano procurarle uno scarso foraggio. Spesso, credo, pativano acutamente i morsi della fame, soprattutto i due più giovani, perché diverse volte avevano dato del cibo al vecchio senza tenerne affatto per sé.

«Questo gesto di bontà mi commosse molto. La notte avevo preso l'abitudine di rubare per me parte delle loro provviste, ma quando vidi che con ciò facevo loro del male, me ne astenni e mi accontentai di bacche, nocciole e radici che raccoglievo nel bosco vicino.

«Scoprii anche un altro modo per aiutarli nelle loro fatiche. Vidi che il giovane passava gran parte del-

137

la giornata a raccogliere legna per il focolare, e durante la notte spesso prendevo i suoi attrezzi, di cui avevo rapidamente imparato l'uso, e portavo a casa legna sufficiente per diversi giorni.

«Ricordo che la prima volta che lo feci, la giovane, quando la mattina aprì la porta, restò molto stupita vedendo la gran pila di legna accatastata fuori. Disse qualcosa ad alta voce, e il giovane la raggiunse ed espresse anch'egli la sua sorpresa. Osservai con piacere che quel giorno non andò nella foresta, e passò il tempo a riparare il casolare e a coltivare l'orto.

«A poco a poco feci una scoperta ancora più importante. Mi accorsi che queste persone possedevano un modo per comunicarsi le loro esperienze e i loro sentimenti con suoni articolati. Notai che le parole che pronunciavano a volte producevano piacere o pena, sorrisi o tristezza nella mente e nell'espressione di chi ascoltava. Questa era veramente una scienza degna degli dèi, e io desideravo ardentemente conoscerla. Ma restavo deluso ogni volta che facevo un tentativo in questo senso. La loro pronuncia era veloce, e poiché le parole che pronunciavano non avevano un nesso apparente con oggetti visibili, non riuscivo a scoprire una chiave che mi aiutasse a risolvere il mistero delle loro corrispondenze. Tuttavia, con grande applicazione, e dopo essere rimasto nel mio capanno per lo spazio di varie rivoluzioni della luna, scoprii i nomi che venivano dati ad alcuni degli oggetti più frequenti nel discorso; imparai e collegai a quegli oggetti le parole *fuoco*, *latte*, *pane* e *legna*. Imparai anche i nomi degli stessi abitanti. Il giovane e la sua compagna avevano ciascuno diversi nomi, ma il vecchio uno solo, ed era *padre*. La ragazza era chiamata *sorella*, o *Agatha*; il giovane, *Felix*, *fratello* o *figlio*. Non posso descrivere la gioia che provai quando riuscii a imparare i concetti legati a ciascuno di questi suoni, e fui in grado di pronunciarli. Distinguevo diverse altre parole, senza essere ancora in grado di capirle o di collegarle, come *buono, carissimo, infelice*.

«Passai così l'inverno. I modi gentili e la grazia degli abitanti della casa me li resero molto cari: quando erano infelici, mi sentivo depresso; quando si rallegravano, mi univo alla loro gioia. Vidi pochi altri esseri umani oltre a loro; e se per caso altri entravano nel casolare, le loro maniere rudi e il rozzo incedere non facevano che sottolineare la maggiore raffinatezza dei miei amici. Potevo vedere che il vecchio cercava spesso di incoraggiare i figli, come mi accorsi che li chiamava qualche volta, a scacciare la loro malinconia. Parlava allora in tono allegro, con una espressione di bontà che dava piacere persino a me. Agatha ascoltava con rispetto, gli occhi a volte pieni di lacrime, che cercava di asciugare senza farsi notare; ma in genere vedevo che il suo viso e il suo tono di voce erano più sereni dopo avere ascoltato le esortazioni del padre. Non così Felix. Era sempre il più triste del gruppo, e anche ai miei sensi poco esperti sembrava avesse sofferto più profondamente dei suoi cari. Ma se la sua espressione era più dolente, la sua voce era più allegra di quella della sorella, specie quando si rivolgeva al vecchio.

«Posso citare diversi esempi che, anche se di poco conto, servono a mettere in luce il carattere di queste care persone. In mezzo alla povertà e al bisogno, Felix portò con piacere alla sorella il primo fiorellino bianco che spuntò dalla neve. La mattina presto, prima che ella si alzasse, ripuliva la neve che ostruiva il sentiero della stalla, tirava su l'acqua dal pozzo, portava in casa legna dalla catasta, dove con enorme stupore trovava la sua provvista sempre rinnovata da mani invisibili. Di giorno, credo, lavorava a volte in una fattoria vicina, perché spesso se ne andava e non tornava fino a cena, eppure non portava legna con sé. Altre volte lavorava nell'orto, ma poiché nella stagione del gelo c'era poco da fare, allora leggeva ad alta voce al vecchio e ad Agatha.

«Questo leggere all'inizio mi aveva reso molto perplesso; ma a poco a poco scoprii che il giovane emetteva gli stessi suoni sia quando leggeva che quando parlava. Supposi quindi che egli trovasse sulla carta segni che stavano per la parola e che lui capiva, e anch'io ero ansioso di comprenderli; ma com'era possibile, quando non capivo nemmeno i suoni che questi segni rappresentavano? Tuttavia progredii sensibilmente in questa scienza, non abbastanza comunque da poter seguire ogni genere di conversazione, benché mi applicassi con tutto il mio intelletto a questa impresa: sapevo bene, infatti, che anche se ardevo dal desiderio di rivelarmi agli abitanti del casolare, non dovevo però fare questo tentativo finché non mi fossi impadronito della loro lingua. Questa conoscenza mi avrebbe permesso di far loro trascurare la deformità del mio aspetto di cui mi ero reso conto per il contrasto che avevo continuamente sotto gli occhi.

«Avevo ammirato le forme perfette dei miei vicini – la loro grazia, bellezza e carnagione delicata; ma che spavento quando mi vidi riflesso in una pozza trasparente! Dapprima balzai indietro, incapace di credere che fossi proprio io quello riflesso nello specchio; e quando fui ben convinto che io ero veramente quel mostro che sono, mi sentii assalire dal più amaro senso di mortificazione e di sconforto. Ahimè! Non conoscevo ancora per intero gli effetti fatali di questa maledetta deformità.

«Man mano che il sole diventava più caldo e la luce del giorno più lunga, la neve svaniva, e vidi gli alberi nudi e la terra nera. Da allora Felix fu più occupato, e i segni strazianti della fame sempre incombente sparirono. Il loro cibo, come scoprii più tardi, era rozzo ma sano, e potevano procurarsene a sufficienza. Nell'orto spuntavano molti nuovi tipi di piante, che cucinavano; e questi segni di abbondanza aumentavano ogni giorno, via via che la stagione procedeva.

«Il vecchio, appoggiandosi al figlio, faceva sempre una passeggiata a mezzogiorno, quando non pioveva, come scoprii che si diceva quando il cielo versava giù le sue acque. Questo succedeva di frequente, ma un forte vento asciugava rapidamente la terra e la stagione diveniva sempre più piacevole.

«Il mio modo di vivere nel capanno era molto regolare. Durante la mattina seguivo i movimenti dei miei vicini; e quando erano separati dalle loro diverse occupazioni, dormivo; il resto della giornata lo passavo a osservare i miei amici. Quando si ritiravano a dormire, se c'era la luna o la notte era stellata andavo nei boschi, e raccoglievo cibo per me e legna per loro. Quando tornavo, se era necessario, liberavo il sentiero dalla neve e facevo tutti quei servizi che avevo visto fare da Felix. Mi accorsi in seguito che questi lavori, compiuti da una mano invisibile, li sorprendevano molto; e una o due volte, in queste occasioni, li sentii pronunciare le parole *spirito benigno*, *meraviglioso*; ma allora non capivo il significato di questi termini.

«L'attività del mio pensiero era cresciuta, e desideravo scoprire i motivi e i sentimenti di quelle belle creature. Volevo sapere perché Felix sembrava così infelice e Agatha così triste. Pensavo (povero sciocco!) che fosse in mio potere restituire la felicità a questa gente che tanto la meritava. Quando dormivo o ero assente, le figure del padre cieco e venerabile, della gentile Agatha e dell'eccellente Felix, mi apparivano continuamente. Li consideravo come esseri superiori che, in futuro, sarebbero stati gli arbitri del mio destino. Mi figuravo nell'immaginazione mille scene di quando mi sarei presentato a loro e di come mi avrebbero accolto. Immaginavo che sarebbero rimasti disgustati, finché con il mio comportamento gentile e le mie parole concilianti avrei ottenuto prima il loro favore e poi il loro affetto.

«Questi pensieri mi esaltavano e mi inducevano ad applicarmi con rinnovato ardore ad acquisire l'arte del linguaggio. I miei organi erano molto rozzi ma elastici; e benché la mia voce fosse molto diversa dalla musica dolce dei loro toni, tuttavia pronunciavo le parole che capivo con sufficiente facilità. Era come nella storia dell'asino e del cagnolino da salotto; ma certo il mite asino, le cui intenzioni erano solo affettuose, sebbene i suoi modi fossero grossolani, meritava miglior trattamento che i calci e gli insulti.

«Le piogge benefiche e il tepore fecondo della primavera mutarono molto l'aspetto della terra. Gli uomini, che prima di questo cambiamento sembravano essersi nascosti in caverne, ora si spargevano dovunque ed erano occupati nelle varie arti della coltivazione. Gli uccelli cantavano con note più allegre e le foglie cominciavano a spuntare sugli alberi. Felice, felice terra! Abitazione degna degli dèi, che solo poco prima appariva desolata, umida e malsana. Il mio spirito esultava alla vista incantevole della natura; il mio passato era cancellato dalla memoria, il presente era tranquillo e il futuro dorato dai raggi luminosi della speranza e da previsioni di felicità.»

Capitolo XIII

«Arriviamo adesso rapidamente alla parte più toccante della mia storia. Ti racconterò i fatti che mi hanno impresso nell'animo dei sentimenti che mi hanno trasformato da quello che ero allora in quello che sono oggi.

«La primavera avanzava rapidamente; il tempo si mise al bello e il cielo era senza nubi. Mi sorprendeva come tutto ciò che era apparso poco prima così deserto e malinconico fosse ora un rigoglio di bellissimi fiori e di vegetazione. I miei sensi erano colpiti e rallegrati da migliaia di profumi deliziosi e di immagini di bellezza. Fu in una di queste giornate, mentre i miei vicini si riposavano come al solito dalle loro fatiche – il vecchio suonava la sua chitarra e i figli lo stavano ad ascoltare – che notai come l'espressione di Felix fosse indicibilmente malinconica; sospirava spesso, e a un certo punto suo padre smise di suonare e dai suoi modi capii che stava chiedendo al figlio la causa di quella tristezza. Felix rispose in tono allegro, e il vecchio riprese a suonare, quando qualcuno bussò alla porta.

«Era una signora a cavallo, accompagnata da un contadino che le faceva da guida. La signora era vestita di un abito scuro e aveva il viso coperto da un fitto velo nero. Agatha chiese qualcosa, a cui la sconosciuta rispose pronunciando con dolcezza il nome di Felix. La sua voce era melodiosa, ma diversa da quella dei miei amici. Sentendo il suo nome, Felix andò subito incontro alla donna, che, appena lo vide, sollevò il velo, e io scorsi un viso di una bellezza e di una espressione angeliche. I capelli erano di un lucente nero corvino, e curiosamente intrecciati; gli occhi erano scuri ma dolci, anche se vivaci; i lineamenti regolari e la carnagione meravigliosamente chiara, con un tocco di rosa sulle gote.

«Felix sembrò andare in estasi quando la vide; ogni segno di tristezza sparì dal suo viso, che espresse invece subito una gioia estatica di cui non l'avrei creduto capace; i suoi occhi scintillavano mentre le guance gli si arrossavano di piacere, e in quel momento pensai che fosse bello quanto la sconosciuta. Ella sembrava in preda a sentimenti diversi; asciugandosi qualche lacrima dai suoi begli occhi, tese la mano a Felix che la baciò incantato, e la chiamò, per quanto potei capire, la sua dolce araba. Ella non parve cogliere il senso delle sue parole, ma sorrise. Felix l'aiutò a scendere da cavallo, e, congedata la guida, la fece entrare in casa. Ci fu una breve conversazione tra lui e il padre, poi la giovane sconosciuta si inginocchiò ai piedi del vecchio, e gli avrebbe baciato la mano se questi non l'avesse fatta rialzare e abbracciata affettuosamente.

«Ben presto mi accorsi che, benché la sconosciuta pronunciasse suoni articolati e sembrasse avere una sua propria lingua, non era capita dagli altri, né li capiva. Facevano tutti molti segni che io non riuscivo a seguire, ma vedevo che la sua presenza diffondeva contentezza in casa, fugando le loro pene come il sole disperde le nebbie del mattino. Felix sembrava particolarmente felice, e diede il benvenuto alla sua araba con sorrisi di gioia. Agatha, la sempre dolce Agatha, baciò le mani della bella straniera e, indicando il fratello, le fece dei segni che parevano voler dire che questi era stato triste prima della sua venuta. Passarono così alcune ore, durante le quali i loro visi esprimevano una felicità di cui non riuscivo a capire la ragione. Presto, a causa del frequente ricorrere di alcuni suoni che la sconosciuta ripeteva sull'esempio degli altri, mi accorsi che stava cercando di imparare la loro lingua, e immediatamente pensai che anch'io avrei potuto far uso di questi insegnamenti allo stesso scopo. Durante la prima lezione, la straniera imparò circa venti parole, che per la maggior parte io avevo già appreso, ma profittai delle altre.

«Quando scese la notte, Agatha e la giovane araba si ritirarono di buon'ora. Al momento di separarsi, Felix baciò la mano della straniera e disse: "Buona notte, dolce Safie!". Restò poi alzato molto più a lungo, a parlare con suo padre, e, poiché sentii ripeter spesso il nome di lei, indovinai che la bella ospite doveva essere l'argomento principale della conversazione. Desideravo ardentemente riuscire a capire quello che dicevano, e tesi tutte le mie facoltà a questo scopo, ma inutilmente.

«La mattina seguente Felix se ne andò al lavoro; e quando Agatha ebbe terminato le sue solite occupazioni, la giovane araba si sedette ai piedi del vecchio, e, presa la sua chitarra, eseguì delle melodie così incantevoli che mi strapparono dagli occhi lacrime di tristezza e di piacere insieme. Cantava, e la sua voce fluiva in ricche cadenze, levandosi e spegnendosi come quella dell'usignolo dei boschi.

«Quando ebbe finito, passò la chitarra ad Agatha, che dapprima rifiutò. Poi suonò una semplice aria: la sua voce l'accompagnava con toni dolci, ma assai diversi dallo stupendo canto della straniera. Il vecchio sembrava rapito, e pronunciò alcune parole che Agatha cercò di spiegare a Safie, e con cui pareva voler dire che con la sua musica gli aveva procurato un grande piacere.

«I giorni ora passavano pacificamente come prima, con l'unica differenza che la gioia aveva preso il posto della tristezza sul volto dei miei amici. Safie era sempre gaia e felice, e sia io che lei miglioravamo rapidamente nella conoscenza della lingua, così che in capo a due mesi fui in grado di capire la maggior parte delle parole pronunciate dai miei protettori.

«Nel frattempo, il terreno brullo si ricoprì di vegetazione, e i verdi pendii furono cosparsi di innumerevoli fiori, piacevoli all'odorato e alla vista, stelle di un pallore luminoso nei boschi illuminati dalla luna; il sole divenne più caldo, le notti chiare e profumate; e il mio girovagare notturno mi dava un piacere immenso, anche se era stato abbreviato di molto, perché il sole tramontava ora più tardi e sorgeva più presto; non mi avventuravo infatti mai all'aperto con la luce del giorno, nel timore di ricevere lo stesso trattamento che avevo già subito nel primo villaggio in cui ero entrato.

«Le mie giornate le passavo impegnando tutta la mia attenzione per potermi impadronire più rapidamente della lingua; e posso vantarmi di avere imparato assai più in fretta della giovane araba, che comprendeva molto poco e parlava stentatamente, mentre io capivo e riuscivo a imitare quasi ogni parola che veniva detta.

«Mentre miglioravo nel parlare, imparai anche la scienza della scrittura che veniva insegnata alla straniera; e questo mi aprì orizzonti pieni di meraviglie e di piaceri.

«Il libro su cui Felix insegnava a Safie era *Le rovine degli imperi* di Volney. Non ne avrei capito il contenuto se Felix nel leggerlo non si fosse profuso in spiegazioni. Aveva scelto quest'opera, disse, perché il suo stile declamatorio era costruito a imitazione degli autori orientali. Attraverso questo lavoro, mi procurai una sommaria conoscenza della storia e ne ricavai un panorama dei diversi imperi esistenti nel mondo; mi feci un'idea dei costumi, dei governi e delle religioni delle varie nazioni della terra. Sentii parlare dei pigri asiatici, dello stupendo genio e del rigoglio intellettuale dei greci, delle guerre e splendide virtù dei primi romani, della degenerazione che seguì e del declino del loro potente impero, e della cavalleria, della cristianità e dei re. Udii della scoperta dell'emisfero americano, e piansi con Safie sull'infelice destino dei suoi abitanti originari.

«Queste magnifiche storie mi ispirarono strani sentimenti. Era veramente l'uomo un essere così potente, virtuoso e magnifico, e tuttavia così vile e malvagio? A volte sembrava generato esclusivamente dal principio del male, altre volte racchiudeva in sé tutto quello che si può immaginare di nobile e simile agli dèi. Essere un uomo grande e virtuoso sembrava l'onore più alto che potesse capitare a una creatura vivente, mentre essere vile e malvagio, come molti erano stati secondo la storia, sembrava la più bassa delle degradazioni, una condizione più abbietta di quella della talpa cieca o del verme impotente. Per lungo tempo non riuscii a concepire come un uomo potesse arrivare a uccidere un suo simile, o addirittura perché ci dovessero essere leggi o governi; ma quando sentii i particolari del vizio e del delitto, il mio stupore cessò, e reagii con disgusto e repulsione.

«A ogni conversazione dei miei vicini mi si aprivano ora davanti nuove meraviglie. Mentre ascoltavo gli insegnamenti che Felix impartiva alla giovane araba, mi resi conto dello strano sistema su cui si basa la società umana. Sentii parlare della divisione della proprietà, della immensa ricchezza e della squallida povertà, del rango, discendenza e sangue nobile.

«Questi termini mi indussero a guardare a me stesso. Avevo imparato che il bene più stimato dai tuoi simili è una nobile e immacolata discendenza unita a delle ricchezze. Si può rispettare un uomo che abbia uno solo di questi vantaggi, ma privo di entrambi, eccettuati rarissimi casi, egli viene considerato un vagabondo e uno schiavo, costretto a sprecare le sue energie per il profitto di pochi eletti! E io che cos'ero? Della mia creazione e del mio creatore non sapevo assolutamente nulla, ma sapevo che non avevo né denaro né amici né alcun genere di proprietà; ero inoltre dotato di un aspetto orrendamente deforme e ripugnante; e non ero nemmeno della stessa natura dell'uomo: ero più agile di loro, potevo sopravvivere nutrendomi di cibo assai più rozzo, sopportavo i rigori del caldo e del freddo con minor danno alla mia costituzione, e la mia statura era di gran lunga superiore alla loro. Se mi guardavo intorno, non vedevo né sentivo parlare di nessuno simile a me. Ero dunque un mostro, un'aberrazione sulla faccia della terra, da cui tutti fuggivano e che tutti ripudiavano?

«Non so descriverti l'angoscia che queste riflessioni mi procuravano. Cercavo di scacciarle, ma la pena aumentava insieme alla mia conoscenza. Oh, se fossi rimasto per sempre nel mio bosco natio, e non avessi conosciuto e provato nulla, se non sensazioni di fame, sete e caldo!

«Che strana cosa la conoscenza! Aderisce alla mente, quando l'ha afferrata, come il lichene alla roccia. Desideravo a volte scuotermi di dosso pensieri e sentimenti, ma imparai che c'era solo un mezzo per superare la sofferenza, ed era la morte: uno stato che temevo eppure non capivo. Ammiravo la virtù e i buoni sentimenti, e amavo le maniere gentili e le dolci qualità dei miei vicini, ma ero escluso da ogni rapporto con loro, eccetto per quello che riuscivo a ottenere di nascosto, non visto e non udito, in modi che aumentavano piuttosto che soddisfare il mio desiderio di diventare come tutti gli altri. Le parole dolci di Agatha, e i vivaci sorrisi dell'affascinante araba, non erano per me. Come non erano per me le benevole esortazioni del vecchio e l'animata conversazione dell'amato Felix. Povero, infelice disgraziato!

«Altre lezioni mi si impressero anche più profondamente nella mente. Sentii parlare della differenza dei sessi; della nascita e della crescita dei bambini; di come il padre si bei dei sorrisi del neonato e del suo vivace sgambettare quando è più grandicello; come tutta la vita e le cure della madre siano concentrate su questo prezioso fardello; come la mente giovane cresca e acquisti conoscenza; e ancora sentii parlare di fratelli e sorelle e delle varie relazioni che uniscono un essere umano a un altro con vincoli reciproci.

«Ma dov'erano i miei amici e i miei parenti? Nessun padre aveva vegliato sui miei primi anni, nessuna madre mi aveva benedetto coi suoi sorrisi e le sue carezze; o se l'avevano fatto, tutta la mia vita passata era un punto oscuro, un vuoto in cui non distinguevo nulla. Se tornavo indietro con la memoria, mi vedevo sempre con l'altezza e le proporzioni che avevo adesso. E non avevo ancora incontrato un essere umano che mi rassomigliasse o rivendicasse un qualche rapporto con me. Che cos'ero io? Questa domanda ritornava insistentemente e riceveva in risposta solo gemiti.

«Ti spiegherò ben presto a cosa tendevano questi sentimenti; prima però permettimi di ritornare agli abitanti del casolare, la cui storia suscitava in me sentimenti vari di indignazione, piacere e meraviglia, che finivano però tutti per trasformarsi in un amore e una reverenza sempre più grandi per i miei protettori (perché così amavo chiamarli per una specie di illusione ingenua e quasi dolorosa).»

Capitolo XIV

«Mi ci volle qualche tempo prima di conoscere la storia dei miei amici. Era una storia che non poteva non colpirmi profondamente, perché rivelava tutta una serie di circostanze straordinarie e affascinanti per chi come me era completamente privo di esperienza.

«Il nome del vecchio era De Lacey. Discendeva da una buona famiglia francese, e aveva vissuto per molti anni in Francia in condizioni agiate, rispettato dai suoi superiori e amato dai suoi pari. Il figlio era stato educato a servire il suo paese, e Agatha stava alla pari delle donne di più alto rango. Pochi mesi prima del mio arrivo, vivevano in una grande e lussuosa città chiamata Parigi, circondati da amici e godendo di ogni bene che la virtù, la raffinatezza e il buon gusto, uniti a una discreta fortuna, potevano offrire.

«Il padre di Safie era stato la causa della loro rovina. Si trattava di un mercante turco, che abitava a Parigi da molti anni, e che un giorno, per qualche motivo che non riuscii a scoprire, divenne inviso al governo. Fu preso e gettato in prigione il giorno stesso in cui Safie arrivava da Costantinopoli per raggiungerlo. Fu processato e condannato a morte. L'ingiustizia di questa condanna era patente, tutta Parigi ne era indignata; e si giunse alla conclusione che la sua religione e la sua ricchezza, più che il crimine che gli era stato addebitato, fossero la causa della condanna.

«Felix per caso si era trovato presente al processo; quando udì la decisione della corte, il suo orrore e la sua indignazione furono senza limiti. In quel momento giurò solennemente di farlo fuggire, e si dette subito dattorno per trovarne il modo. Dopo molti inutili tentativi di accedere alla prigione, trovò finalmente una finestra chiusa da una pesante inferriata in una parte poco sorvegliata dell'edificio; questa dava luce alla cella del povero maomettano che, coperto di catene, aspettava senza più speranza l'esecuzione della barbara sentenza. Felix si recò di notte alla grata, e comunicò al prigioniero la sua intenzione di aiutarlo. Il turco, stupito e felice, cercò di alimentarne lo zelo con promesse di ricompensa e di ricchezza. Felix rifiutò queste offerte con disprezzo, ma quando vide la bella Safie, cui era stato permesso di visitare il padre e che gli esprimeva a gesti la sua viva gratitudine, non poté evitare di ammettere tra sé che il prigioniero possedeva un tesoro che lo avrebbe pienamente ripagato della fatica e dei rischi.

«Il turco si accorse subito dell'impressione che sua figlia aveva fatto sul cuore di Felix, e cercò di trarlo ancora più dalla sua parte promettendo di dargli la mano della ragazza non appena fosse stato messo in salvo. Felix era troppo delicato per accettare una simile offerta; tuttavia si augurava una tale eventualità come il coronamento della sua felicità.

«Durante i giorni che seguirono, mentre i preparativi per la fuga del mercante continuavano, lo zelo di Felix fu rinfocolato da diverse lettere della bella ragazza, che trovò il modo di esprimere i suoi pensieri nella lingua dell'innamorato con l'aiuto di un vecchio, un servo di suo padre che capiva il francese.

Con le parole più ardenti, lo ringraziava dell'aiuto che intendeva dare a suo padre, e nello stesso tempo si lamentava velatamente del proprio destino.

«Ho delle copie di queste lettere, perché trovai il modo, durante la mia residenza nel capanno, di procurarmi il necessario per scrivere; e le lettere erano spesso in mano di Felix o di Agatha. Prima di andarmene te le darò; ti proveranno la veridicità della mia storia, ma al momento, poiché il sole è già sceso di molto all'orizzonte, avrò solo il tempo di fartene un riassunto.

«Safie raccontava che sua madre era stata un'araba cristiana, catturata come schiava dai turchi; con la sua bellezza aveva conquistato il cuore del padre di Safie, che l'aveva sposata. La giovane parlava in termini nobili ed entusiastici della madre, che, nata libera, disprezzava la schiavitù a cui era costretta. Istruì la figlia nei principi della sua religione, e le insegnò ad aspirare allo sviluppo delle sue più alte qualità intellettuali e a una indipendenza di spirito proibite alle donne maomettane. Morì, ma le sue lezioni si erano indelebilmente impresse nella mente di Safie, che era angosciata dall'idea di tornare in Asia e di venir sepolta viva tra le mura di un harem, dove le sarebbe stato permesso di occuparsi di trastulli infantili, poco adatti al temperamento della sua anima, abituata ora a grandi idee e alla nobile conquista della virtù. L'idea di sposare un cristiano e di restare in un paese dove alle donne era permesso occupare un posto in società, le sembrava un sogno.

«Il giorno dell'esecuzione del turco fu fissata; ma la notte precedente egli fuggì dalla sua prigione, e, prima che facesse giorno, era già molte leghe lontano da Parigi. Felix si era procurato dei passaporti a nome suo, di suo padre e di sua sorella. Aveva in precedenza comunicato il piano a suo padre, che lo aiutò nell'inganno lasciando la propria casa con la scusa di un viaggio, e nascondendosi con la figlia in un oscuro quartiere di Parigi.

«Felix condusse i fuggitivi attraverso la Francia fino a Lione, e poi, per il Moncenisio, a Livorno, dove il mercante aveva deciso di aspettare l'occasione favorevole di un passaggio per nave verso qualcuno dei dominî turchi.

«Safie decise di rimanere col padre fino al momento della partenza e il turco rinnovò la sua promessa di vederla prima di allora unita in matrimonio al suo liberatore. Felix restò ad attendere con loro; nel frattempo, godeva della compagnia della giovane araba, che gli mostrava il più sincero e tenero affetto. Conversavano per mezzo di un interprete, e a volte semplicemente con gli sguardi; e Safie gli cantava le divine arie del suo paese.

«Il turco permetteva questa intimità, e incoraggiava le speranze dei giovani innamorati, mentre in cuor suo aveva fatto ben altri piani. Detestava l'idea che sua figlia si unisse a un cristiano, ma temeva il risentimento di Felix se si fosse mostrato tiepido, perché sapeva di essere ancora alla mercé del suo liberatore, che poteva decidere di denunciarlo alle autorità del paese in cui si trovavano. Rimuginava mille piani per prolungare l'inganno finché fosse stato necessario, e per portar via segretamente sua figlia al momento della partenza. I suoi piani furono favoriti dalle notizie che giunsero da Parigi.

Il governo francese, infuriato per la fuga della propria vittima, non aveva risparmiato sforzi per scoprirne e punirne il liberatore. Il complotto di Felix venne presto alla luce, e De Lacey e Agatha furono gettati in prigione. La notizia raggiunse Felix e lo destò dal suo sogno di felicità. Suo padre, vecchio e cieco, e la giovane sorella giacevano in una sordida cella, mentre egli respirava l'aria libera e godeva della compagnia della donna amata. Questa idea divenne una tortura per lui. Si mise d'accordo col turco che, se questi avesse trovato un'occasione favorevole per fuggire prima del ritorno di Felix, Safie sarebbe rimasta a vivere in un convento di Livorno; quindi, preso congedo dalla bella araba, si precipitò a Parigi e si consegnò alla vendetta della legge, sperando così di ottenere la liberazione di De Lacey e di Agatha.

«Non ci riuscì. Rimasero in prigione cinque mesi prima che il processo avesse luogo; e il risultato di questo li privò dei loro beni e li condannò all'esilio perpetuo dal suolo di Francia.

«Trovarono rifugio nel misero casolare in Germania dove li avevo incontrati. Ben presto Felix apprese che l'infido turco, per il quale lui e la sua famiglia sopportavano tante inaudite sofferenze, alla notizia che il suo liberatore era caduto in disgrazia ed era ridotto in povertà, aveva tradito ogni sentimento di lealtà e di onore, e aveva lasciato l'Italia con la figlia mandando a Felix come ultimo insulto una misera somma per aiutarlo, come ebbe a dire, a provvedere al suo futuro sostentamento.

«Questi erano gli avvenimenti che non davano pace a Felix e lo rendevano, quando lo vidi la prima volta, il più infelice della sua famiglia. Avrebbe potuto facilmente sopportare la povertà, e, finché questa era stata la ricompensa del suo coraggio, se ne era gloriato; ma l'ingratitudine e la perdita dell'adorata Safie erano disgrazie ben più amare e irreparabili. Ora l'arrivo della giovane araba aveva ridato nuova vita al suo spirito.

«Quando la notizia che Felix era stato privato della sua fortuna e del suo rango raggiunse Livorno, il mercante ordinò a sua figlia di non pensare più all'innamorato e di prepararsi a tornare nel paese natale. La natura generosa di Safie si indignò a quell'ordine, ella tentò di protestare con il padre, ma questi la lasciò adirato, rinnovando il suo tirannico ordine.

«Qualche giorno più tardi, il turco entrò nella stanza di sua figlia e frettolosamente le disse che aveva ragione di credere che la sua presenza a Livorno fosse stata scoperta e che avrebbe dovuto essere immediatamente consegnato al governo francese; aveva perciò noleggiato una nave che lo portasse a Costantinopoli, e questa stava per salpare di lì a poche ore. Intendeva lasciare la figlia sotto la custodia di un servo fidato, perché lo seguisse con più comodo con la maggior parte dei beni, che non erano ancora arrivati a Livorno.

«Rimasta sola, Safie decise in cuor suo il piano di condotta che più le conveniva tenere in questa emergenza. L'idea di vivere in Turchia le era odiosa, la sua religione e i suoi sentimenti vi erano entrambi contrari. Da alcuni documenti del padre che le erano capitati tra le mani, venne a sapere dell'esilio dell'innamorato e il nome del luogo in cui ora risiedeva. Esitò un po', ma alla fine prese la sua decisione. Portando con sé alcuni gioielli che le appartenevano e una certa somma di denaro, abbandonò l'Italia con una compagna, nativa di Livorno ma che capiva il turco, e partì per la Germania.

«Era arrivata sana e salva in una città a circa venti leghe dal casolare di De Lacey, quando la sua accompagnatrice cadde gravemente ammalata. Safie le prodigò le cure più devote, ma la povera ragazza morì e la giovane araba rimase sola, senza conoscere la lingua del paese e completamente all'oscuro dei costumi del mondo. Cadde comunque in buone mani: l'italiana aveva fatto il nome del luogo verso cui erano dirette, e, dopo la sua morte, la donna in casa della quale avevano vissuto si preoccupò che Safie raggiungesse incolume la casa dell'innamorato.»

Capitolo XV

«Questa è la storia dei miei amati vicini. Essa mi fece molta impressione. Attraverso le scene di vita sociale che mi presentava, imparai ad amare la loro virtù e a deprecare i vizi dell'umanità.

«A quel tempo il crimine era per me ancora un male lontano; bontà e generosità mi stavano sempre davanti agli occhi, suscitando in me il desiderio di diventare anch'io un attore su quel palcoscenico movimentato dove tante qualità ammirevoli erano chiamate a esibirsi. Ma nel fare il resoconto dei miei progressi intellettuali, non devo tralasciare un avvenimento che ebbe luogo quello stesso anno all'inizio di agosto.

«Una notte, durante la mia solita visita al bosco vicino, dove raccoglievo da mangiare per me e legna da ardere per i miei protettori, trovai per terra una sacca da viaggio di pelle che conteneva diversi articoli di vestiario e alcuni libri. Afferrai avidamente la preda, e tornai al mio capanno. Fortunatamente i libri erano scritti nella lingua di cui avevo appreso gli elementi: erano il *Paradiso perduto*, un volume delle *Vite* di Plutarco e *I dolori del giovane Werther*. Il possesso di questi tesori mi diede un immenso piacere; ora, mentre i miei amici erano occupati nelle loro solite attività, studiavo di continuo ed esercitavo la mia mente su queste storie.

«Mi è difficile farti capire l'effetto di questi libri. Produssero in me un'infinità di nuove immagini e sentimenti, che a volte mi sollevavano fino all'estasi, ma più spesso mi gettavano nella più profonda depressione. *I dolori del giovane Werther*, oltre all'interesse per la sua storia semplice e commovente, contiene tante idee e getta tanta luce su argomenti che per me erano stati finora oscuri, che lo trovai una inesauribile fonte di riflessione e di stupore. I costumi domestici e nobili che descrive, uniti ad alti sentimenti che hanno per oggetto qualcosa di altro da sé, si accordavano bene con le mie esperienze tra i miei protettori e con i desideri sempre vivi nel mio petto. Ma consideravo Werther un essere più straordinario di quelli che avevo mai visto o immaginato: il suo carattere non aveva pretese, ma penetrava davvero in profondo. Le sue disquisizioni sulla morte e sul suicidio erano fatte per riempirmi di meraviglia. Non pretendevo di entrare nel merito della questione, tuttavia sentivo di condividere le opinioni dell'eroe, sulla cui fine piansi senza capirne bene le ragioni.

«Mentre leggevo, però, mi trovavo a fare continui riferimenti ai miei sentimenti e alla mia condizione. Mi scoprivo simile, eppure stranamente diverso, dagli esseri di cui leggevo o di cui ascoltavo la conversazione. Provavo comprensione per loro, e in parte li capivo, ma la mia mente era informe; non dipendevo da nessuno e non avevo relazioni con alcuno. "Il sentiero della mia scomparsa era aperto", e non c'era nessuno a piangere la mia fine. La mia persona era ripugnante, la mia statura gigantesca: cosa significava questo? Chi ero? Che cosa ero? Da dove venivo? Qual era la mia destinazione? Queste domande ritornavano continuamente, ma non ero in grado di dar loro una risposta.

«Il volume delle *Vite* di Plutarco che possedevo

conteneva la storia dei primi fondatori delle antiche repubbliche. Questo libro ebbe su di me un effetto completamente diverso dai *Dolori del giovane Werther*. Dalle meditazioni di Werther avevo appreso cosa fossero disperazione e tristezza; Plutarco mi insegnò pensieri nobili, mi elevò oltre la misera sfera delle mie riflessioni per ammirare e amare gli eroi del passato. Molte delle cose che leggevo andavano oltre la mia comprensione e la mia esperienza. Avevo una vaga nozione di regni, di vasti territori, di fiumi imponenti e mari sterminati. Ma non sapevo nulla di città e di larghe congregazioni d'uomini. Il casolare dei miei protettori era stata la sola scuola in cui avevo avuto modo di studiare la natura umana, ma questo libro mi svelò nuovi e più vasti scenari di vita. Lessi di uomini che si occupavano di affari di stato, che governavano o massacravano la loro specie. Sentivo crescermi in petto un immenso amore per la virtù, e ripugnanza per il vizio, per quanto potevo capire di questi termini, per me connessi solo al piacere e al dolore ai quali li applicavo. Sotto l'impulso di questi sentimenti, ero naturalmente portato ad ammirare pacifici legislatori come Numa, Solone e Licurgo, piuttosto che personaggi come Romolo o Teseo. La vita patriarcale dei miei protettori faceva sì che queste fossero le impressioni che più facilmente si impadronivano della mia mente: forse, se la mia prima iniziazione all'umanità fosse avvenuta accanto a un giovane soldato, desideroso di gloria e di combattimenti, mi sarei trovato imbevuto di sensazioni diverse.

«Ma il *Paradiso perduto* suscitò in me diverse e ben più profonde emozioni. Come per gli altri volumi caduti in mano mia, lessi anche questo come una storia vera. Provocò tutti quei sentimenti di meraviglia e di terrore che l'immagine di un Dio onnipotente, in lotta con le sue creature, può suscitare. Riferivo spesso le varie situazioni alla mia, quando la loro somiglianza mi colpiva. Come Adamo, non sembrava che fossi unito da alcun vincolo a un altro essere vivente; ma sotto ogni altro aspetto il suo stato era ben diverso dal mio. Egli era uscito dalle mani di Dio come una creatura perfetta, dotata e felice, protetta con particolare cura dal suo Creatore; a lui era concesso di parlare con esseri di natura superiore, da cui riceveva conoscenza, mentre io ero solo, infelice e derelitto. Molte volte mi venne fatto di pensare a Satana come a un emblema più appropriato per la mia condizione, perché spesso, come lui, quando vedevo la felicità dei miei protettori, sentivo il sapore amaro dell'invidia crescermi dentro.

«Un'altra circostanza rafforzò e confermò questi sentimenti. Poco dopo il mio arrivo nel capanno, avevo scoperto alcuni fogli nella tasca dell'abito che avevo preso dal tuo laboratorio. Dapprima li avevo trascurati, ma ora che ero in grado di decifrarne i caratteri, cominciai a studiarli con attenzione. Era il tuo diario dei quattro mesi che avevano preceduto la mia creazione. Vi descrivevi minutamente ogni minimo progresso nello sviluppo del tuo lavoro, e a questa storia erano mescolati resoconti di avvenimenti domestici. Ti ricordi senza dubbio di queste carte. Eccole. Vi è riportato tutto quello che si riferisce alla mia maledetta origine; vi sono esposti tutti i dettagli delle disgustose circostanze che l'hanno prodotta; la descrizione minutissima della mia persona odiosa e ripugnante è fatta in un linguaggio che dipinge chiaramente il tuo orrore e che ha reso il mio indelebile. Stavo male mentre leggevo. "Maledetto il giorno in cui ricevetti la vita!" esclamai angosciato; "maledetto creatore! Perché hai dato forma a un mostro così orrendo che persino tu ti sei ritratto da me disgustato?

Dio, pietosamente, fece l'uomo bello e seducente, secondo la propria immagine; ma la mia forma è una copia schifosa della tua, resa ancora più orrida dalla stessa rassomiglianza. Satana aveva i suoi compagni, demoni come lui, che lo ammiravano e lo incoraggiavano; ma io sono solo e aborrito da tutti."

«Queste le mie riflessioni nelle ore di depressione e di solitudine; ma quando contemplavo le virtù dei miei vicini, i loro comportamenti affabili e benevoli, mi persuadevo che, una volta venuti a conoscenza della mia ammirazione per la loro virtù, avrebbero avuto compassione di me e avrebbero trascurato la deformità della mia persona. Potevano forse scacciare un essere, che, per quanto mostruoso, sollecitava la loro compassione e la loro amicizia? Decisi per lo meno di non disperare, ma di prepararmi come meglio potevo a un incontro con coloro che avrebbero deciso del mio destino. Rimandai questo tentativo per alcuni mesi, perché l'importanza che attribuivo alla sua riuscita mi faceva temere la possibilità di fallire. Inoltre scoprii che la mia capacità di capire aumentava talmente con l'esperienza di ogni giorno, che ero restio a compiere questo tentativo prima che ancora qualche mese accrescesse la mia prontezza mentale.

«Frattanto diversi cambiamenti avevano avuto luogo nel casolare. La presenza di Safie aveva portato felicità ai suoi abitanti, e notai anche che vi regnava una maggiore abbondanza. Felix e Agatha avevano più tempo per la conversazione e lo svago, ed erano assistiti nelle loro fatiche da servitori. Non sembravano ricchi, ma erano appagati e felici, i loro sentimenti erano sereni e tranquilli, mentre i miei diventavano ogni giorno più tumultuosi. L'accresciuta conoscenza non faceva ora che mostrarmi più chiaramente che infelice reietto io fossi. Nutrivo speranze è vero; ma svanivano quando vedevo le mie sembianze riflesse nell'acqua, o la mia ombra alla luce della luna, per quanto esile fosse l'immagine e labile l'ombra.

«Cercavo di soffocare queste paure e di farmi coraggio per la prova che avevo deciso di affrontare di lì a qualche mese; e a volte lasciavo i miei pensieri vagare, sottratti al controllo della ragione, nei campi del Paradiso, e osavo immaginare creature amorose e bellissime che condividevano i miei sentimenti e rallegravano la mia tristezza, mentre sui loro visi angelici aleggiavano sorrisi di conforto. Ma era tutto un sogno; nessuna Eva consolava le mie pene o condivideva i miei pensieri: ero solo. Ricordavo la supplica di Adamo al suo Creatore. Ma il mio dove era? Mi aveva abbandonato, e, nell'amarezza che sentivo in cuore, lo maledivo.

«Così passò l'autunno. Vidi con dolore e sorpresa che le foglie avvizzivano e cadevano, e che la natura assumeva di nuovo l'aspetto nudo e desolato di quando avevo visto per la prima volta i boschi e la bella luna. Tuttavia non facevo caso all'incupirsi del tempo: con la mia costituzione ero più adatto a sopportare il freddo che il caldo. Il mio maggior piacere, però, veniva dalla vista dei fiori, degli uccelli e di tutti i festosi ornamenti dell'estate; quando tutto ciò mi venne a mancare, mi volsi con maggiore attenzione agli abitanti del casolare. La loro felicità non diminuiva allo scomparire dell'estate. Si amavano e si preoccupavano l'uno dell'altro: le loro gioie, dipendendo dai rapporti reciproci, non erano disturbate da quello che avveniva intorno a loro. Più li conoscevo, più aumentava il mio desiderio di chiedere la loro protezione e il loro affetto; il mio cuore bramava di essere conosciuto e amato da queste dolci creature, vedere il loro sguardo benevolo posato con affetto su di me, era il massimo della mia ambizione. Non osavo pensare che si sarebbero ritratti da me con orrore e disprezzo. Il povero che si fermava alla loro porta non veniva mai cacciato via. Io chiedevo, è vero, doni più preziosi di un po' di cibo e riposo: chiedevo gentilezza e simpatia, ma non me ne credevo completamente indegno.

«L'inverno avanzava, e un intero ciclo di stagioni era trascorso da quando mi ero svegliato alla vita. La mia attenzione a quel tempo era occupata unicamente dal progetto di come presentarmi in casa dei miei protettori. Esaminai diverse possibilità, ma quella su cui mi soffermai alla fine fu di entrare nella casa quando il vecchio cieco fosse rimasto solo. Avevo abbastanza criterio per capire che era stata la bruttezza innaturale della mia persona la causa principale dell'orrore in tutti quelli che mi avevano visto fino allora. La mia voce, per quanto aspra, non aveva nulla di terribile; pensavo quindi che, se durante una assenza dei figli fossi riuscito a guadagnarmi la benevola mediazione del vecchio De Lacey, avrei potuto in seguito, per mezzo suo, essere accettato anche dai miei più giovani protettori.

«Un giorno che il sole splendeva sulle foglie rosse sparse a terra e diffondeva allegria, anche se non dava calore, Safie, Agatha e Felix uscirono per una lunga passeggiata in campagna, e il vecchio, per suo desiderio, fu lasciato solo in casa. Quando i figli se ne furono andati, prese la chitarra e suonò diverse arie tristi ma dolci, più dolci e tristi di quanto non gliene avessi mai sentite suonare prima. All'inizio il suo viso era illuminato di piacere, ma poi, mentre continuava a suonare, vi si dipinse un'espressione mesta e assorta; infine, messo da parte lo strumento, rimase immerso nei suoi pensieri.

«Il cuore mi batteva forte: era giunta l'ora della

prova, che avrebbe confermato le mie speranze o dato corpo alle mie paure. I servitori erano andati a una fiera vicina. Tutto era silenzio, dentro e intorno alla casa, era un'occasione eccellente; tuttavia, mentre stavo per eseguire il mio piano, le gambe mi vennero meno e caddi a terra. Mi alzai di nuovo, e, raccogliendo tutta la forza di volontà di cui ero capace, rimossi le assi che avevo sistemato sul davanti del capanno per nascondere il mio rifugio. L'aria fresca mi rianimò, e con rinnovata determinazione mi avvicinai alla porta del casolare.

«Bussai. "Chi è?" chiese il vecchio. "Entrate."

«Entrai. "Scusate l'intrusione" dissi; "sono un viandante che ha bisogno di un po' di riposo; mi fareste una grande cortesia se mi permetteste di restare per qualche minuto davanti al fuoco."

«"Entrate" disse De Lacey, "e cercherò di soddisfare i vostri bisogni; sfortunatamente, i miei figli non sono in casa, e io sono cieco, per cui temo che mi sarà difficile procurarvi del cibo."

«"Non preoccupatevi, mio buon ospite. Ho del cibo; è di calore e riposo che ho bisogno."

«Sedetti, e seguì un breve silenzio. Sapevo che ogni minuto era prezioso; tuttavia, ero incerto su come cominciare la conversazione, quando il vecchio mi si rivolse.

«"Da come parlate, straniero, suppongo che siate un mio connazionale: siete francese?"

«"No, ma sono stato educato da una famiglia francese, e parlo solo questa lingua. Sto andando a chiedere la protezione di alcuni amici che amo sinceramente e sul cui favore nutro qualche speranza."

«"Sono tedeschi?"

«"No, sono francesi. Ma cambiamo argomento. Io sono un essere solo e sfortunato: mi guardo attorno, e non ho al mondo né un parente né un amico. Queste persone benevole da cui sto andando non mi hanno mai visto e sanno poco di me. Sono pieno di timori, perché se fallisco con loro, sarò per sempre un reietto nel mondo."

«"Non disperate. Essere senza amici è veramente una sfortuna, ma il cuore degli uomini, quando non sia preso da ovvi interessi personali, è pieno di carità e di amore fraterno. Fidatevi dunque delle vostre speranze; e se questi amici sono buoni e gentili, non disperate."

«"Sono gentili – sono le creature migliori di questo mondo; ma sfortunatamente hanno dei pregiudizi contro di me. Io sono di carattere buono; la mia vita sin qui è stata senza colpe e, in certo modo, benefica; ma un pregiudizio fatale vela i loro occhi, e laddove dovrebbero vedere un amico sincero e gentile, vedono solo un detestabile mostro."

«"Questo è davvero un peccato; ma se voi siete veramente senza colpa, non potete aprir loro gli occhi?"

«"Sto per farlo; ed è per questo che mi sento così pieno di paura. Amo teneramente questi amici; per molti mesi, ogni giorno, senza rivelarmi, ho fatto loro delle gentilezze; ma credono che io voglia far loro del male, ed è questo pregiudizio che io desidero dissipare."

«"Dove abitano questi amici?"

«"Qui vicino."

«Il vecchio fece una pausa, poi continuò: "Se volete confidarmi senza riserve i particolari della vostra storia, forse potrò esservi utile nell'illuminarli. Io sono cieco e non posso giudicarvi dal vostro aspetto, ma c'è qualcosa nelle vostre parole che mi fa credere che siate sincero. Sono povero e in esilio, ma mi darà un vero piacere essere in qualche modo d'aiuto a una creatura umana".

«"Uomo eccellente! Vi ringrazio e accetto la vostra

164

generosa offerta. Voi mi sollevate dalla polvere con la vostra bontà; e confido che col vostro aiuto non sarò scacciato dalla compagnia e dall'affetto dei vostri simili."

«"Che il Cielo non voglia! anche se foste davvero un criminale; perché questo potrebbe solo portarvi alla disperazione, e non spingervi alla virtù. Sono anch'io sfortunato: io e la mia famiglia siamo stati condannati benché innocenti; giudicate quindi se non provo compassione per le vostre disgrazie."

«"Come posso ringraziarvi, mio eccellente e unico benefattore? È dalle vostre labbra che sento per la prima volta parole di bontà nei miei confronti; ve ne sarò grato per sempre; e questo vostro senso di umanità mi rassicura della buona riuscita con quegli amici che sto per incontrare."

«"Posso sapere il nome di questi amici e dove abitano?"

«Feci una pausa. Questo, pensai, era il momento decisivo che doveva darmi o privarmi per sempre della felicità. Invano lottai per mantenere la calma e rispondergli con voce ferma, ma lo sforzo mi privò di tutte le energie che mi restavano; mi abbandonai su una sedia, e scoppiai in singhiozzi. In quel momento sentii i passi dei miei giovani protettori. Non avevo un istante da perdere; afferrai la mano del vecchio, e gridai: "Questo è il momento! Salvatemi e proteggetemi! Voi e la vostra famiglia siete gli amici che cerco. Non abbandonatemi nel momento della prova!"

«"Gran Dio!" esclamò il vecchio "chi siete?"

«In quell'attimo la porta del casolare si aprì, e Felix, Safie e Agatha entrarono. Chi può descrivere il loro orrore e il loro sgomento quando mi videro? Agatha svenne, e Safie, incapace di soccorrere l'amica, fuggì fuori. Felix si slanciò in avanti e con forza sovrumana mi strappò dalle ginocchia di suo padre che tenevo abbracciate, e in un eccesso di furore mi gettò al suolo e mi colpì violentemente con un bastone. Avrei potuto farlo a pezzi, come il leone sbrana l'antilope. Ma il cuore mi mancò come per un violento malore, e mi trattenni. Vidi che era sul punto di colpirmi di nuovo, quando, sopraffatto dalla pena e dal dolore, abbandonai il casolare e, senza che nessuno se ne accorgesse, nella confusione generale, mi rifugiai nel mio capanno.»

Capitolo XVI

«Maledetto, maledetto creatore! Perché sono sopravvissuto? Perché in quell'attimo non spensi la scintilla di vita che tu mi avevi così sconsideratamente concesso? Non so; la disperazione non si era ancora impadronita di me; i miei sentimenti erano solo di rabbia e di vendetta. Avrei con piacere distrutto il casolare e i suoi abitanti, e avrei goduto delle loro urla e della loro sofferenza.

«Quando sopraggiunse la notte, lasciai il mio rifugio e vagai per il bosco; ora, non più trattenuto dalla paura di essere scoperto, diedi sfogo al mio dolore con urla spaventose. Ero come una bestia feroce che avesse strappato le catene, e distruggevo tutto quello che mi si presentava davanti mentre percorrevo il bosco in lungo e in largo alla velocità del cervo. Oh, che notte orribile passai! Le fredde stelle splendevano quasi per deridermi; gli alberi nudi agitavano le braccia sopra di me; di tanto in tanto la voce melodiosa di un uccello rompeva la quiete assoluta. Tutti, eccetto me, riposavano o erano felici: io, come l'arcidiavolo, mi portavo dentro un inferno, e, non trovando compassione da alcuna parte, sentivo il desiderio di sradicare alberi, di spargere il caos e la desolazione intorno a me, e poi di sedermi a godere lo spettacolo di tale rovina.

«Ma era un eccesso di sensazioni che non poteva durare; lo sforzo fisico mi stancò, e mi abbandonai sull'erba bagnata nella dolorosa impotenza della disperazione. Non c'era uno solo delle miriadi di esseri sulla terra che volesse compiangermi o aiutarmi; e allora, perché dovevo sentirmi benevolo verso i miei nemici? No: da quel momento dichiarai guerra eterna contro tutta la specie umana, e soprattutto contro colui che mi aveva formato e avviato a questa insopportabile infelicità.

«Sorse il sole; udii le voci degli uomini, e capii che per quel giorno era impossibile tornare al mio rifugio. Mi nascosi perciò nel folto del sottobosco, decidendo di passare le ore seguenti a riflettere sulla mia situazione.

«La dolce luce del sole e l'aria pura del giorno mi ridiedero un po' di calma; e quando ripensai a quello che era successo al casolare, non potei fare a meno di dirmi che ero stato troppo affrettato nelle mie conclusioni. Certamente, avevo agito con poca prudenza. Era ovvio che la mia conversazione aveva conquistato il padre a mio favore, ed ero stato pazzo a esporre la mia persona all'orrore dei figli. Avrei dovuto lasciare che il vecchio De Lacey si familiarizzasse con me, e poi, a poco a poco, quando fossero stati preparati al mio arrivo, rivelarmi al resto della famiglia. Ma non pensavo che i miei errori fossero così irreparabili; e dopo molte riflessioni, decisi di tornare al casolare, cercare il vecchio, e con le mie suppliche guadagnarlo alla mia causa.

«Questi pensieri mi calmarono, e nel pomeriggio caddi in un sonno profondo; ma la febbre che avevo nel sangue non mi permise di fare sogni sereni. L'orribile scena del giorno precedente continuava a ripetersi davanti ai miei occhi: le donne che fuggivano, e Felix infuriato che mi strappava dalle ginocchia di suo padre. Mi svegliai esausto; e, vedendo che era già notte, uscii dal mio nascondiglio e andai in cerca di cibo.

«Quando la fame si fu placata, mi diressi verso il ben noto sentiero che portava al casolare. Tutto era tranquillo. Mi infilai nel mio capanno e restai in attesa silenziosa dell'ora solita in cui la famiglia si alzava. Quell'ora passò, il sole salì alto in cielo, ma i miei vicini non comparvero. Tremavo violentemente, supponendo qualche terribile disgrazia. L'interno della casa era buio, e non sentivo alcun movimento; non so dirti l'angoscia di quella attesa.

«A un certo punto passarono di lì due contadini, che, fermatisi vicino al casolare, si misero a parlare facendo dei gran gesti; ma non capii cosa dicevano, perché parlavano la lingua del luogo, che era diversa da quella dei miei protettori. Subito dopo però si avvicinò Felix con un altro uomo; fui sorpreso, perché sapevo che quella mattina non era uscito di casa, e attendevo ansiosamente di scoprire attraverso le sue parole il significato di quegli insoliti avvenimenti.

«"Vi rendete conto" gli disse il suo compagno "che sarete costretto a pagare l'affitto di tre mesi e a perdere i prodotti dell'orto? Non desidero approfittare della situazione, e vi prego quindi di aspettare qualche giorno e di ripensare alla vostra decisione."

«"È perfettamente inutile" rispose Felix; "non possiamo più abitare nella vostra casa. La vita di mio padre è in gravissimo pericolo, a causa dello spaventoso avvenimento che vi ho raccontato. Mia moglie e mia sorella non si riprenderanno mai più dalla paura. Vi prego di non parlarne più. Riprendete possesso della vostra casa, e lasciatemi fuggire al più presto da questo luogo."

«Felix tremava forte mentre parlava. Lui e il suo compagno entrarono in casa, dove rimasero pochi minuti; poi se ne andarono. Non vidi mai più nessuno della famiglia De Lacey.

«Rimasi nel mio buco per il resto della giornata,

in uno stato di totale, attonita disperazione. I miei protettori erano partiti e avevano spezzato l'unico legame che mi univa al mondo. Per la prima volta, dei sentimenti di vendetta e di odio riempirono il mio petto senza che io cercassi di trattenerli; anzi, lasciandomi trasportare dalla corrente, volsi la mia mente a immagini di morte e distruzione. Quando pensavo ai miei amici, alla voce mite di De Lacey, agli occhi gentili di Agatha e alla squisita bellezza della giovane araba, questi pensieri svanivano, e un fiotto di lacrime mi placava un po'. Ma quando riflettevo di nuovo a come mi avevano disprezzato e abbandonato, l'ira tornava, un'ira furibonda, e, incapace di fare male ad alcunché di umano, volgevo la mia furia contro le cose inanimate. Quando scese la notte, raccolsi del materiale infiammabile attorno al casolare; poi, dopo aver distrutto ogni traccia di coltivazione nell'orto, con impazienza repressa attesi il tramonto della luna per dare inizio alle operazioni.

«Con il procedere della notte, si levò dai boschi un vento furioso e rapidamente disperse le nubi che indugiavano in cielo; il turbine avanzava violento come una possente valanga e produceva nel mio spirito una specie di pazzia, che travolse tutti i freni della ragione e del pensiero. Accesi il ramo secco di un albero, e danzai furiosamente attorno alla casa amata, con gli occhi sempre fissi a occidente, dove la luna quasi toccava l'orizzonte. Infine, una parte della sua faccia si nascose, e io agitai il ramo ardente; tramontò del tutto, e io con un grande urlo diedi fuoco alla paglia, agli sterpi e ai cespugli che avevo raccolto. Il vento soffiò sul fuoco e il casolare fu presto avvolto dalle fiamme, che lo lambivano con le loro lingue forcute e distruttrici.

«Appena fui sicuro che nessun aiuto avrebbe potuto salvare anche una minima parte dell'abitazione, abbandonai quel luogo e cercai rifugio nei boschi.

«E ora, con tutto il mondo dinanzi, dove dirigere i miei passi? Decisi di fuggire dalla scena delle mie disgrazie; ma, per me, odiato e disprezzato, ogni paese era egualmente orribile. Infine, il pensiero di te mi attraversò la mente. Avevo appreso dalle tue carte che eri mio padre, il mio creatore; e a chi rivolgermi se non a colui che mi aveva dato la vita? Tra le lezioni che Felix aveva dato a Safie non era mancata la geografia: avevo imparato così le posizioni relative dei vari paesi della terra. Tu avevi nominato Ginevra come la tua città natale; e qui decisi di andare.

«Ma come fare per trovare la strada? Sapevo che dovevo viaggiare in direzione sud-ovest per raggiungere la mia destinazione, ma il sole era la mia unica guida. Non sapevo i nomi delle città che dovevo attraversare, né potevo chiedere indicazioni ad alcun essere umano; ma non mi persi d'animo. Solo da te potevo sperare soccorso, benché verso di te non sentissi altro che odio. Creatore dal cuore duro e insensibile! Mi avevi dotato di sensibilità e passioni, e poi mi avevi gettato nel mondo, oggetto di scherno e d'orrore per l'umanità. Ma solo su di te potevo vantare un diritto per ottenere pietà e soddisfazione ai torti subiti; e a te decisi di chiedere quella giustizia che inutilmente avevo cercato di ottenere da altri esseri umani.

«Il mio viaggio fu lungo, e grandi i patimenti che dovetti affrontare. Era tardo autunno quando lasciai la zona dove avevo abitato così a lungo. Viaggiavo solo di notte, per paura di trovarmi faccia a faccia con degli esseri umani. La natura intorno a me sfioriva, e il sole stava perdendo il suo calore; pioggia e neve cadevano dappertutto; i grandi fiumi erano ghiacciati; la superficie della terra era nuda, gelata e dura, e non trovavo alcun riparo. Oh, terra! Quante imprecazioni lanciai su chi era stato la causa della mia esistenza! La mitezza del mio carattere era scomparsa, e tutto dentro di me si era trasformato in amaro fiele. Più mi avvicinavo alla tua abitazione, più sentivo il desiderio di vendetta divamparmi in cuore. La neve cadeva, e le acque erano gelate; ma io non riposavo. Qualche caso fortuito di tanto in tanto mi forniva indicazioni, e avevo con me una carta geografica del paese; ma egualmente mi allontanavo spesso di gran lunga dal percorso. L'esasperazione dei miei sentimenti non mi dava requie; non c'era occasione da cui la mia rabbia e la mia infelicità non traessero nutrimento; ma qualcosa che avvenne quando arrivai ai confini della Svizzera, quando il sole aveva riacquistato calore e la terra tornava a rinverdire, rafforzò in modo particolare l'amarezza e la violenza dei miei sentimenti.

«Di solito riposavo durante il giorno e viaggiavo di notte, quando ero al riparo da sguardi umani. Una mattina però, vedendo che la mia strada passava per un bosco folto, mi arrischiai a continuare il viaggio anche dopo che era sorto il sole; la giornata, una delle prime giornate di primavera, mi rianimò con la bellezza del sole e il profumo dell'aria. Sentivo rinascermi dentro emozioni dolci e piacevoli, che sembravano morte da tempo. Alquanto sorpreso dalla novità di queste sensazioni, mi ci abbandonai, e, dimenticando la mia solitudine e la mia deformità, mi azzardai a essere felice. Lacrime dolci mi bagnarono di nuovo le guance, e alzai persino gli occhi umidi per ringraziare il sole benedetto che mi dava tale gioia.

«Continuai a seguire i sentieri tortuosi del bosco, finché non ne raggiunsi i confini, limitati da un fiume rapido e profondo su cui si piegavano i rami di molti alberi, ora coperti di germogli per il ritorno della primavera. Mi fermai, non sapendo esattamente che sentiero seguire, quando udii un suono di voci che mi indusse a nascondermi dietro un cipresso. Mi ero appena nascosto che una bambina arrivò correndo e ridendo, come se stesse scappando da qualcuno per gioco, verso il punto dove mi nascondevo. Continuò la sua corsa lungo le sponde ripide del fiume, quando all'improvviso mise un piede in fallo e cadde nella corrente impetuosa. Mi precipitai dal mio nascondiglio, e, lottando con estrema fatica contro la forza della corrente, la raggiunsi e la trascinai a riva. Era priva di sensi, e stavo cercando di rianimarla con ogni mezzo in mio potere, quando fui improvvisamente interrotto dall'avvicinarsi di un contadino, probabilmente la persona da cui stava fuggendo per gioco. Questi, quando mi vide, mi si scagliò contro, e, strappatami la bambina dalle braccia, si precipitò correndo verso il fitto del bosco. Lo seguii velocemente, non so nemmeno perché; ma quando l'uomo vide che mi stavo avvicinando, mi puntò contro il fucile che aveva in spalla e fece fuoco. Caddi al suolo, e il mio feritore ancora più rapidamente fuggì nel bosco.

«Questo era dunque il ringraziamento per la mia buona volontà! Avevo salvato una vita umana dalla morte, e come ricompensa ora mi dibattevo per il dolore di una ferita che mi aveva squarciato la carne fino all'osso. I sentimenti di bontà e dolcezza che avevo provato fino a pochi momenti prima lasciarono il posto a una rabbia infernale e a un digrignare di denti. Infuriato dal dolore, giurai odio e vendetta eterna contro tutta l'umanità. Ma poi lo spasimo per la ferita mi sopraffece, il polso mi si indebolì, e svenni.

«Per alcune settimane condussi una vita penosa nei boschi, cercando di curare la ferita che avevo ricevuto. Il proiettile era entrato nella spalla, e non sapevo se vi era rimasto o se l'aveva trapassata; in ogni caso, non avevo modo di estrarlo. Le mie sofferenze erano per di più accresciute dall'opprimente sensazione di ingiustizia per l'ingratitudine che me le aveva inflitte. Ogni giorno giuravo vendetta: una profonda e mortale vendetta, che sola avrebbe compensato tutte le offese e il dolore sofferto.

«Dopo qualche settimana la ferita si rimarginò, e ripresi il viaggio. Le fatiche che dovevo sopportare non erano più alleviate dal sole splendente e dalle leggere brezze primaverili; ogni gioia era un'irrisione, un insulto per il mio animo desolato, e mi faceva sentire ancora più dolorosamente che io non ero fatto per godere di alcun piacere.

«Ma le mie fatiche stavano ora volgendo al termine; e dopo un paio di mesi raggiunsi i dintorni di Ginevra.

«Era sera quando arrivai, e mi nascosi nei campi che circondano la città, per meditare su come mettermi in contatto con te. Ero tormentato dalla stanchezza e dalla fame, e troppo infelice per godermi la brezza fresca della sera o la vista del sole che calava dietro le stupende montagne del Giura.

«A questo punto un sonno leggero mi alleviò la pena di queste riflessioni, ma fui disturbato dall'avvicinarsi di un bel fanciullo, che si precipitò correndo nel mio nascondiglio con tutta l'allegria dell'infanzia. Di colpo, nel vederlo, mi venne l'idea che questa piccola creatura non avesse pregiudizi e che avesse vissuto troppo poco per aver già assorbito la capacità di provare orrore di fronte alla deformità. Se avessi quindi potuto prenderlo e educarlo come mio amico e compagno, non sarei stato più solo su questa terra popolosa.

«Spinto da questo impulso, afferrai il ragazzo mentre passava, e lo trassi a me. Appena egli vide il mio aspetto, si mise le mani davanti agli occhi e mandò uno strillo acuto; gli allontanai a forza le ma-

174

ni dal viso, e dissi: "Bambino, cosa fai? Non ho intenzione di farti del male, ascoltami".

«Si dibatté con violenza: "Lasciami!" gridò; "mostro! brutto miserabile! vuoi mangiarmi e farmi a pezzi! Sei un orco! Lasciami andare, o lo dico al mio papà".

«"Bambino, non vedrai più tuo padre; devi venire con me."

«"Orribile mostro! Lasciami. Papà è un magistrato; è Monsieur Frankenstein, e ti punirà. Non ti azzardare a trattenermi."

«"Frankenstein! appartieni al mio nemico allora! A colui contro il quale ho giurato vendetta eterna: sarai la mia prima vittima."

«Il bambino continuava a dibattersi, e mi copriva di insulti che riempivano il mio cuore di disperazione; gli afferrai la gola per farlo tacere, e un attimo dopo giaceva morto ai miei piedi.

«Fissai la mia vittima, e il cuore mi si gonfiò di esultanza e di diabolico trionfo; battendo le mani, esclamai: "Anch'io posso creare desolazione; il mio nemico non è invulnerabile; questa morte lo renderà disperato, e mille altri dolori lo tormenteranno fino a distruggerlo".

«Mentre tenevo gli occhi fissi sul bambino, vidi luccicargli qualcosa sul petto. Lo presi: era il ritratto di una donna bellissima. Nonostante la mia furia diabolica, mi placò e mi affascinò. Per alcuni istanti restai in contemplazione rapita di quegli occhi scuri orlati di lunghe ciglia, e di quelle labbra deliziose; ma subito la mia rabbia tornò: ricordai che ero escluso per sempre dalle gioie che tali belle creature possono donare; e che la donna di cui guardavo l'immagine, posando gli occhi su di me, avrebbe mutato quell'espressione di divina benevolenza in paura e disgusto.

«Ti stupisce che tali pensieri mi travolgessero in un'ondata d'ira? Io mi stupisco solo di essermi limitato in quel momento a dar sfogo alle mie sensazioni con esclamazioni angosciate, invece di scatenarmi tra gli uomini e perire nel tentativo di distruggerli.

«Sopraffatto da questi sentimenti, lasciai il luogo dove avevo commesso l'omicidio, e, cercando un nascondiglio più isolato, entrai in un fienile che mi era sembrato vuoto. Una donna dormiva sulla paglia: era giovane, non così bella come quella del ritratto che tenevo in mano, ma di aspetto gradevole, e fiorente di giovinezza e salute. Ecco, pensai, uno di quegli esseri i cui sorrisi, che sanno dare tanta gioia, vengono elargiti a tutti eccetto che a me. E allora mi piegai su di lei e bisbigliai: "Svegliati, bella fanciulla, il tuo innamorato è vicino – colui che darebbe la vita pur di ottenere un tenero sguardo dai tuoi occhi: mia amata, svegliati!".

«La dormiente si mosse; un brivido di terrore mi percorse. Si sarebbe davvero svegliata, mi avrebbe visto e maledetto e denunziato come l'assassino? Certo avrebbe agito così, se i suoi occhi si fossero aperti e mi avessero visto. Il pensiero mi fece impazzire, risvegliò il demone dentro di me; non io, ma lei avrebbe sofferto: il delitto che io avevo commesso, perché ero stato derubato per sempre dalle gioie che lei poteva offrirmi, lo avrebbe scontato lei. Il crimine aveva avuto in lei la sua causa remota: che sua fosse la punizione! Grazie alle lezioni di Felix e alle sanguinarie leggi dell'uomo, ora avevo imparato a fare il male. Mi chinai su di lei, e misi la miniatura al sicuro tra le pieghe della sua veste. Si mosse di nuovo e io fuggii.

«Per alcuni giorni mi aggirai sul luogo che era stato scenario di questi fatti, a volte col desiderio di vederti, a volte risoluto ad abbandonare per sempre il mondo e le sue miserie. Alla fine, giunsi vagando a queste montagne, e le ho percorse nei loro immensi anfratti, consumato da una passione bruciante che tu solo puoi soddisfare. Noi non possiamo separarci, finché tu non avrai promesso di accondiscendere alla mia richiesta. Sono solo e infelice: l'uomo non vuole avere nulla a che fare con me; ma un'altra creatura deforme e orribile come me non mi si negherebbe. La mia compagna deve essere della stessa specie e deve avere i miei stessi difetti. Questo essere tu me lo devi creare.»

Capitolo XVII

L'essere smise di parlare, e mi fissò in attesa di una risposta. Ma io ero sconvolto, perplesso e incapace di riordinare le idee abbastanza da capire tutte le implicazioni della sua proposta. Egli continuò.

«Devi crearmi una femmina, con cui io possa vivere e scambiare quegli affetti necessari per la mia esistenza. Tu solo puoi farlo, e te lo chiedo come un diritto che non puoi rifiutare di concedermi.»

L'ultima parte del suo racconto aveva riacceso in me l'ira che si era calmata mentre mi narrava la sua vita pacifica tra gli abitanti del casolare, ma, quando pronunciò queste parole, non potei più reprimere la rabbia che mi bruciava dentro.

«Te lo rifiuto» risposi «e nessuna tortura riuscirà mai a estorcermi un consenso. Puoi ridurmi il più miserabile degli uomini, ma non mi renderai ignobile ai miei stessi occhi. Devo forse creare un altro mostro come te, la cui malvagità, unita alla tua, sparga la desolazione nel mondo? Vattene! Ti ho dato la mia risposta; puoi torturarmi, ma non acconsentirò mai.»

«Ti sbagli» rispose quel demonio «e, invece di minacciarti, preferisco ragionare con te. Io sono malvagio perché sono infelice. Non sono forse sfuggito e odiato dall'intera umanità? Tu, che sei il mio creatore, mi faresti a pezzi con piacere; tieni conto di questo, e dimmi perché dovrei avere per gli uomini più pietà di quanta essi ne abbiano per me. Tu non lo chiameresti nemmeno un delitto se riuscissi a farmi precipitare in uno di questi crepacci, distruggendo un corpo che è opera delle tue stesse mani. Dovrei avere rispetto per l'uomo quando mi disprezza? Che viva con me in un reciproco scambio di affetti, e invece di violenza gli offrirei benefici, piangendo di gratitudine se li accettasse. Ma questo è impossibile: i sensi dell'uomo sono barriere insormontabili per la nostra convivenza. Ma da parte mia non ci sarà la sottomissione di una abbietta schiavitù. Mi vendicherò delle violenze patite; se non posso suscitare affetto, ispirerò paura; soprattutto a te, mio arcinemico, perché sei stato il mio creatore, giuro un odio inestinguibile. Stai in guardia, lavorerò alla tua distruzione, e non cesserò, se non quando avrò divorato il tuo cuore, così che maledirai l'ora della tua nascita.»

Un'ira infernale lo animava mentre mi diceva questo; il suo viso si contorceva in espressioni troppo orribili perché sguardo umano ne sopportasse la vista; ma presto si calmò, e continuò: «Intendevo ragionare. Questo scoppio di passione è a mio svantaggio, perché *tu* non ti rendi conto di esserne la causa. Se un qualsiasi essere avesse per me sentimenti di benevolenza, li ricambierei cento e cento volte; per amore di quell'unica creatura, farei pace con tutta la specie! Ma così non faccio che abbandonarmi a sogni di felicità che non si possono realizzare. Quello che ti chiedo è equo e ragionevole: ti chiedo una creatura dell'altro sesso, ma ripugnante come me, la richiesta è minima, ma è tutto quello che posso ottenere, e mi accontenterò. Lo so, saremo dei mostri, tagliati fuori dal mondo; ma proprio per questo saremo ancora più attaccati l'uno all'altra. La nostra vita non sarà felice, ma sarà innocua, e libera dalla disperazione che provo ora. Oh!, mio creatore, fammi felice; fai

179

che senta gratitudine per te almeno per questo beneficio! Dimostrami che posso suscitare simpatia in un essere vivente; non negarmi questa richiesta!».

Ero commosso. Rabbrividii al pensiero delle possibili conseguenze del mio consenso; ma sentivo che c'era qualcosa di giusto nelle sue argomentazioni. La sua storia, e i sentimenti che ora esprimeva, mi provavano che era una creatura molto sensibile, e non gli dovevo forse, come suo creatore, tutta la felicità che era in mio potere dargli? Egli si accorse del mio cambiamento d'animo, e continuò: «Se acconsenti, né tu né alcun altro essere umano mi vedrà più; andrò nelle lande selvagge dell'America del Sud. Il mio cibo non è come quello dell'uomo; non ucciderò agnelli e capretti per soddisfare il mio appetito; ghiande e bacche mi daranno abbastanza nutrimento. La mia compagna avrà la mia stessa natura e si accontenterà del mio stesso tipo di vita. Ci faremo letti di foglie secche; il sole splenderà su noi come sugli uomini, e farà maturare il nostro cibo. L'immagine che ti presento è pacifica e umana, e devi renderti conto che me la potresti rifiutare solo per un capriccio del tuo potere e della tua crudeltà. Per quanto tu sia stato spietato verso di me, ora vedo compassione nei tuoi occhi, lasciami cogliere il momento favorevole per persuaderti a promettere quel che desidero tanto ardentemente».

«Ti proponi» replicai «di abbandonare il consorzio umano, di abitare in regioni selvagge dove solo le bestie ti faranno compagnia. Come puoi, tu che ti struggi per avere l'affetto e la comprensione dell'uomo, reggere a un tale esilio? Ritornerai e ne cercherai ancora la benevolenza, e troverai ancora lo stesso disprezzo; le tue passioni malvagie si risveglieranno, e allora avrai anche una compagna ad aiutarti nel tuo compito di distruzione. Non deve succedere; smetti di insistere, perché non posso acconsentire.»

«Come sono incostanti i tuoi sentimenti! Solo un momento fa eri commosso dalle mie argomentazioni, perché ora ti irrigidisci di nuovo di fronte ai miei risentimenti? Ti giuro, per la terra che abito, e per te che mi hai fatto, che mi allontanerò dagli uomini con la compagna che mi darai, e abiterò dove capita, nei luoghi più selvaggi. Le mie passioni malvagie scompariranno perché avrò trovato comprensione! La mia vita scorrerà tranquilla e al momento di morire non maledirò il mio creatore.»

Le sue parole avevano uno strano effetto su di me. Sentivo compassione per lui e a volte persino il desiderio di consolarlo; ma quando lo guardavo, quando vedevo quella massa ripugnante che si muoveva e parlava, il mio cuore si rivoltava e i miei sentimenti si trasformavano in orrore e odio. Tentai di soffocare queste sensazioni; pensai che non avevo il diritto di negargli la piccola parte di felicità che era in mio potere dargli, anche se non provavo simpatia per lui.

«Giuri» dissi «di non fare del male, ma non hai già dimostrato una tale dose di malvagità da farmi a ragione diffidare di te? Non potrebbe essere anche questa una finzione che aumenterà il tuo trionfo, dandoti maggiori possibilità di vendetta?»

«Cosa vuoi dire? Non ammetto che tu mi prenda così alla leggera; e chiedo una risposta. Se non avrò affetti e legami, l'odio e il male saranno la mia vita; l'affetto di un altro essere distruggerà invece la causa dei miei crimini, e diventerò una cosa di cui tutti ignoreranno l'esistenza. Le mie colpe sono figlie di questa forzata solitudine che aborro; e le mie virtù nasceranno inevitabilmente quando vivrò in comunione con un mio simile. Proverò gli affetti di un essere sensibile e sarò ricollegato alla catena dell'esistenza e degli eventi da cui ora sono escluso.»

Feci una lunga pausa per riflettere su quello che

aveva raccontato e sui vari argomenti che aveva usato. Pensai alla promessa di virtù che aveva mostrato all'inizio della sua esistenza, e al susseguente inaridirsi di ogni sentimento di bontà a causa del disgusto e del disprezzo che i suoi protettori gli avevano dimostrato. Nei miei calcoli non dimenticavo la sua forza e le sue minacce: una creatura che poteva vivere in caverne di ghiaccio e nascondersi, se inseguita, tra gli anfratti di precipizi inaccessibili era un essere che possedeva facoltà contro cui era inutile lottare. Dopo lunghe riflessioni conclusi che un senso di giustizia sia verso di lui che verso i miei simili mi obbligava a consentire alla sua richiesta. Voltandomi quindi verso di lui dissi: «Acconsento alla tua domanda a patto che mi giuri solennemente di lasciare per sempre l'Europa e ogni altra regione abitata dall'uomo, appena ti consegnerò una femmina che ti accompagni nel tuo esilio».

«Giuro» gridò «per il sole e per la volta azzurra del cielo e per il fuoco d'amore che mi brucia in cuore, che, se mi concedi quello che chiedo, non mi vedrai più finché tutto ciò esisterà. Torna a casa e comincia la tua opera; seguirò il suo sviluppo con indicibile ansietà, e non temere, quando sarà pronta, riapparirò.»

Così dicendo mi lasciò di colpo, temendo forse che cambiassi animo. Lo vidi scendere dalla montagna a velocità superiore a quella dell'aquila in volo, e presto lo persi di vista tra le ondulazioni del mare di ghiaccio.

La sua storia era durata l'intera giornata e il sole era sull'orizzonte, quando se ne andò. Sapevo che avrei dovuto affrettarmi a scendere verso la valle perché presto sarei stato circondato dall'oscurità; ma il mio cuore era pesante e i miei passi lenti. La fatica di scendere per i tortuosi sentieri di montagna e di fare attenzione a poggiare il piede in modo sicuro, quando ero ancora tutto preso dalle emozioni che gli avvenimenti della giornata avevano provocato, mi riusciva difficile. La notte era già molto avanti, quando arrivai al luogo dove di solito ci si ferma a riposare, a metà strada, e sedetti accanto alla fontana. Le stelle splendevano a tratti tra le nubi che passavano; abeti scuri si ergevano davanti a me, e qua e là a terra giaceva un albero spezzato: era un paesaggio di una solennità incredibile che suscitava strani pensieri dentro di me. Piansi amaramente e, stringendomi le mani, angosciato, esclamai: «Oh! stelle e nubi e venti, vi state prendendo gioco di me; se avete veramente pietà, distruggete sensazioni e memorie; fatemi diventare un nulla; altrimenti, andatevene, andatevene e abbandonatemi nell'oscurità».

Erano pensieri pazzi e disperati; ma non so dirvi come l'eterno tremolio delle stelle mi pesasse e come tendessi l'orecchio a ogni ventata, quasi che fosse un oppressivo scirocco che venisse a consumarmi.

L'alba sorse prima che arrivassi al villaggio di Chamonix; non riposai ma ritornai immediatamente a Ginevra. Persino in cuor mio non riuscivo a dare espressione alle mie sensazioni. Esse mi pesavano addosso come una montagna e la loro oppressione soffocava sotto di sé persino la mia angoscia. Così tornai a casa ed entrando mi presentai alla mia famiglia. Il mio aspetto emaciato e selvaggio li allarmò molto; ma non risposi alle loro domande, quasi non parlai. Mi sentivo come posto al bando: come se non avessi diritto di chiedere la loro comprensione e non potessi mai più godere della loro compagnia. Pure anche così li amavo fino all'adorazione; e per salvarli decisi di dedicarmi al mio compito aborrito. La prospettiva di tale occupazione faceva sì che ogni altro avvenimento della mia esistenza mi passasse davanti agli occhi come un sogno; solo quel pensiero aveva per me la realtà della vita.

Capitolo XVIII

Giorni e settimane trascorsero dopo il mio ritorno a Ginevra, e non riuscivo a trovare il coraggio di ricominciare il mio lavoro. Temevo la vendetta di quel demonio se non lo accontentavo, ma ero incapace di superare la ripugnanza per il compito che mi era stato imposto. Mi rendevo conto che non potevo fabbricare una femmina senza prima dedicare di nuovo mesi e mesi a studi profondi ed elaborate ricerche. Avevo sentito dire che un filosofo inglese aveva fatto alcune scoperte la cui conoscenza era essenziale al successo del mio lavoro, e a volte pensavo di chiedere il consenso di mio padre per una visita in Inghilterra a questo scopo; ma poi mi attaccavo a una scusa qualsiasi pur di rimandare e mi ritraevo davanti al primo passo verso quell'impresa, la cui urgente necessità mi sembrava ora molto meno assoluta. In effetti, in me era avvenuto un cambiamento: la mia salute, che prima era andata declinando, si era ora molto ristabilita; e il mio umore, quando non ero oppresso dal ricordo della disgraziata promessa, migliorava allo stesso modo. Mio padre osservava con piacere questi cambiamenti, e cominciò a pensare al modo migliore per eliminare ogni traccia della mia malinconia, di cui a volte mi riprendeva un accesso, come un nuvolone nero che divorasse la luce del sole nascente. In questi momenti mi rifugiavo nella solitudine più assoluta: passavo giornate intere solo, sul lago, in una barchetta, a osservare le nuvole e ad ascoltare, silenzioso e irrequieto, lo sciabordio delle onde. Ma l'aria fresca e il sole luminoso riuscivano quasi sempre a ridarmi un po' di tranquillità; di solito, tornando, ricambiavo il saluto dei miei amici con un sorriso più aperto e il cuore più sollevato.

Fu al ritorno da una di queste spedizioni che mio padre mi chiamò in disparte e mi disse: «Sono felice di notare, mio caro ragazzo, che hai ripreso le tue occupazioni di un tempo e sembri quasi tornato quello di una volta. Tuttavia non sei ancora felice, e continui a evitare la nostra compagnia. Per qualche tempo mi sono messo a fare congetture su quale potesse esserne la causa; infine, ieri ho avuto una intuizione, e, se è giusta, ti scongiuro di ammetterlo. Tacere su questo punto non solo sarebbe inutile, ma procurerebbe a tutti noi una triplice infelicità».

Tremai violentemente a questo esordio, e mio padre continuò: «Confesso, figlio mio, che ho sempre atteso con gioia la tua unione con la nostra cara Elizabeth, come il coronamento della nostra felicità domestica e come il conforto dei miei ultimi anni. Vi siete affezionati l'uno all'altra fin dalla più tenera età; avete studiato insieme e sembravate perfettamente fatti uno per l'altra, sia per gusti che per inclinazioni. Ma l'esperienza umana è così cieca che quel che pensavo potesse essere più utile a favorire il mio progetto, può invece averlo completamente rovinato. Tu forse la consideri come una sorella, e non hai alcun desiderio di farne tua moglie. Puoi addirittura avere incontrato un'altra donna che forse ami; e poiché ti consideri impegnato sul tuo onore verso Elizabeth, questo conflitto può aver provocato l'acuta infelicità a cui sembri in preda».

«Mio caro padre, rassicuratevi. Amo mia cugina

185

teneramente e sinceramente. Non ho mai incontrato un'altra donna che come Elizabeth abbia saputo suscitare in me il più caldo affetto e ammirazione. Tutte le speranze e i miei progetti per il futuro sono racchiusi nella prospettiva della nostra unione.»

«Quel che mi dici sui tuoi sentimenti a questo proposito, mio caro Victor, mi dà una gioia che non provavo da tempo. Se questo è davvero ciò che senti, saremo senz'altro felici, anche se avvenimenti recenti hanno gettato un'ombra su di noi. Ma è proprio quest'ombra, che sembra essersi impossessata così saldamente di te, che vorrei dissipare. Dimmi quindi se hai qualche obiezione a celebrare subito il matrimonio. Siamo stati sfortunati, e gli ultimi avvenimenti ci hanno privato della tranquillità quotidiana necessaria ai miei anni e alle mie infermità. Sei ancora giovane, ma dal momento che possiedi una ragguardevole fortuna, non credo che un matrimonio precoce possa nuocere al progetto di conseguire onori e giovare all'umanità che puoi aver formulato. Non credere però che io voglia importi la felicità, o che un rinvio da parte tua mi possa causare seri dispiaceri. Interpreta le mie parole con animo sereno, e rispondimi, ti prego, con tutta sincerità e fiducia.»

Avevo ascoltato mio padre in silenzio, e per qualche minuto fui incapace di dargli una risposta. Una ridda di pensieri mi si affollava in testa, mentre cercavo di arrivare a una qualche conclusione. Ahimè! L'idea di un'unione immediata con la mia Elizabeth mi riempiva solo di orrore e di costernazione. Ero legato da una promessa solenne cui non avevo ancora adempiuto e che non osavo rompere; se l'avessi fatto, quali e quante disgrazie si sarebbero abbattute sul mio capo e sulla mia affezionata famiglia! Potevo celebrare un così solenne avvenimento, con questo peso mortale legato al collo, che mi piegava fino a terra? Dovevo portare a termine il mio impegno, e lasciar partire il mostro con la sua compagna, prima di potermi concedere la gioia di un'unione da cui mi aspettavo serenità.

Ricordai anche la necessità inevitabile di un viaggio in Inghilterra, o di una lunga corrispondenza con gli studiosi di quel paese, le cui conoscenze e le cui scoperte erano essenziali alla riuscita della mia impresa. Questa seconda alternativa richiedeva troppo tempo e sarebbe stata poco fruttuosa; inoltre, sentivo una insuperabile repulsione all'idea di intraprendere quel disgustoso lavoro nella casa di mio padre, a contatto giornaliero con tutti quelli che amavo. Sapevo che si sarebbero potuti verificare mille paurosi incidenti, il più piccolo dei quali avrebbe potuto svelare una storia da far rabbrividire d'orrore tutti quelli che mi conoscevano. Inoltre, mi rendevo conto che spesso avrei perso completamente il controllo di me stesso, e anche la minima capacità di nascondere le sensazioni lancinanti che mi avrebbero posseduto durante lo svolgersi della mia innaturale occupazione. Finché fosse durato quel lavoro, dovevo allontanarmi da tutti quelli che amavo. Una volta cominciato, si sarebbe concluso in fretta, e allora, tranquillo e felice, avrei potuto rientrare in seno alla mia famiglia. Mantenuta la mia promessa, il mostro se ne sarebbe andato per sempre; oppure (così mi piaceva immaginare nella fantasia) sarebbe potuto capitare nel frattempo qualche incidente che lo avrebbe distrutto e che avrebbe posto fine per sempre alla mia schiavitù.

Questi sentimenti dettarono la risposta che diedi a mio padre. Espressi l'intenzione di visitare l'Inghilterra, ma nascosi la vera ragione della richiesta e manifestai il mio desiderio in modo da non suscitare sospetti; nello stesso tempo, lo perorai con una tale convinzione che indussi facilmente mio padre ad acconsentire. Dopo un così lungo periodo di profonda malinconia, che assomigliava alla pazzia nella sua intensità e nei suoi effetti, fu felice di vedere che ero in grado di entusiasmarmi all'idea di un tale viaggio, e sperò che il cambiamento di ambiente e le distrazioni mi avrebbero completamente restituito a me stesso prima del ritorno.

La durata della mia assenza fu lasciata alla mia discrezione: qualche mese, al massimo un anno, fu il periodo di cui si parlò. Mio padre aveva preso un'unica, affettuosa precauzione nell'assicurarsi che avessi un compagno di viaggio. Senza dir nulla, d'accordo con Elizabeth, aveva fatto sì che Clerval mi raggiungesse a Strasburgo. Questo interferiva in parte con la solitudine di cui avevo un assoluto bisogno per completare la mia opera; tuttavia all'inizio del viaggio la presenza del mio amico non poteva essermi d'ostacolo, e mi rallegrai sinceramente del fatto che in questo modo mi sarebbero state risparmiate molte ore di riflessioni solitarie ed esasperanti. Anzi, Henry poteva addirittura frapporsi tra me e l'intrusione del mio nemico. Fossi stato solo, non mi avrebbe forse costretto a subire la sua presenza aborrita, per venirmi a ricordare l'impegno assunto o per osservarne gli sviluppi?

Partivo quindi per l'Inghilterra ed era sottinteso che la mia unione con Elizabeth avrebbe avuto luogo immediatamente dopo il mio ritorno. L'età avanzata di mio padre lo rendeva poco propenso a ulteriori rinvii. Quanto a me, c'era una sola cosa che mi ripromettevo come ricompensa all'odiosa fatica, un'unica consolazione per queste sofferenze senza pari: l'idea che un giorno, affrancato dalla mia miserabile schiavitù, avrei potuto fare mia Elizabeth, e in questa unione dimenticare il passato.

Feci dunque i preparativi per il viaggio; avevo però un pensiero che mi perseguitava, riempiendomi d'agitazione e di paura. Durante la mia assenza, avrei dovuto lasciare i miei cari all'oscuro dell'esistenza del loro nemico e senza protezione contro i suoi attacchi, particolarmente ora che la mia partenza avrebbe potuto condurlo all'esasperazione. D'altra parte, aveva promesso di seguirmi ovunque: mi avrebbe accompagnato anche in Inghilterra? La prospettiva era terribile, e insieme mi tranquillizzava perché garantiva la salvezza dei miei cari. Ero torturato dall'idea che potesse succedere il contrario, ma durante tutto il periodo in cui fui schiavo della mia creatura mi lasciavo governare dall'impulso del momento; e ora le mie sensazioni mi dicevano che quel demonio mi avrebbe seguito e che avrebbe risparmiato alla mia famiglia il pericolo delle sue macchinazioni.

Era già la fine di settembre quando lasciai di nuovo il mio paese. Il viaggio era stato voluto da me, ed Elizabeth quindi l'aveva accettato; ma era molto inquieta all'idea che lontano da lei io potessi soffrire gli attacchi dell'infelicità e del dolore. Era stata lei, con la sua premura, a procurarmi Clerval come compagno di viaggio; tuttavia un uomo è cieco ai mille piccoli dettagli che richiedono le cure attente di una donna. Avrebbe voluto supplicarmi di tornare presto, ma mille emozioni contrastanti la resero muta, e mi salutò senza dir nulla.

Mi gettai nella vettura, che doveva portarmi via, senza quasi sapere dove andavo e incurante di quello che mi circondava. Mi ero ricordato solo, e lo notai con dolorosa amarezza, di dare ordini perché i miei strumenti chimici fossero imballati col resto del bagaglio. Passai accanto a scenari maestosi, pieno di pensieri funesti, con gli occhi fissi che non vedevano nulla. Riuscivo solo a pensare allo scopo del mio viaggio e al lavoro che mi avrebbe tenuto occupato per tutta la sua durata.

Dopo alcuni giorni passati in uno stato di indolenza irrequieta, durante i quali percorsi molte leghe, arrivai a Strasburgo, dove mi fermai due giorni ad aspettare Clerval. Arrivò. Ahimè, che contrasto tra noi due! Lui, tutto interessato a ogni cambiamento di scena, pieno di gioia di fronte alla bellezza del tramonto del sole, e più felice ancora quando lo vedeva sorgere all'inizio di un nuovo giorno. Mi faceva notare i colori cangianti del paesaggio e gli aspetti del cielo. «Questo vuol dire vivere!» esclamava; «ora sì che mi godo la vita! Ma tu, caro Frankenstein, perché così triste e d'umore nero?» Io ero davvero pieno di cupi pensieri e non mi accorgevo né del calare della stella della sera né dell'alba dorata che si rifletteva sul Reno. E voi, amico mio, provereste più piacere a leggere i diari di Clerval, il quale osservava ogni paesaggio con occhi pieni di sentimento e di gioia, che ad ascoltare le mie riflessioni. Io povero disgraziato, perseguitato da una maledizione che mi ha chiuso ogni accesso alla felicità.

Avevamo deciso di scendere il Reno in battello da Strasburgo fino a Rotterdam, e di lì prendere una nave per Londra. Durante il viaggio passammo accanto a molte isole ricoperte di salici, e vedemmo città splendide. Ci fermammo un giorno a Mannheim e, cinque giorni dopo la nostra partenza da Strasburgo, arrivammo a Magonza. Oltre questa città, il corso del Reno diventa molto più pittoresco. Il fiume scende rapido e tortuoso tra colline non molto alte, ma ripide e belle di forma. Vedemmo rovine di antichi manieri ergersi sull'orlo di precipizi, circondati da boschi neri e inaccessibili. Questo tratto del Reno presenta davvero un paesaggio singolarmente vario. Ora si vedono colline aspre, castelli in rovina sovrastanti orridi burroni, e il Reno che scorre tumultuoso ai loro piedi; poi, all'improvviso, doppiato un promontorio, ecco che la scena è occupata invece da ubertosi vigneti che digradano in verdi pendii verso il fiume serpeggiante, e da popolose città.

Viaggiavamo nel periodo della vendemmia, e, mentre scivolavamo lungo la corrente, sentivamo il canto dei contadini. Persino io, con l'animo così depresso e lo spirito agitato da cupi pensieri, provavo piacere. Mi stendevo sul fondo del battello, e, fissando il cielo azzurro e senza nubi, mi sembrava di respirare una tranquillità che non conoscevo da tempo. Se queste erano le mie sensazioni, chi può descrivere quelle di Henry? Gli pareva di essere stato trasportato nel paese delle fate, e godeva di una felicità raramente gustata dall'uomo. «Ho visto» diceva «i più begli angoli del mio paese: ho visitato il lago di Lucerna e di Uri, dove le montagne bianche di neve scendono quasi a perpendicolo nell'acqua, gettando ombre scure e impenetrabili che renderebbero l'atmosfera cupa e triste, se non fosse per alcuni isolotti verdissimi che rallegrano gli occhi con il loro gaio aspetto; ho visto quel lago agitato da una tempesta, quando il vento sollevava turbini d'acqua nell'aria e dava l'idea di cosa debba essere una tromba marina sull'oceano; e le onde si infrangevano con furia ai piedi della montagna, dove il prete e la sua amante furono travolti da una valanga e dove, di notte, si racconta che si sentano ancora le loro voci morenti nelle pause del vento notturno; ho visto le montagne del Vallese e del Pays de Vaud; ma questo paesaggio, Victor, mi commuove più di tutte quelle meraviglie. Le montagne della Svizzera sono più singolari e maestose, ma le sponde di questo fiume divino hanno un fascino che non ho mai visto eguagliato. Guarda il castello che sovrasta quel precipizio; e l'altro su quell'isola, quasi nascosto tra il fogliame di quegli splendidi alberi; e ora quel gruppo di contadini che tornano dalla vigna; e quel villaggio, appena visibile nell'anfratto della montagna. Oh, davvero, lo spirito che abita e protegge questo luogo ha un'anima più in armonia con quella dell'uomo di quanto non accada per quegli spiriti che costruiscono i ghiacciai o si ritirano sui picchi inaccessibili delle montagne del nostro paese!»

Clerval! Amatissimo amico! Persino ora, a ricordare le tue parole e a indugiare nelle lodi che tanto giustamente meriti, provo piacere. Era un essere formatosi nella "poesia stessa della natura". La sua immaginazione sfrenata ed entusiastica era temperata dalla sensibilità del suo cuore. La sua anima traboccava di affetti ardenti, e la sua amicizia era di natura tanto mirabile e devota quale le persone di mondo dicono possa esistere solo nell'immaginazione. Ma persino la simpatia per gli esseri umani non era sufficiente a soddisfare la sua mente insaziabile. Gli scenari della natura, che gli altri guardavano solo con ammirazione, egli li amava con ardore:

> La cascata gli risuonava
> ossessiva come una passione; l'alta roccia,
> la montagna, e il bosco fondo e cupo,
> questi colori e forme erano allora per lui
> un desiderio: un sentimento e un amore
> che non cercava alcun fascino remoto,
> fornito dal pensiero, o altro interesse
> non acquistato dallo sguardo.

E dov'è ora? Questo essere nobile e bello è perduto per sempre? La sua mente, colma di idee, di magnifiche immagini fantastiche che formavano tutto un mondo, la cui esistenza dipendeva dalla vita del suo creatore... questa mente è perita? Esiste ora solo nella mia memoria? No, non è così: la tua forma, divinamente plasmata e radiosa di bellezza, si è consumata, ma il tuo spirito visita ancora il tuo amico infelice e lo consola.

Scusate questo sfogo doloroso; le mie parole inefficaci sono un ben misero tributo ai meriti incomparabili di Henry, ma mi placano il cuore, che trabocca di pena al suo ricordo. Procederò col mio racconto.

Dopo Colonia scendemmo alle pianure d'Olanda, e decidemmo di prendere una diligenza per il resto del percorso, perché il vento era contrario, e la corrente del fiume troppo debole per essere d'aiuto.

Il nostro viaggio aveva perso a questo punto quell'interesse che suscita la vista dei bei paesaggi; arrivammo a Rotterdam in pochi giorni, e di qui procedemmo per mare verso l'Inghilterra. Era una chiara mattina, verso la fine di dicembre, quando vidi per la prima volta le bianche scogliere della Gran Bretagna. Le rive del Tamigi ci presentarono un nuovo scenario: erano piatte, ma fertili; e quasi ogni cittadina era contrassegnata da ricordi di eventi storici. Vedemmo Tilbury Fort, e ricordammo l'*Armada* spagnola; e poi Gravesend, Woolwich e Greenwich, luoghi che avevo sentito nominare persino nel mio paese.

Alla fine, vedemmo levarsi le numerose guglie di Londra, con la cupola di San Paolo sovrastante su tutto, e la Torre, così famosa nella storia d'Inghilterra.

Capitolo XIX

A Londra per il momento facemmo sosta: decidemmo di restare diversi mesi in questa tanto decantata e meravigliosa città. Clerval ambiva alla compagnia degli uomini di genio e di talento che fiorivano a quel tempo. Per me invece questo era un interesse secondario; io pensavo soprattutto al modo di ottenere le informazioni necessarie ad adempiere alla mia promessa; e mi servii immediatamente delle lettere di presentazione che avevo portato con me, indirizzate ai più insigni studiosi di filosofia naturale.

Se questo viaggio avesse avuto luogo al tempo felice dei miei studi, mi avrebbe procurato un piacere indicibile. Ma una sorte funesta si era abbattuta sulla mia esistenza, e ora visitavo queste persone con il solo scopo di ricavarne informazioni su un argomento per cui nutrivo un interesse così atroce e profondo. La compagnia della gente mi infastidiva; quando ero solo, potevo riempirmi l'animo con la vista del cielo e della terra; la voce di Henry mi placava, e potevo così illudermi di una pace temporanea. Ma facce allegre, animate e poco interessanti mi riportavano la disperazione in cuore. Vedevo una barriera insormontabile ergersi tra me e i miei simili, una barriera segnata dal sangue di William e di Justine; e pensare agli avvenimenti connessi a questi due nomi mi colmava l'animo di angoscia.

Ma in Clerval vedevo l'immagine di me stesso come ero una volta: pieno di curiosità, ansioso di fare esperienze e di imparare. Le differenze di costumi che osservava erano per lui fonte continua di studio e di divertimento. Stava anche perseguendo un progetto a cui andava pensando da tempo: la sua idea era di visitare l'India, nella convinzione che, con la sua conoscenza dei vari idiomi e con il concetto che si era fatto di quella società, potesse attivamente contribuire allo sviluppo della colonizzazione e del commercio europei. Solo in Inghilterra poteva far progredire la realizzazione del suo piano. Era sempre indaffarato; unico ostacolo a questi piaceri era il mio stato d'animo triste e afflitto. Cercavo di nasconderlo il più possibile, per non privarlo delle gioie così naturali per chi si trova a vivere in un ambiente nuovo, senza il peso di preoccupazioni o di amare memorie. Pur di restar solo, spesso mi rifiutavo di accompagnarlo, prendendo la scusa di un altro impegno. Avevo anche cominciato a raccogliere i materiali che mi occorrevano per la nuova creazione, e questo era per me come la tortura della goccia d'acqua che cade inesorabile sulla testa. Ogni pensiero che vi dedicavo comportava una estrema angoscia, e ogni parola con cui mi capitava di alludervi mi faceva tremare le labbra e palpitare il cuore.

Dopo alcuni mesi che eravamo a Londra, ricevemmo una lettera dalla Scozia da parte di una persona che era stata nostra ospite a Ginevra. Ci parlava delle bellezze del suo paese, e chiedeva se non costituissero un'attrattiva sufficiente a farci allungare il viaggio verso nord fino a Perth, dove egli abitava. Clerval espresse il vivo desiderio di accettare l'invito; e io, benché non sopportassi di stare in compagnia, desideravo però vedere di nuovo i monti e i fiumi e tutte le meraviglie di cui la natura adorna le sue dimore preferite.

Eravamo arrivati in Inghilterra all'inizio di gennaio, e adesso era febbraio. Decidemmo perciò di partire alla fine del mese seguente. In questo viaggio non intendevamo seguire la strada maestra per Edimburgo, ma passare per Windsor, Oxford, Matlock e i laghi del Cumberland, calcolando di portare a termine questo giro per la fine di luglio. Imballai i miei strumenti chimici e i materiali che avevo raccolto, proponendomi di finire il mio lavoro in qualche angolo sconosciuto degli altipiani settentrionali della Scozia.

Lasciammo Londra il 27 marzo, e ci fermammo alcuni giorni a Windsor, facendo passeggiate nella sua bellissima foresta. Era un paesaggio nuovo per noi, venuti dalle montagne: le querce maestose, l'abbondanza di selvaggina, e i branchi di grandi cervi, erano tutte novità.

Di qui continuammo per Oxford. Entrando in città, la nostra mente era piena delle memorie e degli avvenimenti che vi avevano avuto luogo più di un secolo e mezzo prima. Qui Carlo I aveva radunato le sue schiere. Questa città gli era rimasta fedele dopo che tutta la nazione aveva abbandonato la sua causa per seguire gli stendardi del Parlamento e della libertà. Il ricordo dell'infelice re e dei suoi compagni, dell'amabile Falkland, dell'insolente Goring, della regina e di suo figlio, conferiva un interesse particolare a ogni parte della città dove potevano avere abitato. Lo spirito dei tempi passati aveva trovato qui un rifugio, e noi ci divertimmo a rintracciarne le orme. Se questi sentimenti non avessero avuto una gratificazione nella fantasia, l'aspetto della città aveva comunque bellezze sufficienti a guadagnare la nostra ammirazione. I collegi sono antichi e pittoreschi, le strade quasi imponenti, e il bellissimo Isis, che le scorre a fianco tra distese di prati verdeggianti, qui si allarga formando un ampio specchio d'acqua, in cui si riflettono il magnifico insieme delle torri, delle guglie e delle cupole racchiuse tra antichi alberi.

Godevo di questa scena, ma il mio piacere era amareggiato dalle memorie del passato e dalle anticipazioni sul futuro. Ero fatto per una felicità tranquilla. Durante gli anni giovanili, lo scontento non aveva mai albergato nella mia mente; e se mai ero stato assalito dall'*ennui*, la visione del bello nella natura e lo studio dell'eccelso e del sublime nelle opere dell'uomo riusciva sempre a interessare il mio cuore e a ridare elasticità al mio spirito. Ora sono come un albero colpito dal fulmine; la saetta mi è entrata nell'anima, e da allora mi pare di essere sopravvissuto solo per mostrare ciò che presto avrò cessato di essere: un triste spettacolo di umanità alla deriva, oggetto di pietà per gli altri e intollerabile a me stesso.

Passammo un certo periodo di tempo a Oxford, passeggiando nei dintorni e cercando di identificare ogni angolo che avesse qualche associazione con l'epoca più agitata della storia inglese. I nostri brevi viaggi di scoperta si prolungavano spesso a causa di ulteriori spunti di interesse che ci si presentavano. Visitammo la tomba del famoso Hampden, e il campo di battaglia su cui era caduto da patriota. Per un attimo la mia anima si sollevò al di sopra delle sue meschine e umilianti paure, per contemplare le idee divine di libertà e sacrificio, di cui questi luoghi erano monumento e ricordo. Per un istante, osai scrollarmi di dosso le mie catene, e guardarmi attorno con uno spirito libero ed elevato; ma il ferro mi era penetrato nella carne, e ricaddi tremante e senza speranza nel mio io disperato.

Lasciammo Oxford a malincuore, e proseguimmo per Matlock, la nostra meta successiva. La campagna attorno a questo villaggio assomiglia molto di più al paesaggio svizzero, ma il tutto su scala ridotta, e dietro le verdi colline manca la corona lontana delle Alpi bianche di neve, che sempre accompagna la vista dei monti coperti di abeti del mio paese. Visitammo la straordinaria caverna e le piccole raccolte di storia naturale, le cui curiosità sono disposte in modo molto simile alle collezioni di Servox e Chamonix. Il nome di quest'ultima località mi fece tremare quando lo udii pronunciare da Henry, e mi affrettai ad abbandonare Matlock, con cui quella terribile scena era venuta così ad associarsi.

Dopo Derby, viaggiando sempre verso nord, passammo due mesi nel Cumberland e nel Westmoreland. Ora potevo quasi immaginare di essere tra le montagne svizzere. I tratti coperti di neve, ancora visibili sul versante settentrionale delle montagne, e i laghi, lo scrosciare dei torrenti tra le rocce, erano tutti particolari noti e cari. Facemmo delle conoscenze che riuscirono quasi a darmi l'illusione di essere felice. La gioia di Clerval era assai più grande della mia: la sua mente si apriva in compagnia di uomini di talento, ed egli scoprì nella propria natura più risorse e possibilità di quante mai avesse creduto di avere finché era rimasto in compagnia di esseri che gli erano inferiori. «Potrei passare qui il resto della mia vita» mi disse «e tra queste montagne sentirei appena la mancanza della Svizzera e del Reno.»

Ma scoprì anche che la vita del viaggiatore comporta molte pene, oltre che piaceri. I suoi sentimenti sono sempre sottoposti a tensione; quand'egli comincia ad abbandonarsi, ecco che è già costretto a lasciare ciò di cui sta godendo per qualcosa di nuovo, che a sua volta assorbe la sua attenzione, e che nello stesso modo egli lascia per altre novità.

Avevamo appena visitato i vari laghi del Cumberland e del Westmoreland, e cominciavamo a sentire un certo attaccamento per alcuni dei suoi abitanti, quando divenne imminente la data dell'appuntamento con il nostro amico scozzese, e fummo costretti a lasciarli per continuare il viaggio. Per quanto riguarda me, non mi dispiaceva. Avevo trascurato la mia promessa per lungo tempo, e temevo i risultati della delusione di quel demonio. Forse era rimasto in Svizzera, e poteva scatenare la sua vendetta sui miei parenti. Quest'idea mi perseguitava, e mi tormentava nei momenti in cui avrei altrimenti potuto ottenere un po' di pace e di riposo. Attendevo l'arrivo della posta con impazienza febbrile: se ritardava, ero abbattuto e sopraffatto da mille paure; poi, quando arrivava, se vedevo l'indirizzo di mano di mio padre o di Elizabeth sulle lettere, non osavo leggerle e accertarmi della mia sorte. A volte, pensavo che il demone mi seguisse e potesse rifarsi della mia negligenza uccidendo il mio compagno. Quando mi prendeva questo pensiero, non lasciavo Henry un attimo, ma lo seguivo come un'ombra per proteggerlo da quella che io pensavo fosse l'ira del suo assassino. Mi sembrava di aver commesso un grande crimine, la coscienza del quale mi perseguitava. Non ero colpevole, ma in realtà mi ero attirato sul capo una terribile maledizione fatale come quella di un crimine.

Visitai Edimburgo con occhi e mente insensibili; e tuttavia quella città avrebbe potuto destare l'interesse del più infelice degli uomini. A Clerval non piacque quanto Oxford, di cui amava di più l'antichità. Ma a Edimburgo la magnifica simmetria della città nuova, il romantico castello e i dintorni, i più belli del mondo, e poi Arthur's Seat, St. Bernard's Well e le Pentland Hills lo ricompensarono del cambiamento e lo riempirono di ammirazione e di piacere. Ma io ero impaziente di arrivare alla fine del viaggio.

Lasciammo Edimburgo dopo una settimana, passando per Coupar, St. Andrew's, lungo le rive del Tay, fino a Perth, dove il nostro amico ci aspettava. Ma io non ero d'umore adatto per ridere e scherzare con gente sconosciuta, e per interessarmi ai loro sentimenti e ai loro progetti con la cortesia che si richiede a un ospite; per cui dissi a Clerval che desideravo fare il giro della Scozia da solo. «Divertiti» dissi «ci ritroveremo qui. Probabilmente starò via uno o due mesi, ma ti prego di non interferire con i miei movimenti: lasciami solo e tranquillo per un po'. Quando tornerò, spero sarà con il cuore più leggero e in uno stato d'animo più congeniale al tuo.»

Henry volle dissuadermi, ma vedendomi deciso a fare come avevo detto, smise di insistere. Mi pregò di scrivere spesso. «Preferirei essere con te nei tuoi giri solitari» disse «che con questi scozzesi che non conosco; affrettati quindi, mio caro amico, a ritornare, in modo che io mi senta di nuovo come a casa, il che non è possibile quando non sei con me.»

Preso congedo dal mio amico, decisi di visitare alcuni angoli remoti della Scozia e di finire lì in solitudine il mio lavoro. Non avevo dubbi sul fatto che il mostro mi avesse seguito, e che si sarebbe presentato a ricevere la sua compagna, quando avessi finito.

Così attraversai gli altopiani settentrionali, e scelsi una delle più remote isole Orcadi come luogo per la mia impresa. Era il posto più adatto per un simile lavoro, poco più di una roccia, con alte coste continuamente flagellate dalle onde. Il suolo era brullo, e dava appena di che pascolare alle poche vacche stente, e un po' d'avena agli abitanti: cinque persone, le cui membra scarne e macilente testimoniavano del povero cibo di cui si nutrivano. Pane e verdura, quando potevano permettersi un tale lusso, e persino l'acqua dovevano andarsela a procurare sulla terraferma, che distava circa cinque miglia.

In tutta l'isola non c'erano che tre misere capanne, una delle quali disabitata quando arrivai. La affittai. Consisteva di due stanze, che mostravano lo squallore della più miserabile povertà: il tetto di paglia era crollato, le pareti non erano intonacate, e la porta scardinata. Diedi ordini perché fosse riparata, comprai alcuni mobili, e mi ci trasferii: un avvenimento che senza dubbio avrebbe causato una certa sorpresa, se i sensi degli abitanti non fossero stati resi insensibili dagli stenti e dal bisogno. Così vivevo senza essere spiato o disturbato, e mi si ringraziava appena per quel poco di cibo e di vestiario che davo loro: tanto la sofferenza riesce a ottundere persino le più elementari sensazioni umane.

In questo eremo, la mattina mi dedicavo al lavoro; ma la sera, tempo permettendo, camminavo sulla riva sassosa del mare, ascoltando le onde che muggivano ai miei piedi. Era una scena sempre uguale, eppure sempre diversa. Pensavo alla Svizzera: come era dissimile da questo paesaggio desolato e pauroso. Le sue colline sono coperte di vigneti, e nelle sue pianure numerosi casolari sono disseminati qua e là. I suoi bei laghi riflettono il cielo sereno e azzurro; e, quando sono battuti dal vento, il tumulto delle onde è un gioco da ragazzi in confronto al muggito dell'oceano immenso.

Così avevo suddiviso le mie occupazioni all'arrivo; ma via via che il lavoro procedeva, diventava ogni giorno più ripugnante e insopportabile. A volte, per diversi giorni, non trovavo il coraggio di entrare nel laboratorio; altre volte, mi buttavo a lavorare giorno e notte pur di finirlo. L'attività in cui ero impegnato era davvero disgustosa. Durante il primo esperimento, una specie di frenesia mi aveva impedito di vedere l'orrore di quel che facevo: la mia mente era fissa al risultato, e i miei occhi non vedevano la mostruo-

sità dell'operazione. Ma ora lo facevo a sangue freddo, e spesso il cuore mi veniva meno di fronte all'o-
pera delle mie mani.

In queste condizioni, impegnato in una attività
odiosa, immerso in una solitudine dove non c'era
nulla che distogliesse la mia attenzione, sia pure per
un attimo, da ciò che stavo facendo, il mio equilibrio
si alterò: divenni irrequieto e nervoso. A ogni momento temevo di incontrare il mio persecutore. A
volte sedevo con gli occhi bassi per paura di sollevar-
li e vedere la cosa che tanto temevo. Non osavo allontanarmi dalla vista dei miei simili, così che egli
non potesse venire a reclamare la sua compagna
mentre ero solo.

Nel frattempo continuavo a lavorare, e la mia opera era già a buon punto. Pensavo a quando sarebbe
stata finita, con una speranza trepida e ansiosa, che
non osavo approfondire, frammista però a oscuri
presentimenti di sventura che mi facevano mancare
il cuore nel petto.

Capitolo XX

Una sera ero nel mio laboratorio; il sole era tramontato e la luna stava sorgendo dal mare; non avevo luce sufficiente per il mio lavoro, e mi fermai un attimo a considerare se per quella sera dovessi smettere o affrettarmi alla conclusione concentrandomi senza interruzioni. Mentre me ne stavo così seduto, mi vennero in mente una serie di considerazioni che mi indussero a riflettere sugli effetti di quel che stavo facendo. Tre anni prima ero occupato nello stesso compito, e avevo creato un demone la cui inaudita crudeltà aveva gettato la desolazione nel mio cuore e lo aveva riempito per sempre del più amaro rimorso. Ora stavo per formare un altro essere di cui pure non conoscevo la natura: avrebbe potuto diventare centomila volte più malvagia del suo compagno, e uccidere e spargere infelicità per il solo gusto di farlo. Lui aveva giurato di abbandonare i luoghi abitati dagli uomini e di nascondersi nei deserti; ma lei, che in tutta probabilità sarebbe ugualmente diventata un essere dotato di pensiero e di ragione, non aveva promesso, e avrebbe magari rifiutato di accettare un patto concluso prima della sua creazione. Avrebbero anche potuto odiarsi a vicenda, la creatura che già viveva aborriva la propria deformità, e non avrebbe forse potuto concepire una ripugnanza anche maggiore quando se la fosse vista davanti in forma di donna? Anch'essa avrebbe potuto allontanarsi con disgusto da lui, e rivolgersi verso la superiore bellezza dell'uomo; avrebbe potuto lasciarlo, e lui si sarebbe trovato di nuovo solo, esasperato da una nuova provocazione: quella di venire abbandonato da un essere della propria specie.

Anche se avessero lasciato l'Europa e fossero andati ad abitare nelle lande deserte del Nuovo Mondo, tuttavia uno dei risultati di quelle simpatie cui il demone anelava sarebbe stato l'avere figli, e sulla terra si sarebbe propagata una razza di diavoli che avrebbe terrorizzato e messo in pericolo l'esistenza stessa della specie umana. Avevo il diritto, per un beneficio personale, di infliggere questa maledizione a tutte le future generazioni? Allora mi ero lasciato commuovere dai sofismi dell'essere che avevo creato; ero rimasto paralizzato dalle sue infernali minacce; ma ora, per la prima volta, la pericolosità della mia promessa mi si rivelò come in un lampo; rabbrividivo all'idea che le età future avrebbero potuto maledirmi come il loro flagello, come l'essere che nel suo egoismo non aveva esitato a comperare la propria pace a prezzo forse dell'esistenza di tutta la razza umana.

Tremavo, e il cuore mi venne meno, quando, alzando gli occhi, vidi alla luce della luna il demone nell'inquadratura della finestra. Un ghigno spettrale gli torceva le labbra mentre mi osservava intento a portare a termine il compito che mi aveva assegnato. Sì, mi aveva seguito nei miei viaggi; si era aggirato per foreste, nascosto in caverne o rifugiato in vaste brughiere solitarie; e ora veniva a controllare i miei progressi e a chiedere il mantenimento della promessa.

Mentre lo guardavo, il suo viso esprimeva il massimo della malvagità e dell'inganno. Mi sembrò una follia la promessa di creare un altro essere come lui, e fremendo di collera feci a pezzi la cosa su cui stavo lavorando. Il disgraziato mi vide distruggere la creatura dalla cui esistenza dipendeva la sua felicità, e con un urlo di rabbia e di disperazione infernali sparì.

Lasciai la stanza, e, chiudendo la porta a chiave, giurai solennemente in cuor mio di non riprendere mai più quel lavoro; poi, con passi vacillanti, andai nel mio appartamento. Ero solo; non c'era nessuno con me a dissipare la cupa atmosfera e a trarmi dalla mortale oppressione delle più terribili fantasie.

Passarono diverse ore, durante le quali rimasi alla finestra a fissare il mare: era quasi immobile, perché i venti si erano calmati e tutta la natura riposava sotto l'occhio quieto della luna. Solo pochi pescherecci punteggiavano qua e là la superficie dell'acqua, e di tanto in tanto una brezza leggera portava un suono di voci quando i pescatori si chiamavano l'un l'altro. Sentivo il silenzio intorno, ma non ero consapevole di quanto era profondo, finché all'improvviso le mie orecchie non furono colpite da un rumore di remi vicino a riva, e una persona balzò a terra vicino alla casa.

Dopo pochi minuti sentii la porta cigolare, come se qualcuno stesse cercando di aprirla silenziosamente. Tremavo da capo a piedi, presentivo chi potesse essere, e avrei voluto svegliare uno dei contadini che abitava nel casolare vicino; ma ero sopraffatto da quel senso di impotenza che si prova così spesso negli incubi, quando si cerca invano di sfuggire a un pericolo incombente, e rimasi inchiodato al suolo.

Subito dopo, sentii un rumore di passi lungo il corridoio, la porta si aprì e apparve il miserabile che paventavo di vedere. Richiuse la porta, e, avvicinandosi, mi disse con voce soffocata: «Hai distrutto il lavoro che avevi cominciato: cosa vuol dire? Osi forse venir meno alla tua promessa? Ho sopportato disagi e sofferenze: ho lasciato la Svizzera insieme a te, ti ho seguito di nascosto lungo le sponde del Reno, tra le sue isole coperte di salici e sulle cime delle sue colline. Sono vissuto per mesi nelle brughiere dell'Inghilterra e tra le regioni desolate della Scozia. Ho sopportato fatiche incredibili, e freddo, e fame: e tu osi distruggere le mie speranze?».

«Vattene! Sì, rompo la mia promessa: non creerò mai un'altra come te, simile a te in deformità e perfidia.»

«Schiavo, prima ho ragionato con te, ma ti sei dimostrato indegno della mia condiscendenza. Ricordati che ho potere su di te; tu pensi di essere infelice, ma io posso ridurti in uno stato tale che la luce del giorno ti sembrerà odiosa. Tu sei il mio creatore, ma io sono il tuo padrone: ubbidisci!»

«L'ora della mia indecisione è passata, ed è giunto il momento di provare il tuo potere. Le tue minacce non potranno costringermi a compiere un misfatto, ma confermano la mia determinazione a non crearti una compagna nel male. Dovrei, a sangue freddo, sguinzagliare sulla terra un demone che gode a seminare morte e infelicità? Vattene! Sono incrollabile, e le tue parole non fanno che esasperare la mia ira.»

Il mostro mi lesse la determinazione in viso, e digrignò i denti nell'impotenza della sua rabbia. «Ogni uomo» gridò «ha una moglie da abbracciare e ogni animale una compagna, e io devo restare solo? Avevo degli affetti, ma sono stati ricambiati con odio e scherno. Uomo! Tu puoi odiare, ma attento! Passerai le tue ore tra paura e angoscia, e presto la folgore che dovrà privarti per sempre della tua felicità si abbatterà su di te. Dovresti forse essere felice mentre io mi contorco nell'intensità della mia disperazione? Puoi distruggere tutte le mie altre passioni, ma mi resta la vendetta – la vendetta tanto più cara della luce e del cibo! Posso anche morire; ma prima tu, mio tiranno e tormento, maledirai il sole che splende sulla tua infelicità. Attento, perché io non ho nulla da temere, e sono quindi molto potente. Aspetterò con l'astuzia del serpente per colpire con il suo stesso veleno. Uomo, ti pentirai delle ferite che mi infliggi.»

«Demonio, smetti; e non avvelenare l'aria con queste parole piene di malvagità. Ti ho comunicato la mia decisione, e non sono tanto vigliacco da piegarmi alle tue parole. Lasciami: sono inesorabile.»

«Bene. Me ne vado, ma ricordati: sarò con te la notte delle tue nozze.»

Balzai in avanti ed esclamai: «Furfante! Prima di firmare la mia condanna a morte, sii ben certo di essere tu stesso al sicuro».

L'avrei afferrato, ma mi sfuggì, e abbandonò precipitosamente la casa. Di lì a pochi minuti lo vidi nella barca che andava sull'acqua con la velocità di una freccia, e presto si perse in mezzo alle onde.

Tutto fu di nuovo silenzio; ma le sue parole mi risuonavano ancora nelle orecchie. Bruciavo dalla voglia di inseguire l'assassino della mia pace, e di farlo sprofondare nell'oceano. Turbato e agitato, camminavo su e giù per la stanza, mentre la mia immaginazione evocava mille immagini tormentose. Perché non l'avevo inseguito e non mi ero impegnato in un corpo a corpo mortale con lui? Avevo lasciato invece che se ne andasse, ed egli si era diretto verso la terraferma. Rabbrividivo al pensiero di chi potesse essere la prossima vittima della sua insaziabile vendetta. E poi ripensai alle sue parole: *"Sarò con te la notte delle tue nozze"*. Quello era dunque il tempo fissato per il compiersi del mio destino. In quell'ora sarei morto, e avrei soddisfatto, e insieme estinto, la sua malvagità. La prospettiva non mi fece paura; ma quando pensai alla mia amatissima Elizabeth – alle sue lacrime e al suo dolore inconsolabile nel trovare il suo innamorato così barbaramente ucciso – le lacrime, le prime in molti mesi, sgorgarono dai miei occhi e decisi di non cadere davanti al nemico senza prima ingaggiare una dura lotta.

La notte passò e il sole sorse sull'oceano; il mio animo era più calmo, se si può chiamare calma, quando la violenza dell'ira sprofonda negli abissi della disperazione. Lasciai la casa, la scena terribile dell'alterco della sera prima, e mi avviai lungo la riva del mare, che mi parve quasi come una barriera insormontabile tra me e i miei simili; mi prese anzi il desiderio che così fosse veramente. Desiderai passare il resto della mia vita su quel nudo scoglio, miseramente, è vero, ma almeno senza essere sorpreso da improvvisi sconvolgimenti. Se tornavo era solo per essere sacrificato o per vedere coloro che più amavo morire nella stretta di un demonio che avevo io stesso creato.

Mi aggirai per l'isola come uno spettro inquieto e infelice perché separato da tutto ciò che ama. A mezzogiorno, quando il sole fu alto, mi sdraiai sull'erba e caddi in un sonno profondo. Ero stato sveglio tutta la notte, avevo i nervi sconvolti e gli occhi infiammati dalla veglia e dal pianto. Il sonno in cui sprofondai mi diede nuove forze; quando mi svegliai, mi sembrò di appartenere di nuovo alla razza umana, e cominciai a riflettere con più calma a quel che era successo. Tuttavia, le parole di quel demonio mi risuonavano ancora nelle orecchie come un rintocco funebre: sembravano un sogno, ma preciso e opprimente come una realtà.

Il sole stava già calando e io ero ancora seduto sulla spiaggia a saziare la fame, divenuta vorace, con un pane d'avena, quando vidi una barca da pesca toccar riva vicino a me, e uno degli uomini mi portò un pacchetto: conteneva lettere da Ginevra, e una di Clerval che mi pregava vivamente di raggiungerlo. Diceva che dov'era stava buttando via il suo tempo senza costrutto, e che lettere di amici incontrati a Londra chiedevano il suo ritorno per completare le trattative già iniziate per la sua spedizione in India. Non poteva ritardare la partenza più a lungo, ma, poiché al viaggio a Londra poteva far seguito quell'altro più lungo per l'India, anche prima di quanto avesse previsto, mi pregava di concedergli tutto il tempo che potevo per stare insieme. Mi chiedeva perciò di lasciare la mia isola deserta, e di incontrarlo a Perth per poi procedere insieme verso sud. Questa lettera mi richiamò in parte alla realtà, e decisi di lasciare l'isola entro due giorni.

Tuttavia, prima di partire, c'era un lavoro da compiere che mi faceva rabbrividire solo a pensarci: dovevo imballare i miei strumenti chimici, e per far ciò dovevo entrare nella stanza che aveva visto il mio odioso lavoro, e dovevo maneggiare quegli strumenti che mi facevano stare male solamente a guardarli. La mattina dopo, allo spuntar del giorno, raccolsi il coraggio necessario, e aprii la porta del laboratorio. I resti della creatura incompleta che avevo distrutta, giacevano sparsi sul pavimento, e mi parve quasi di aver fatto a pezzi la carne viva di un essere umano. Mi fermai un attimo per calmarmi, poi entrai nel locale. Con mano tremante, portai gli strumenti fuori dalla stanza, ma riflettei che non potevo lasciare così i resti del mio lavoro a suscitare l'orrore e i sospetti dei contadini; per cui li misi in una cesta, assieme a molte pietre, e, postala in un angolo, decisi di gettarla in mare quella notte stessa; nel frattempo, restai seduto sulla spiaggia a pulire e a mettere in ordine i miei apparecchi chimici.

Niente poteva sembrare più totale del cambiamento avvenuto nei miei sentimenti dalla notte dell'apparizione del demone. Prima, consideravo la mia promessa con cupa disperazione, come una cosa che doveva essere portata a termine non importa a prezzo di quale conseguenza; ora mi pareva che un velo mi fosse caduto dagli occhi, e che io potessi vedere chiaramente per la prima volta. L'idea di riprendere quel lavoro non mi si presentò neanche per un istante; la minaccia fattami mi pesava addosso, ma il pensiero che un gesto volontario da parte mia avrebbe potuto evitarla non mi passò neanche per la mente. Avevo deciso dentro di me che creare un altro demone come quello che avevo già fatto, sarebbe stato un atto del più vile e atroce egoismo; e avevo bandito dalla mente ogni pensiero che potesse portarmi a una conclusione diversa.

Tra le due e le tre del mattino sorse la luna; allora, messa la cesta in una piccola imbarcazione a vela, uscii in mare fino a circa quattro miglia dalla spiaggia. Il luogo era perfettamente solitario; qualche barca stava tornando a riva, ma me ne tenni al largo. Mi sentivo come se stessi per commettere un orrendo delitto, e stessi evitando, rabbrividendo per l'ansia, ogni incontro con i miei simili. A un certo punto la luna, che fino ad allora era stata visibile, fu improvvisamente coperta da una spessa nuvola, e io approfittai di questo momento di oscurità per gettare in mare la cesta; rimasi ad ascoltare il gorgoglio che fece affondando, poi mi allontanai da quel luogo. Il cielo si era rannuvolato, ma l'aria era pura, anche se resa più fredda dal vento di nord-est che si era appena levato. Questo mi ristorò, dandomi una piacevole sensazione, tanto che decisi di restare in mare ancora un po'. Fissato saldamente il timone, mi sdraiai sul fondo della barca. Le nuvole nascondevano la luna, tutto era buio, e sentivo solo il rumore dell'imbarcazione mentre la chiglia tagliava le onde; il mormorio mi cullò, e poco dopo dormivo profondamente.

Non so quanto tempo restai così, ma, quando mi svegliai, mi accorsi che il sole era già alto sull'orizzonte. Il vento era forte, e le onde minacciavano continuamente di capovolgere la mia piccola barca. Notai che il vento spirava da nord-est, e che mi aveva spinto lontano dalla costa dove mi ero imbarcato. Cercai di invertire la rotta, ma scoprii subito che se avessi provato un'altra volta, lo scafo si sarebbe presto riempito d'acqua. In queste condizioni la mia sola risorsa era di lasciarmi spingere dal vento. Confesso che provai un senso di terrore. Non avevo bussola, e avevo una conoscenza così scarsa della geografia di questa parte del mondo che il sole mi era di ben poco vantaggio. Sarei anche potuto finire nella vastità dell'Atlantico, e soffrire le torture della fame o essere ingoiato dalla distesa d'acqua che muggiva e imperversava intorno a me. Ero già fuori da molte ore, e incominciavo a essere tormentato da una sete bruciante, preludio delle sofferenze future. Sollevai gli occhi al cielo coperto di nuvole che fuggivano sospinte via dal vento, solo per essere subito rimpiazzate da altre; guardai il mare, che sarebbe stato la mia tomba. «Demonio!» esclamai; «la tua opera è già compiuta!» Pensai a Elizabeth, a mio padre e a Clerval, a tutti coloro che lasciavo dietro di me e su cui il mostro poteva ora soddisfare spietatamente la sua passione sanguinaria. Quest'idea mi sprofondò in una fantasticheria così disperata e terribile, che anche ora, che il sipario sta per calare per sempre davanti a me, rabbrividisco al ricordo.

Passarono così alcune ore; a poco a poco, però, mentre il sole scendeva all'orizzonte, il vento si calmò trasformandosi in una leggera brezza, e sul mare non si videro più frangenti, ma grosse onde; mi sentivo male e riuscivo appena a reggere il timone, quando all'improvviso intravidi verso sud il profilo di una alta costa.

Sfinito come ero dalla stanchezza e dalla terribile ansia che avevo sofferto per diverse ore, l'improvvisa certezza di essere in salvo mi fece rifluire al cuore un fiotto caldo di gioia, e le lacrime mi sgorgarono dagli occhi.

Come sono mutevoli i nostri sentimenti, e come è strano questo amore tenace per la vita che conserviamo anche al culmine dell'infelicità! Feci un'altra vela con un pezzo del mio abito, e volsi subito la rotta verso terra. Questa sembrava rocciosa e selvaggia, ma, una volta avvicinatomi, potei facilmente distinguervi segni di coltivazione. Vidi delle imbarcazioni vicino a riva, e mi trovai di nuovo improvvisamente trasportato in luoghi civilizzati. Scrutai attentamente il profilo della costa sinuosa, e notai un campanile che spuntava da dietro un piccolo promontorio. Poiché ero in uno stato di estrema debolezza, decisi di puntare senz'altro verso la città, luogo in cui avrei potuto facilmente procurarmi da mangiare. Fortunatamente, avevo con me del denaro. Quando doppiai il promontorio, vidi una piccola cittadina, linda e ordinata, e un bel porto, in cui entrai col cuore che mi balzava in petto per la gioia di essere inaspettatamente scampato.

Mentre stavo ancora legando la barca e sistemando le vele, diverse persone si affollarono in quel luogo. Sembravano molto sorprese del mio aspetto; ma invece di offrirmi aiuto, bisbigliavano tra loro con gesti che in altre circostanze mi avrebbero procurato un leggero senso di allarme. Invece mi accorsi solo che parlavano inglese, per cui mi rivolsi loro in questa lingua: «Miei buoni amici» dissi «vorreste essere così gentili da dirmi il nome di questa città e da spiegarmi dove sono?».

«Lo saprai anche troppo presto» rispose un uomo dalla voce rauca «può darsi che tu sia arrivato in un posto che non si rivelerà troppo di tuo gusto; ma non ti si chiederà il tuo parere su dove andrai a stare, te l'assicuro.»

Rimasi estremamente sorpreso nel ricevere una risposta così scortese da uno sconosciuto; ero anche sconcertato dal cipiglio e dalle facce irate dei suoi compagni. «Perché questa risposta così scortese?» replicai; «certo, non è nelle abitudini degli inglesi accogliere gli stranieri con tanta poca ospitalità.»

«Non so» disse l'uomo «quali siano le abitudini degli inglesi; ma è abitudine degli irlandesi odiare i furfanti.»

Durante questo strano dialogo, mi ero accorto che la folla aumentava rapidamente. Le facce esprimevano un misto di curiosità e d'ira, che mi irritò e in parte mi allarmò. Chiesi la strada per la locanda, ma nessuno rispose. Allora mi avviai, ma un mormorio si levò dalla folla che mi circondava e seguiva; a questo punto, un uomo dall'aria truce si avvicinò e mi batté sulla spalla dicendo: «Venite con me, signore, dovete accompagnarmi da Mr. Kirwin per rendere conto di voi».

«Chi è Mr. Kirwin? E perché dovrei dare conto di me? Non è un paese libero questo?»

«Sì, signore, certo, libero per la gente onesta. Mr. Kirwin è un magistrato; e voi dovete render conto della morte di un gentiluomo che è stato trovato ucciso qui la notte scorsa.»

Questa risposta mi fece trasalire, ma subito mi ricomposi. Ero innocente: questo si poteva provare facilmente; perciò, seguii la mia guida in silenzio, e fui condotto verso una delle migliori case della città.

Ero sul punto di svenire per la fame e per la stanchezza, ma, circondato dalla folla, pensai che fosse più prudente fare appello a tutte le mie forze in modo che la debolezza fisica non venisse interpretata come timore o senso di colpa. Non mi aspettavo minimamente la sventura che mi sarebbe piombata addosso di lì a pochi istanti, e che avrebbe trasformato in orrore e disperazione ogni timore di vergogna o di morte.

Ma qui devo fare una pausa, perché ci vuole tutta la mia forza per richiamare alla memoria in ogni particolare i terribili avvenimenti che sto per raccontare.

Capitolo XXI

Fui subito introdotto alla presenza del magistrato, un vecchio benevolo, dai modi calmi e gentili. Mi guardò però con una certa severità, e poi, rivoltosi ai miei accompagnatori, chiese chi fossero i testimoni in questo caso.

Una mezza dozzina di uomini si fece avanti; il magistrato ne scelse uno, e questi dichiarò che quella notte era fuori a pescare con suo figlio e suo cognato, Daniel Nugent, quando, verso le dieci di sera, aveva notato che si stava levando un forte vento proveniente da nord; di conseguenza, aveva virato per rientrare. Era una notte molto buia, perché la luna non era ancora sorta; non erano sbarcati nel porto, ma, come al solito, in una piccola insenatura circa due miglia più giù. Camminava davanti con parte delle reti, e i suoi compagni lo seguivano a una certa distanza. Mentre procedeva così lungo la riva, aveva inciampato contro qualcosa ed era caduto lungo disteso. I compagni erano corsi ad aiutarlo e, alla luce della lanterna, si accorsero che era caduto sul corpo di un uomo che sembrava morto. La loro prima supposizione era stata che si trattasse del cadavere di un annegato, gettato a riva dalle onde; ma, esaminandolo, notarono che gli abiti non erano bagnati, e persino che il corpo non era ancora freddo. Lo trasportarono immediatamente nel casolare di una vecchia che abitava lì vicino, e cercarono di rianimarlo, ma inutilmente. Sembrava un bel giovane, di circa venticinque anni. Apparentemente, era stato strangolato, perché non c'erano tracce di violenza eccetto che per certi segni scuri di dita intorno al collo.

La prima parte di questa deposizione non mi interessò per niente; ma quando si parlò di segni di dita, ricordai l'omicidio di mio fratello, e fui preso da una violenta agitazione: tremavo in tutto il corpo, e gli occhi mi si velarono, al punto che fui costretto a cercare l'appoggio di una sedia.

Il magistrato mi osservava con occhio attento, e naturalmente ricavò un'impressione sfavorevole dal mio comportamento.

Il figlio confermò poi il resoconto del padre; ma quando fu chiamato Daniel Nugent, questi giurò solennemente che proprio prima che il compagno cadesse aveva visto una barca con un solo uomo a poca distanza da riva, e, per quel che era riuscito a distinguere alla luce delle poche stelle, si trattava della stessa barca da cui ero appena sceso.

Una donna che viveva vicino alla spiaggia, dichiarò che stava sulla porta di casa, aspettando il ritorno dei pescatori, un'ora circa prima di venire a sapere della scoperta del corpo, quando aveva visto una barca con un uomo solo, che si staccava da riva proprio nel punto dove poi era stato trovato il cadavere.

Un'altra donna confermò le deposizioni dei pescatori sul fatto che il corpo era stato portato a casa sua e che non era ancora freddo. L'avevano messo sul letto e lo avevano massaggiato; e Daniel era corso in città dal farmacista, ma ormai ogni segno di vita era scomparso.

Vennero interrogati diversi altri uomini sul mio sbarco; e tutti furono d'accordo nel dire che col forte vento del nord che si era levato durante la notte, era molto probabile che mi fossi aggirato lì attorno per diverse ore, e poi fossi stato obbligato a tornare quasi nello stesso punto da cui ero partito. Inoltre, fecero notare che pareva avessi trasportato lì il cadavere da un altro luogo, e che era verosimile che, dal momento che mostravo di non conoscere la costa, fossi entrato in porto senza sapere che la città di *** fosse così vicina al punto in cui avevo abbandonato il corpo.

Di fronte a queste testimonianze, Mr Kirwin ordinò che fossi portato nella stanza in cui il cadavere giaceva in attesa di essere sepolto, per osservare l'effetto che avrebbe prodotto su di me. Ciò gli fu probabilmente suggerito dall'estrema agitazione che avevo mostrato durante la descrizione della modalità dell'omicidio. Fui quindi condotto alla locanda, accompagnato dal magistrato e da diverse altre persone. Non potei evitare di restare colpito dalle strane coincidenze che avevano avuto luogo in quella notte memorabile, ma, sapendo che al momento in cui il corpo era stato trovato io stavo chiacchierando con alcuni abitanti della mia isola, ero perfettamente tranquillo sulla conclusione della vicenda.

Entrai nella stanza dove giaceva il cadavere, e fui condotto accanto alla bara. Come posso descrivere le mie sensazioni nel vederlo? Restai paralizzato dall'orrore, e non riesco ancora a ripensare a quel terribile momento senza provare un brivido di raccapriccio. L'inchiesta, la presenza del magistrato e dei testimoni sparirono come un sogno dalla mia coscienza quando vidi la forma senza vita di Henry Clerval, stesa davanti a me. Mi mancò il respiro, e gettandomi sul cadavere, esclamai: «Le mie criminose macchinazioni hanno dunque privato anche te, carissimo Henry, della vita? Due li ho già distrutti; altre vittime attendono il loro destino; ma tu, Clerval, amico mio, mio benefattore...».

La mia fibra non poté sopportare più a lungo i tormenti che stavo patendo, e fui trasportato fuori dalla stanza in preda a violente convulsioni.

A questo fece seguito una gran febbre. Per due mesi restai in punto di morte; il mio farneticare, come seppi più tardi, fu spaventoso: mi accusavo di essere l'uccisore di William, di Justine e di Clerval. A volte imploravo le persone che mi assistevano di aiutarmi a uccidere il demone da cui ero tormentato; altre volte sentivo le dita del mostro che mi attanagliavano il collo, e urlavo in preda al terrore e all'angoscia. Fortunatamente, poiché parlavo la mia lingua natia, solo Mr Kirwin capiva quel che dicevo; ma i miei gesti e le urla erano sufficienti a spaventare gli altri testimoni.

Perché non morii allora? Più infelice di ogni altro uomo prima di me, perché non sprofondai nell'oblio e nella pace eterna? La morte porta via tanti bambini nel fiore degli anni, unica speranza di genitori affettuosi; quante spose e giovani innamorati un giorno sono il ritratto della salute e della speranza, e il giorno dopo sono diventati preda dei vermi nel disfacimento della tomba! Di che materia ero fatto per poter resistere a tante scosse, che rinnovavano la mia agonia come la ruota della tortura?

Ma ero condannato a vivere: due mesi dopo, mi ritrovai come uscito da un sogno, in prigione, sdraiato su un miserabile lettino, circondato da carcerieri, secondini, chiavistelli e tutte le misere suppellettili di una cella. Era mattina. Mi ricordo il momento in cui tornai in me: avevo dimenticato i particolari di quel che era accaduto, avevo solo la sensazione che mi fosse piombata addosso una grande sciagura, ma quando mi guardai attorno, e vidi le sbarre alle finestre e lo squallore della stanza in cui mi trovavo, in un baleno tutto mi tornò in mente, e gemetti di dolore.

Il suono disturbò una vecchia che dormiva su una sedia accanto a me. Era una infermiera a pagamento, la moglie di uno dei secondini, e il suo viso esprimeva tutte le qualità negative che spesso caratterizzano questa categoria di persone. I tratti del viso erano duri e grossolani, come nelle persone abituate a vedere scene di miseria e di dolore senza provare alcuna simpatia. Il tono di voce esprimeva tutta la sua indifferenza. Mi si rivolse in inglese, e riconobbi la voce come quella che avevo sentito durante le mie sofferenze: «State meglio adesso, signore?» disse.

Risposi nella stessa lingua con voce debole: «Credo di sì. Ma se è tutto vero, se non ho sognato, mi dispiace di essere ancora vivo e di dover provare tanto dolore e tanto orrore».

«Quanto a questo» replicò la vecchia «se intendete riferirvi al gentiluomo che avete ammazzato, penso anch'io che sarebbe meglio se foste morto, perché credo che andrà male per voi! A ogni modo, non sono affari miei: io sono stata mandata ad assistervi e a farvi guarire; io faccio il mio dovere con coscienza; sarebbe meglio se tutti facessero lo stesso.»

Allontanai lo sguardo con disgusto da questa donna che si dimostrava così insensibile verso una persona appena scampata alla soglia della morte; ma mi sentivo senza forze e incapace di pensare a quello che era successo. Tutte le scene della mia vita mi apparivano come un sogno; a volte dubitavo persino che fossero vere, perché non mi si presentavano alla mente con la consistenza della realtà.

Man mano che le immagini che mi fluttuavano davanti diventavano più distinte, fui preso da una agitazione febbrile; un buio mi avvolgeva; non avevo vicino nessuno che mi consolasse con voce amorosa, nessuna mano amica che mi sostenesse. Venne il medico, e prescrisse delle medicine, e la vecchia me le preparò. Ma nel primo si poteva scorgere la più completa indifferenza, e sul viso della seconda era impressa un'espressione di brutalità. A chi poteva interessare il destino di un omicida, se non al boia che si sarebbe guadagnato il suo onorario?

Queste furono le mie prime riflessioni; ma più tardi appresi che Mr Kirwin mi aveva dimostrato una strana gentilezza. Aveva fatto sì che mi fosse preparata la cella migliore della prigione (anche se questa era veramente squallida), ed era stato lui a procurarmi un'infermiera e un medico. È vero, non veniva spesso a vedermi, perché pur essendo suo desiderio alleviare le sofferenze di qualsiasi creatura umana, non voleva assistere all'agonia e al farneticare di un omicida. Veniva, perciò, qualche volta, per controllare che non fossi trascurato, ma le sue visite erano brevi e rare.

Un giorno, mentre stavo gradatamente riprendendo le forze, ero seduto su una sedia, gli occhi semiaperti e le guance livide come quelle di un morto. Ero oppresso da un senso di tristezza e di infelicità, e riflettevo spesso che era meglio cercare la morte piuttosto che restare in un mondo che per me era pieno solo di sventure. A un certo punto, presi persino in considerazione l'idea di dichiararmi colpevole, e di soffrire la pena imposta dalla legge: ero pur sempre più colpevole di quanto non fosse stata la povera Justine. Ero immerso in questi pensieri, quando la porta si aprì ed entrò Mr Kirwin. Il suo volto esprimeva simpatia e compassione; prese una sedia, si sedette vicino a me, e mi disse in francese: «Temo che questo sia un luogo assai penoso per voi; posso fare qualcosa per farvi stare meglio?».

«Grazie, ma ciò di cui parlate non ha importanza per me; non c'è conforto che io possa ricevere sulla terra.»

«So che la simpatia di un estraneo può fare poco per uno come voi che è stato colpito da una sventura così strana. Ma voi, spero, lascerete presto questo triste luogo, poiché senza dubbio, ci sono testimonianze che vi libereranno facilmente dall'accusa di assassinio.»

«Questo è quello che mi preoccupa meno: per una serie di strane circostanze sono diventato il più infelice dei mortali. Perseguitato e torturato come sono e come sono stato in passato, può forse essere un male, per me, la morte?»

«Non ci potrebbe essere niente di più doloroso e sfortunato delle singolari coincidenze verificatesi di recente. Per un caso straordinario siete stato gettato su queste spiagge, note per la loro ospitalità, e immediatamente preso e accusato di omicidio. La prima cosa che vi è stata messa davanti agli occhi, è stato il cadavere del vostro amico, assassinato in modo così inspiegabile, e posto, per così dire, sul vostro cammino da un qualche demonio.»

Mentre Mr Kirwin parlava, nonostante l'agitazione che provavo a questa sintesi retrospettiva delle mie sofferenze, ero anche particolarmente sorpreso nel vedere quanto sembrava sapere sul mio conto. Suppongo che lo stupore fosse evidente sul mio viso, perché Mr Kirwin si affrettò a dire:

«Appena cadeste ammalato, mi furono portate tutte le carte che avevate indosso, e le esaminai per scoprire qualche traccia e per informare i vostri parenti della disgraziata situazione e della vostra malattia. Trovai diverse lettere e, tra le altre, una che, da come cominciava, capii che veniva da vostro padre. Scrissi subito a Ginevra; sono passati quasi due mesi da quando la lettera è partita... ma voi non state bene, tremate; non siete in grado di sopportare alcun genere di commozione.»

«Questa attesa è mille volte peggio del più terribile avvenimento; ditemi quale nuova scena delittuosa ha avuto luogo e di chi debbo ora piangere l'assassinio.»

«La vostra famiglia sta benissimo» disse Mr Kirwin con dolcezza «e qualcuno, un amico, è venuto a trovarvi.»

Non so per quale associazione di pensiero mi venisse in mente, ma all'improvviso mi balenò l'idea che si trattasse dell'assassino, venuto a ridere della mia disgrazia e a tormentarmi col ricordo della morte di Clerval, per persuadermi ad acconsentire ai suoi infernali desideri. Mi misi la mano sugli occhi, e gridai con angoscia:

«Oh! Portatelo via! Non posso vederlo; per amor di Dio, non lasciatelo entrare!»

Mr Kirwin mi guardò con viso turbato. Non poteva fare a meno di considerare la mia esclamazione come una prova della mia colpevolezza, e disse, in tono piuttosto severo: «Avrei creduto, mio caro giovane, che la presenza di vostro padre sarebbe stata la benvenuta, e che non vi avrebbe certo suscitato una tale ripugnanza».

«Mio padre!» esclamai, mentre ogni muscolo e tratto del viso, rilassandosi, passava da un'espressione di dolore a una di piacere; «davvero mio padre è qui? Come è buono, oh, com'è buono! Ma dov'è? perché non viene subito?»

Il cambiamento dei miei modi sorprese il magistrato, ma gli fece piacere; forse pensò che la mia esclamazione precedente fosse dovuta a un momentaneo ritorno del delirio e ora riprese l'aria benevola di prima. Si alzò, e lasciò la stanza seguito dall'infermiera; e subito dopo entrò mio padre.

Niente in quel momento avrebbe potuto farmi più piacere del suo arrivo. Gli tesi la mano esclamando: «Siete salvo dunque! Ed Elizabeth? Ed Ernest?».

Mio padre mi calmò, assicurandomi che stavano bene, e tentò di sollevarmi l'animo abbattuto, soffermandosi su questo argomento che mi stava tanto a cuore; ma presto si rese conto che una prigione non è certo un luogo dove stare allegri.

«In che posto vivi, figlio mio!» disse, guardando rattristato le sbarre alle finestre e l'aspetto squallido della stanza. «Viaggiavi per cercare la felicità, ma una fatalità sembra perseguitarti. E il povero Clerval...»

Il nome del mio povero amico ucciso fu un'emozione troppo forte per me, nello stato di debolezza in cui mi trovavo; mi misi a piangère.

«Ahimè! Sì, padre mio» risposi; «un destino terribile sembra sospeso su di me, e devo vivere per vederne il compimento, altrimenti sarei certo morto davanti alla bara di Henry.»

Non ci permisero di conversare a lungo, perché le mie precarie condizioni di salute richiedevano ogni precauzione che potesse assicurarmi la tranquillità. Mr Kirwin entrò e insistette che non dovevo esaurire le mie forze affaticandomi troppo. Ma l'arrivo di mio padre era stato per me come l'apparizione del mio angelo custode, e a poco a poco mi rimisi in salute.

Man mano che la malattia mi abbandonava, fui preso da una profonda e cupa malinconia, che niente riusciva a dissipare. L'immagine spettrale di Clerval assassinato mi stava sempre dinanzi. Più di una volta, l'agitazione in cui mi gettavano questi pensieri fece temere ai miei amici una seria ricaduta. Oh!, perché preservarono una vita che mi era così odiosa e detestabile? Certo perché si compisse il mio destino, che ora, finalmente, sta raggiungendo la sua conclusione. Presto, oh!, molto presto, la morte estinguerà questi sussulti e mi allevierà l'immenso peso di questa angoscia che mi schiaccia; e, soddisfacendo a una giusta condanna, sprofonderò anche nel riposo. Allora la morte sembrava lontana, anche se il desiderio di lei mi era sempre nella mente, e spesso sedevo immobile per ore, senza parlare, sperando che qualche grande catastrofe seppellisse me e il mio distruttore tra le sue rovine.

Si avvicinava il tempo delle assise. Ero già stato in prigione tre mesi, e, benché ancora debole e in pericolo di una ricaduta, fui costretto a viaggiare per quasi cento miglia fino al capoluogo dove si riuniva la corte. Mr Kirwin si incaricò di tutto il necessario per trovare i testimoni e preparare la difesa. Mi fu risparmiata la vergogna di apparire in pubblico come un criminale, perché il caso non fu portato davanti alla corte che decide di vita e di morte. Il gran giurì respinse l'accusa, perché fu provato che al momento in cui il corpo del mio amico era stato scoperto, io mi trovavo nelle isole Orcadi; e quindici giorni più tardi fui liberato.

Mio padre era beato nel vedermi assolto dall'accusa di assassinio e posto di nuovo in grado di respirare l'aria libera e di tornare al mio paese. Io non condividevo questi sentimenti: per me i muri di una prigione o di un palazzo erano altrettanto odiosi. La coppa della vita era avvelenata per sempre; e anche se il sole splendeva su di me come su quelli che erano felici, tuttavia non mi vedevo intorno che tenebre fitte e paurose, dove non penetrava alcuna luce tranne il balenio di due occhi che mi fissavano. A volte erano gli occhi espressivi di Henry, nel languore della morte: con le pupille scure, quasi completamente coperte dalle palpebre e dalle lunghe ciglia nere; a volte erano gli occhi torbidi e acquosi del mostro, come li avevo visti per la prima volta in camera mia a Ingolstadt.

Mio padre cercava di risvegliare in me sentimenti di affetto. Parlava di Ginevra, che avrei presto rivisto, di Elizabeth e di Ernest; ma queste parole non facevano che strapparmi gemiti dolorosi. A volte sentivo un desiderio di felicità e pensavo con malinconico piacere alla mia adorata cugina; o, preso da una divorante *maladie du pays*, non vedevo l'ora di ammirare di nuovo il lago azzurro e il Rodano veloce, che mi erano stati così cari nella prima giovinezza. Ma per lo più ero immerso in un torpore tale che la prigione sarebbe stata bene accetta come residenza quanto il più divino paesaggio naturale; e questi attacchi erano interrotti solo, di tanto in tanto, da parossismi di angoscia e di disperazione. In questi momenti, cercavo spesso di porre fine a un'esistenza che mi ripugnava e ci voleva una vigilanza continua per impedirmi di commettere qualche terribile atto di violenza.

Tuttavia mi restava un dovere, il cui ricordo alla fine trionfò su questa mia disperazione egoistica. Era necessario tornare senza indugi a Ginevra, per vegliare sulla vita di coloro che amavo così teneramente, e restare in attesa dell'assassino, così che, se il caso mi avesse fatto scoprire dove si nascondeva, o se avesse ancora osato tormentarmi con la sua presenza, avrei potuto con un colpo deciso porre fine all'esistenza della mostruosa Immagine che io avevo dotato di una parodia di anima ancora più mostruosa. Mio padre avrebbe desiderato rimandare ancora la nostra partenza, nel timore che non riuscissi a sopportare le fatiche del viaggio: ero come un relitto alla deriva, l'ombra di un essere umano. Tutte le mie energie erano scomparse. Ero ridotto a uno scheletro, e la febbre si accaniva giorno e notte sul mio fisico indebolito.

Ma poiché insistevo a lasciare l'Irlanda con tanta inquietudine e impazienza, mio padre pensò bene di acconsentire. Trovammo posto su una nave che andava a Havre-de-Grace, e lasciammo le coste irlandesi accompagnati da un vento favorevole. Era mezzanotte. Ero sdraiato in coperta a guardare le stelle e ad ascoltare lo sciabordio delle onde. Benedicevo l'oscurità che nascondeva l'Irlanda alla mia vista; e il mio polso batteva con gioia febbrile all'idea che presto avrei rivisto Ginevra. Il passato mi appariva come un sogno spaventoso; tuttavia, la nave su cui mi trovavo, il vento che mi portava lontano dalle coste odiose dell'Irlanda e il mare che mi circondava, mi dicevano anche troppo chiaramente che non ero stato ingannato da una visione e che Clerval, il mio più caro compagno e amico, era caduto vittima per mano mia e del mostro di mia creazione. Ripassai nella memoria tutta la mia vita: la tranquilla felicità di quando abitavo con i miei a Ginevra, la morte di mia madre e la partenza per Ingolstadt. Ricordai con un brivido il pazzo entusiasmo che mi aveva spinto a creare il mio orrendo nemico e richiamai alla mente la notte in cui per la prima volta aveva dato segni di vita. Fui incapace di continuare il corso di questi pensieri; mille sentimenti mi fremevano dentro, e piansi amaramente.

Fin da quando era cessata la febbre, avevo l'abitudine di prendere ogni sera una piccola dose di laudano, perché solo con questa droga ero in grado di ottenere il riposo necessario alla sopravvivenza. Oppresso dal ricordo delle mie varie sventure, ne ingoiai una doppia quantità, e presto dormivo profondamente. Ma il sonno non mise tregua ai miei pensieri e alla mia infelicità: i sogni mi presentavano mille immagini che mi spaventavano. Verso mattina fui preso da una specie di incubo: sentivo la stretta del demone intorno al collo, e non riuscivo a liberarmi, grida e gemiti mi risuonavano nelle orecchie. Mio padre, che mi assisteva, nel vedermi così agitato

mi svegliò; tutt'intorno c'erano le onde che si frange-
vano, sopra di me il cielo era nuvoloso, e il demone
non era lì; un senso di sicurezza, la sensazione che si
fosse stabilito un armistizio tra l'ora presente e il futuro inevitabile e pieno di catastrofi, mi diede una
specie di calmo oblio, a cui per la sua struttura la
mente umana è particolarmente disposta.

Capitolo XXII

La traversata ebbe termine. Sbarcammo e continuammo per Parigi. Ben presto mi accorsi che avevo
sopravvalutato le mie forze, e che avevo bisogno di
riposo prìma di continuare il viaggio. Le cure e le attenzioni di mio padre erano instancabili, ma non conosceva la causa delle mie sofferenze e usava metodi
sbagliati per guarirmi da questo male incurabile. Voleva che cercassi distrazioni in società. Aborrivo la
vista degli uomini. Oh, no, non li aborrivo! Erano
miei fratelli, miei simili, e io mi sentivo attratto dal
più ripugnante di loro come da una creatura di natura angelica e divina nei suoi meccanismi. Ma sentivo
che non avevo diritto alla loro compagnia. Avevo sca-
tenato in mezzo a loro un nemico, la cui gioia consisteva nello spargere sangue e nel godere dei loro rantoli. Come mi avrebbero tutti, senza eccezione,
sfuggito e scacciato dal mondo se avessero saputo
degli empi atti che avevo compiuto e dei crimini che
avevano in me la loro origine!

Mio padre, alla fine, cedette al mio desiderio di
evitare gli altri, e cercò di bandire la mia disperazione usando varie argomentazioni. A volte pensava che
risentissi l'umiliazione di essere stato costretto a rispondere di un'accusa di omicidio, e cercava di farmi capire la futilità dell'orgoglio.

«Ahimè, padre mio!» dissi «quanto poco sapete di

me. Gli esseri umani, i loro sentimenti e le loro passioni perderebbero senz'altro di valore se un miserabile come me osasse provare orgoglio. Justine, la povera infelice Justine era innocente quanto me, e dovette sottostare alla stessa accusa; fu messa a morte, e io ne sono la causa: l'ho uccisa io. William, Justine e Henry, sono tutti morti per mano mia.»

Durante la prigionia, mio padre mi aveva spesso sentito affermare la stessa cosa; quando mi accusavo in questo modo, a volte sembrava desiderare una spiegazione; altre, pareva considerare la cosa come frutto del delirio, come se durante la malattia mi si fosse presentata alla mente qualche idea del genere, di cui ora, durante la convalescenza, conservavo il ricordo. Io evitavo una spiegazione, e mantenevo un silenzio assoluto sul disgraziato che avevo creato. Ero persuaso che sarei stato preso per pazzo, e questo di per sé era sufficiente a paralizzarmi per sempre la lingua. Ma oltre a ciò, non riuscivo a parlare di un segreto che avrebbe riempito di angoscia chi mi ascoltava, e avrebbe invaso il suo cuore di paura e di un orrore mostruoso. Perciò frenavo la mia impaziente sete di comprensione, e restavo in silenzio, quando avrei dato qualsiasi cosa per poter confidare il mio fatale segreto. Ciononostante, parole come quelle che ho appena riferito mi uscivano di bocca senza volerlo. Non potevo darne alcuna spiegazione, ma il fatto che rispondessero a verità alleviava in parte il peso della mia pena misteriosa.

In questa particolare occasione, mio padre, con aria di infinita meraviglia, disse: «Carissimo Victor, che ossessione è mai questa? Mio caro figliolo, ti prego di non dire mai più una cosa simile».

«Non sono pazzo» gridai con forza; «il sole e il cielo che hanno assistito ai miei atti, possono testimoniare della verità che affermo. Sono io l'assassino di quelle vittime innocenti: sono morte a causa delle mie macchinazioni. Avrei dato mille volte il mio sangue, goccia a goccia, pur di salvare la loro vita, ma non potevo, padre mio, davvero non potevo sacrificare tutta la razza umana.»

La conclusione di questo discorso convinse mio padre che avevo la mente sconvolta, e cambiò subito argomento, cercando di sviare il corso dei miei pensieri. Desiderava, se possibile, cancellare in me il ricordo delle scene che avevano avuto luogo in Irlanda, e non vi alludeva mai né permetteva che io parlassi delle mie disgrazie.

Man mano che il tempo passava, mi calmai: l'infelicità abitava sempre nel mio cuore, ma non parlavo più dei miei crimini in modo così incoerente; mi bastava averne coscienza. Facendo un enorme sforzo su me stesso, trattenevo la voce imperiosa della disperazione, che avrebbe a volte voluto dichiararsi a tutto il mondo, e i miei modi erano più calmi di quanto non fossero mai stati dal tempo del mio viaggio al mare di ghiaccio.

Qualche giorno prima di lasciare Parigi per la Svizzera, ricevetti questa lettera di Elizabeth.

"Mio caro amico,
mi ha fatto grandissimo piacere ricevere una lettera dello zio, datata da Parigi; non sei più a una distanza insormontabile, e posso sperare di rivederti in meno di due settimane. Mio povero cugino, quanto devi avere sofferto! Mi aspetto di vederti ancora più malato di quando hai lasciato Ginevra. Quest'inverno è passato molto tristemente per me, oppressa com'ero dall'ansia dell'attesa; pure spero di vedere un po' di pace sul tuo viso e di sapere che il tuo cuore non è completamente privo di tranquillità e di conforto.

"Temo però che gli stessi sentimenti che ti hanno reso così infelice un anno fa siano ancora vivi, anzi che siano aumentati col passare del tempo. Non ti disturberei in questo momento, accasciato come sei da tante disgrazie, se non fosse per una conversazione che ho avuto con lo zio prima della sua partenza e che rende necessaria una spiegazione, prima che ci si incontri.

"Spiegazione!, dirai forse, cosa può avere Elizabeth da spiegare? Se dirai davvero così, le mie domande avranno avuto la loro risposta e tutti i miei dubbi svaniranno. Ma sei lontano da me e può darsi che tu tema e insieme desideri questa spiegazione; e nel caso che le cose stiano veramente così, non oso rimandare e ti scrivo quello che durante la tua assenza ho spesso desiderato dirti, non avendo però mai il coraggio di cominciare.

"Tu sai, Victor, che la nostra unione è stata il sogno accarezzato dai tuoi genitori sin dalla nostra infanzia. Ce ne parlarono da piccoli e ci fu insegnato a considerarla come un fatto che si sarebbe senz'altro verificato. Durante la fanciullezza, siamo stati affettuosi compagni di gioco, e poi, una volta cresciuti, io credo, cari e preziosi amici. Ma poiché spesso fratello e sorella hanno una spiccata predilezione uno per l'altra, senza per questo desiderare una unione più intima, non potrebbe essere così anche nel nostro caso? Dimmelo, carissimo Victor. Te ne scongiuro, per la nostra felicità reciproca, dimmi la semplice verità: ami un'altra?

"Tu hai viaggiato e hai passato diversi anni della tua vita in Ingolstadt; e ti confesso, amico mio, che lo scorso autunno, quando ti ho visto così infelice cercare la solitudine, evitando qualunque compagnia, non ho potuto fare a meno di pensare che forse tu ti rammaricassi del nostro legame e ti credessi impegnato sul tuo onore ad adempiere ai desideri dei tuoi genitori, anche se contrari alle tue inclinazioni. Ma questo sarebbe un modo sbagliato di ragionare. Ti confesso, amico mio, che ti amo, e che nei miei sogni sul futuro, tu sei sempre stato il mio unico amico e compagno. Ma è la tua felicità come la mia che desidero quando ti dico che il nostro matrimonio mi renderebbe per sempre infelice se non fosse dettato da una tua libera scelta. Anche adesso piango a pensare che, oppresso come sei dalla più crudele sfortuna, forse stai soffocando con la parola *onore* ogni speranza di quell'amore e di quella felicità che, sole, potrebbero restituirti a te stesso. Io, che sento per te un affetto così disinteressato, potrei decuplicare la tua infelicità essendo di ostacolo ai tuoi desideri. Ah! Victor, sii certo che la tua cugina e compagna di giochi nutre per te un amore troppo sincero per non sentirsi triste di fronte a una tale supposizione. Sii felice, amico mio, e se obbedirai a questa mia sola richiesta, stai certo che niente al mondo potrà infrangere la mia pace.

"Non disturbarti per questa lettera: non rispondermi domani o dopodomani, o nemmeno prima di arrivare qui, se ciò ti dà pena. Lo zio mi manderà notizie della tua salute; e se, quando ci incontreremo, vedrò anche un solo sorriso sulle tue labbra, dovuto a questo o ad altri miei tentativi, non avrò bisogno di altra felicità.

Elizabeth Lavenza

Ginevra, 18 maggio 17--"

Questa lettera mi riportò alla memoria quello che avevo dimenticato, la minaccia del demone: "*Sarò con te la notte delle tue nozze*". Questa era la mia condanna, e quella notte il demone avrebbe impiegato ogni sua arte per distruggermi, e strapparmi quel barlume di felicità che prometteva di consolarmi in parte delle mie sofferenze. Quella notte, aveva deciso di coronare i suoi crimini con la mia morte. Bene, fosse pure così: in quel momento avrebbe avuto luogo una lotta mortale in cui, se lui avesse vinto, io avrei riposato in pace e il suo potere su di me sarebbe cessato. Se avessi vinto io, sarei stato un uomo libero. Ahimè! Quale libertà? Quella di cui gode il contadino quando la sua famiglia gli sia stata massacrata davanti agli occhi, la casa bruciata, le terre devastate, e lui sia costretto ad andare ramingo, senza dimora, senza denaro, solo, ma libero. Questa sarebbe stata la mia libertà: ma nella mia Elizabeth avevo un tesoro, controbilanciato, ahimè!, dagli orrori del rimorso e del senso di colpa che mi avrebbero perseguitato fino alla morte.

Dolce e adorata Elizabeth! Leggevo e rileggevo la sua lettera, e sentimenti più dolci mi si insinuavano in cuore e osavano bisbigliarmi di sogni paradisiaci d'amore e di gioia; ma la mela era stata già morsa e la spada dell'angelo sguainata per cacciarmi lungi da ogni speranza. Tuttavia per renderla felice sarei morto. Se il mostro avesse messo in atto la sua minaccia, la morte era inevitabile; eppure mi chiedevo se il mio matrimonio avrebbe davvero affrettato il mio destino. La mia distruzione poteva avvenire qualche mese prima; d'altra parte, se il mio torturatore avesse sospettato che io rimandavo a causa delle sue minacce, avrebbe trovato altri e forse più terribili modi di vendicarsi. Aveva giurato di *"essere con me la notte delle mie nozze"*, ma non aveva considerato questa minaccia come una promessa di tregua nell'intervallo, perché, quasi a mostrarmi che non era ancora sazio di sangue, subito dopo aver pronunciato la sua minaccia aveva ucciso Clerval. Decisi quindi che se un matrimonio immediato con mia cugina avesse fatto la felicità di lei e di mio padre, i disegni del mio avversario su di me non dovevano ritardarlo di una sola ora.

In questo stato d'animo scrissi a Elizabeth. La mia lettera era calma e affettuosa. "Temo, mia fanciulla adorata" dicevo "che ci resti poca felicità su questa terra; tuttavia, quella che io potrò forse ottenere un giorno, mi viene da te. Scaccia le tue inutili paure: consacro a te sola la mia vita e i miei tentativi di essere felice. Ho un segreto, Elizabeth, un terribile segreto; quando te l'avrò rivelato, ti farà gelare d'orrore, e allora lungi dal sorprenderti della mia infelicità, ti meraviglierai che io sia riuscito a sopravvivere a quanto ho dovuto sopportare. Ti confiderò questa storia d'angoscia e di terrore il giorno dopo il nostro matrimonio; perché, mia dolce cugina, tra noi ci deve essere un'assoluta confidenza. Ma, fino ad allora, ti scongiuro di non ricordarmelo e non alludervi mai. Te lo chiedo molto francamente, e so che mi esaudirai."

Circa una settimana dopo l'arrivo della lettera di Elizabeth, eravamo di ritorno a Ginevra. La dolce fanciulla mi accolse con caldo affetto, ma, quando vide il mio corpo emaciato e le guance febbricitanti, le spuntarono le lacrime. Anche in lei notai un cambiamento. Era più sottile, e aveva perso molto di quella divina vivacità che un tempo mi aveva affascinato, ma la sua dolcezza e i teneri sguardi di compassione la rendevano una compagna più adatta a un essere distrutto e infelice come me.

La tranquillità di cui ora godevo non durò a lungo. La memoria portò con sé la pazzia; quando pensavo a quel che avevo passato, mi prendeva una vera e propria follia: a volte montavo su tutte le furie e smaniavo di rabbia, altre ero depresso e abbattuto. Non parlavo e non guardavo nessuno, ma sedevo immobile, sbigottito dalla moltitudine di sventure che mi travolgevano.

Solo Elizabeth aveva il potere di trarmi da questi eccessi: la sua voce gentile mi calmava quando ero trascinato dalla furia, e tornava a ispirarmi sentimenti umani quando sprofondavo nel torpore. Piangeva con me e per me. Quando la ragione ritornava, mi rimproverava e cercava di infondermi rassegnazione. Ah!, rassegnarsi va bene per lo sventurato, ma per il colpevole non c'è pace. L'angoscia del rimorso avvelena il piacere che altrimenti si proverebbe, a volte, ad abbandonarsi a un eccesso di dolore.

Subito dopo l'arrivo, mio padre parlò di un mio immediato matrimonio con Elizabeth. Rimasi in silenzio.

«Hai qualche altro legame, allora?»

«Nessuno al mondo. Amo Elizabeth, e aspetto con gioia la nostra unione. Si fissi quindi il giorno, e allora mi consacrerò, vivo o morto, alla felicità di mia cugina.»

«Mio caro Victor, non parlare così. Grandi disgrazie ci hanno colpiti, ma teniamoci perciò ancora più stretto quel che ci resta, e offriamo l'amore per coloro che abbiamo perso a coloro che ancora vivono. La nostra cerchia sarà piccola, ma profondamente unita da legami di affetto e dalla comune sventura. E quando il tempo avrà addolcito la tua disperazione, nuovi, cari oggetti di premure saranno nati che prenderanno il posto di quelli di cui siamo stati così crudelmente privati.»

Questi gli ammonimenti di mio padre. Ma mi tornava di continuo il ricordo di quella minaccia; e non potete meravigliarvi se, onnipotente come il demone si era dimostrato finora nelle sue imprese di sangue, io lo considerassi quasi invincibile, e se, quando aveva pronunciato le parole *"Sarò con te la notte delle tue nozze"*, credessi inevitabile il destino che mi minacciava. Ma la morte non rappresentava un male per me in confronto alla perdita di Elizabeth; e quindi, con viso lieto, anzi allegro, decisi con mio padre che se mia cugina era d'accordo, la cerimonia avrebbe avuto luogo entro dieci giorni: e così mi parve di mettere un suggello al mio destino.

Gran Dio! Se avessi immaginato per un solo istante le vere, diaboliche intenzioni del mio infernale nemico, mi sarei condannato all'esilio lontano dalla patria e avrei vagato sulla terra al bando e senza amici, piuttosto che consentire a questo disgraziato matrimonio. Ma, come se fosse in possesso di poteri magici, il mostro mi aveva reso cieco alle sue vere intenzioni, e, mentre credevo di avere preparato la mia morte, avevo invece affrettato quella di una vittima ben più preziosa.

Man mano che si avvicinava l'ora fissata per il nostro matrimonio, fosse vigliaccheria o presentimento, mi sentivo mancare il cuore. Ma nascondevo i miei sentimenti, fingendo un'allegria che metteva gioia e sorrisi sul volto di mio padre, ma che a malapena ingannava l'occhio sempre attento e più perspicace di Elizabeth. Questa attendeva la nostra unione con tranquilla serenità, non priva però del timore, causato dalle precedenti disgrazie, che quella che sembrava una felicità tangibile e sicura sarebbe potuta sparire d'un tratto come un vano sogno senza lasciare alcuna traccia se non un profondo ed eterno rimpianto.

Furono fatti preparativi per la grande occasione; ricevemmo visite di auguri e tutti avevano un volto sorridente. Io tenevo chiusa in cuore come potevo l'ansia che mi dilaniava, e partecipavo con apparente entusiasmo ai progetti di mio padre, anche se questi sarebbero forse serviti solo come messa in scena per la mia tragedia. Per interessamento di mio padre, parte dell'eredità di Elizabeth le era stata restituita dal governo austriaco. Sulle rive del lago di Como c'era un piccolo possedimento di sua proprietà. Fu stabilito che subito dopo la cerimonia ci saremmo recati a Villa Lavenza, e avremmo passato i primi giorni della nostra felicità sulle rive del bel lago dove era situata.

Nel frattempo presi ogni precauzione per proteggere la mia persona nel caso che il demone mi attaccasse apertamente. Portavo sempre su di me un pugnale e le pistole, e stavo continuamente all'erta per prevenire un agguato. In questo modo raggiunsi una maggiore tranquillità. Anzi, via via che la data si avvicinava, la minaccia acquistava sempre più l'aspetto di qualcosa di illusorio, tale da non potere disturbare la mia pace mentre la felicità che speravo di ottenere con il matrimonio assumeva contorni sempre più precisi, a mano a mano che il giorno fissato per la celebrazione si avvicinava e io ne sentivo parlare in continuazione come di un avvenimento che nessun incidente avrebbe potuto impedire.

Elizabeth sembrava felice; il mio comportamento tranquillo contribuiva molto alla calma del suo animo. Ma il giorno che doveva vedere l'avverarsi dei miei desideri e, insieme, del mio destino, era malinconica e la pervadeva un presentimento di sventura; forse pensava anche a quello spaventoso segreto che avevo promesso di rivelarle il giorno dopo. Nel frattempo, mio padre era esultante, e tra la confusione dei preparativi non vedeva nella malinconia della nipote se non le titubanze di una sposa.

Dopo la cerimonia, un gran numero di invitati si radunò a casa di mio padre, ma era deciso che io ed Elizabeth avremmo cominciato il nostro viaggio per via d'acqua, dormendo quella notte a Evian, per proseguire il giorno dopo. La giornata era bella, il vento favorevole, tutto arrideva alle nostre nozze e al nostro imbarco.

Quelli furono gli ultimi momenti della mia vita in cui provai un senso di felicità. Scivolavamo veloci sull'acqua; il sole era caldo, ma eravamo riparati dai suoi raggi da una sorta di baldacchino, e ci godevamo la bellezza della scena: ora costeggiando una riva del lago, vedevamo il monte Salêve, le dolci pendici del Montalègre, e in distanza, a dominare il tutto, il magnifico Monte Bianco e il gruppo di montagne incappucciate di neve che inutilmente si sforzano di gareggiare con lui; ora, costeggiando la riva opposta, vedevamo il Giura possente, che mostra il suo cupo aspetto all'ambizioso che lascia il paese natio e forma una barriera quasi insormontabile per l'invasore che voglia soggiogarlo.

Presi la mano di Elizabeth: «Sei triste, amore mio. Ah!, se sapessi quel che ho sofferto e che cosa forse mi aspetta, cercheresti di lasciarmi godere la pace e l'assenza di disperazione che questo giorno almeno mi permette di provare».

«Sii felice, mio caro Victor» replicò Elizabeth; «non c'è nulla, spero, che ti turbi; e sii certo che, anche se non ho dipinta in viso un'espressione di gioia, il mio cuore è contento. Qualcosa mi sussurra di non fidarmi troppo della prospettiva che ci si apre davanti; ma non ascolterò una voce così sinistra. Guarda come avanziamo veloci e come le nubi, che a volte oscurano e a volte si levano più alte del Monte Bianco, rendono ancora più interessante questa scena piena di bellezza. Guarda anche quanti pesci nuotano nell'acqua limpida, dove si può distinguere ogni sasso del fondo. Che giornata divina! Come appare serena e felice tutta la natura!»

Così Elizabeth cercava di deviare il corso dei suoi e dei miei pensieri, allontanandolo da riflessioni e argomenti malinconici. Ma il suo umore era mutevole: in alcuni momenti la gioia le splendeva negli occhi, ma cedeva poi sempre il posto a un'espressione assente e trasognata.

Il sole si abbassò; passammo il fiume Drance e ne osservammo il corso prima giù per i burroni delle colline più alte, poi per le valli di quelle più basse. Le Alpi qui scendono ancora di più a sfiorare il lago, e ci avvicinammo ora all'anfiteatro di montagne che ne formano il confine orientale. Il campanile di Evian scintillava tra i boschi che lo circondavano e tra il susseguirsi di catene montuose che lo sovrastavano.

Il vento che finora ci aveva sospinto con straordinaria rapidità divenne al tramonto una leggera brezza; l'aria dolce increspava appena la superficie dell'acqua e provocava un piacevole movimento tra gli alberi mentre ci avvicinavamo alla riva, da cui ci giungeva a ondate un delizioso profumo di fiori e di fieno. Quando sbarcammo, il sole stava calando all'orizzonte, e, come toccai terra, sentii ridestarsi in me tutte le preoccupazioni e le paure che ben presto dovevano riafferrarmi e non lasciarmi mai più.

Capitolo XXIII

Quando sbarcammo erano le otto; per un po' passeggiammo sulla spiaggia, godendoci l'ultima luce del sole; poi entrammo nella locanda e contemplammo la scena magnifica delle acque, dei boschi e delle montagne, rese scure dal buio, ma di cui si distinguevano ancora i neri contorni.

Il vento, che era calato da sud, ora si levò con gran violenza da ovest. La luna in cielo aveva raggiunto il culmine, e cominciava a scendere; le nuvole le passavano davanti più veloci del volo dell'avvoltoio, e ne offuscavano i raggi, mentre il lago rifletteva la scena animata del cielo, resa ancora più mossa dalle onde agitate che cominciavano a levarsi. All'improvviso si rovesciò un violento acquazzone.

Ero stato calmo tutto il giorno; ma appena la notte nascose la forma delle cose, mi nacquero mille paure. Ero ansioso, all'erta, la destra serrata sull'impugnatura della pistola nascosta in petto; qualsiasi rumore mi terrorizzava, ma ero risoluto a vendere cara la vita e a non fuggire lo scontro finché uno dei due non fosse morto.

Elizabeth osservò per un po' la mia agitazione in un silenzio timido e impaurito. Ma c'era qualcosa nel mio sguardo che le comunicò il mio terrore, e tremando mi chiese: «Cosa ti agita, mio caro Victor? Che cosa temi?».

«Oh!, zitta, zitta, amore mio» risposi; «ancora questa notte, e poi tutto sarà a posto; ma questa notte è terribile, proprio terribile.»

Passai un'ora in questo stato d'animo, quando, all'improvviso, mi resi conto di come sarebbe stato terrificante per mia moglie assistere alla lotta che mi aspettavo da un momento all'altro, e la pregai caldamente di ritirarsi a riposare, decidendo di raggiungerla solo dopo aver capito dove potesse essere il mio nemico.

Mi lasciò, e io continuai per un po' a camminare su e giù per i corridoi della casa e a ispezionare ogni angolo che potesse offrire un nascondiglio al mio avversario. Ma non ne trovai traccia, e cominciai a pensare che qualche fortunata coincidenza fosse sopravvenuta a sventare la messa in atto delle sue minacce; quando, all'improvviso, udii un grido acuto e spaventoso. Veniva dalla stanza in cui Elizabeth si era ritirata. Appena l'udii, d'un tratto la verità mi balenò in mente: le braccia mi ricaddero lungo i fianchi, il movimento di ogni muscolo e di ogni fibra fu sospeso; potevo sentire il sangue scorrermi nelle vene e formicolarmi nelle estremità. Questo stato non durò che un istante: l'urlo si ripeté e io mi precipitai nella stanza.

Gran Dio! Perché non esalai allora l'ultimo respiro! Perché sono ancora qui a raccontare la distruzione della più bella speranza e della più pura creatura della terra? Era lì, inanimata e senza vita, buttata attraverso il letto, la testa che le pendeva a terra, e i tratti pallidi e distorti seminascosti dai capelli. Dovunque mi giri, vedo sempre la stessa figura: le braccia esangui e il corpo abbandonato scagliato dall'assassino sulla sua bara nuziale. Potevo vedere tutto ciò e continuare a vivere? Ahimè, la vita è ostinata e si abbarbica tanto più forte laddove più è odiata.

Persi conoscenza solo per un attimo, e caddi a terra privo di sensi.

Quando rinvenni, mi trovai circondato dalla gente della locanda: il loro viso esprimeva un terrore mortale, ma l'orrore degli altri sembrava solo una parodia, un'ombra dei sentimenti che mi opprimevano. Li fuggii, precipitandomi nella stanza dove giaceva il corpo di Elizabeth, mia moglie, il mio amore, che poco prima era viva, così cara, così preziosa. Era stata rimossa dalla posizione in cui l'avevo vista la prima volta, e ora, mentre giaceva con la testa sul braccio e un fazzoletto gettato sul viso e sul collo, potevo quasi credere che dormisse. Mi precipitai verso di lei e la abbracciai con ardore, ma la pesantezza mortale e il freddo delle sue membra mi dissero che quella che avevo ora tra le braccia aveva cessato di essere l'Elizabeth che avevo amato e adorato. Aveva sul collo i segni della stretta dell'assassino, e il respiro aveva cessato di uscirle dalle labbra.

Mentre nell'agonia della disperazione ero ancora chino su di lei, mi capitò di alzare gli occhi. Le finestre prima erano chiuse, e provai una specie di panico nel vedere ora la luce gialla e pallida della luna illuminare la stanza. Le imposte erano state spalancate, e con un senso di orrore indescrivibile vidi, nell'inquadratura della finestra, una figura, la più terribile e aborrita. Un ghigno si disegnava sul viso del mostro: sembrava schernirmi, mentre col dito infernale indicava il cadavere di mia moglie. Mi precipitai alla finestra, ed estraendo la pistola dal petto feci fuoco; ma egli mi sfuggì, abbandonò la sua posizione e di corsa, con la velocità del lampo, si tuffò nel lago.

L'eco del colpo di pistola fece accorrere una folla di gente nella stanza. Indicai il punto dove egli era scomparso, e ne seguimmo le tracce con delle barche; furono anche gettate delle reti, ma inutilmente. Dopo molte ore, tornammo scoraggiati, la maggior parte dei miei compagni convinti che si trattasse di un'illusione della mia fantasia. Giunti a terra, cominciarono a cercare per la campagna, formando dei gruppi che battevano in diverse direzioni i boschi e le vigne.

Tentai di accompagnarli, e mi allontanai per un breve tratto dalla casa; ma mi girava la testa, e camminavo col passo di un ubriaco. Caddi infine in uno stato di totale sfinimento; un velo mi scese sugli occhi mentre la pelle mi bruciava per la febbre. In queste condizioni fui riportato indietro e messo a letto, appena cosciente di quel che era successo; i miei occhi vagavano per la stanza come cercando qualcosa che avevo perduto.

Dopo un po' mi alzai, e come d'istinto mi trascinai nella stanza dove giaceva il cadavere della mia adorata. Intorno c'erano delle donne che piangevano – mi chinai su di esso, e unii le mie lacrime alle loro – e in tutto questo tempo nessuna idea chiara mi passò per la mente; i miei pensieri vagavano da un soggetto all'altro, con una riflessione confusa sulle mie sventure e sulla loro causa. Ero avvolto in una nube di stupore e di orrore. La morte di William, l'esecuzione di Justine, l'assassinio di Clerval e infine quello di mia moglie: non sapevo nemmeno se i miei cari ancora superstiti erano al sicuro dalla malvagità del demone; forse in quello stesso momento mio padre si torceva sotto la sua stretta, ed Ernest poteva giacere morto ai suoi piedi. Questa idea mi fece raccapricciare, e mi richiamò all'azione. Mi levai di scatto e decisi di tornare a Ginevra il più in fretta possibile.

Non si trovavano cavalli, per cui dovevo tornare attraverso il lago; ma il vento era sfavorevole, e la pioggia cadeva a torrenti. Comunque, faceva appena

giorno, e potevo sperare di arrivare prima di sera. In-
gaggiai dei rematori e presi io stesso un remo, perché nell'esercizio fisico avevo sempre trovato sollievo ai tormenti della mente. Ma il dolore smisurato
che ora provavo e l'estrema agitazione mi rendevano
incapace di qualsiasi sforzo. Buttai il remo, e appog-
giando il capo sulle mani diedi libero corso a tutti i
cupi pensieri che mi venivano in mente. Se levavo lo
sguardo, vedevo scene che mi erano state familiari in
tempi più felici, e che solo il giorno prima avevo contemplato in compagnia di colei che ora era solo
un'ombra e un ricordo. Le lacrime mi sgorgavano
dagli occhi. La pioggia cessò per un momento, e vidi
i pesci giocare nell'acqua come avevano fatto solo
poche ore prima: allora, Elizabeth li aveva guardati.
Niente è così doloroso per la mente umana quanto
un improvviso e drastico cambiamento. Che splen-
desse il sole o calassero basse le nubi, niente poteva
apparirmi come mi era apparso il giorno prima. Un
demone mi aveva strappato ogni speranza di felicità
futura, nessuno prima di me era mai stato così infelice; un evento così terribile è unico nella storia del-
l'uomo.

Ma perché dovrei indugiare a descrivere gli avvenimenti che fecero seguito a quest'ultimo episodio
sconvolgente? La mia è una storia d'orrori; ne ho
raggiunto l'acme, e quel che posso raccontarvi adesso non potrà che sembrarvi noioso. Sappiate solo
che i miei cari mi furono strappati uno a uno: sono
rimasto solo. Le mie forze sono esaurite, e vi devo
raccontare in poche parole quello che resta di questa
orrenda storia.

Arrivai a Ginevra. Mio padre e Ernest erano ancora vivi, ma il primo venne meno sotto il peso delle
notizie che portavo. Lo vedo ancora, straordinario,
venerabile vecchio! I suoi occhi si guardano attorno,

vuoti, privati di ogni attrattiva e gioia – la sua Elizabeth, più che una figlia, colei che aveva adorato con l'affetto di un uomo che, sul declinare degli anni, rimasto con pochi affetti, si aggrappa più intensamente a quelli che gli restano. Maledetto, maledetto il demone che sparse l'infelicità sui suoi capelli bianchi e lo condannò a morire di dolore! Non riuscì a sopravvivere agli orrori che gli si affollavano intorno, la molla dell'esistenza si spezzò all'improvviso: non fu più in grado di alzarsi da letto, e in pochi giorni mi morì tra le braccia.

Che cosa mi accadde allora? Non lo so: persi ogni percezione, e catene e oscurità erano le sole cose che mi sentissi premere addosso. Veramente a volte sognavo di vagare per prati fioriti e valli ridenti con gli amici della mia giovinezza; ma mi svegliavo, e mi trovavo in una prigione. Seguì uno stato di malinconia, ma a poco a poco mi resi conto chiaramente della mia situazione e delle mie sventure, e allora fui liberato da quella prigionia. Perché mi avevano dichiarato pazzo, e per molti mesi una cella solitaria, come poi seppi, era stata la mia abitazione.

La libertà, però, sarebbe stata per me un dono inutile, se insieme alla ragione non si fosse risvegliato in me il desiderio di vendetta. Man mano che la memoria delle disgrazie passate mi incalzava, cominciai a riflettere sulla loro causa: il mostro che avevo creato, il miserabile demone che per mia rovina avevo lasciato andare per il mondo. Quando pensavo a lui, mi prendeva una rabbia pazza, e desideravo ardentemente di averlo tra le mani per potere far scendere una grande e singolare vendetta sulla sua testa esecrata.

Né il mio odio si accontentò a lungo di vani desideri; cominciai a riflettere sul mezzo migliore per catturarlo, e, a questo scopo, un mese circa dopo che ero stato rilasciato, mi recai dal giudice penale della città e gli dissi che dovevo fare una denuncia: conoscevo chi aveva distrutto la mia famiglia, e gli chiedevo di esercitare tutta la sua autorità per far catturare l'assassino.

Il magistrato mi ascoltò, attento e gentile: «State certo, signore» disse «che da parte mia non verranno risparmiati sforzi per trovare il colpevole».

«Vi ringrazio» risposi; «ascoltate quindi la deposizione che ho da fare. Veramente, è una storia così strana che ho paura non le diate credito, se non ci fosse nella verità qualcosa che, per quanto straordinaria, costringe a prestarvi fede. La storia poi è troppo coerente per essere un'invenzione, e io non ho motivo di dire il falso.» Il mio tono, mentre così gli parlavo, era impressionante, ma calmo; in cuor mio avevo preso la decisione di inseguire il mio distruttore fino alla morte, e questo proposito aveva quietato la mia angoscia e per un po' mi aveva riconciliato con la vita. Raccontai quindi la mia storia, brevemente ma con fermezza e precisione, citando le date con accuratezza e non indulgendo mai a esclamazioni e invettive.

Il magistrato sembrava dapprima completamente incredulo, ma, via via che procedevo, diventava sempre più attento e interessato; lo vedevo a tratti rabbrividire d'orrore, altre volte gli si dipingeva in volto una viva sorpresa, ma senza incredulità.

Alla fine della mia narrazione dissi: «Questo è l'essere che io accuso, e per la cui cattura e punizione vi chiedo di esercitare tutti i vostri poteri. Come magistrato, è vostro dovere farlo; penso, e spero, che come uomo i vostri sentimenti non si rifiutino in questa occasione di esercitare quelle funzioni».

Questo discorso provocò un notevole cambiamento nella fisionomia del mio ascoltatore. Aveva seguito la mia storia con quella strana credulità che si presta a un racconto di spiriti e di eventi soprannaturali; ma quando gli fu chiesto di agire ufficialmente di conseguenza, tutta la sua incredulità ritornò con forza. Mi rispose però con pacatezza: «Vi offrirei volentieri ogni aiuto nella vostra impresa, ma la creatura di cui parlate sembra avere poteri che renderebbero vani tutti i miei sforzi. Chi può inseguire un animale che riesce ad attraversare il mare di ghiaccio o abita in caverne e nascondigli dove nessun uomo oserebbe avventurarsi? Inoltre, sono passati alcuni mesi da quando ha commesso questi crimini, e nessuno è in grado di indovinare dove si aggiri o in che regione si trovi adesso».

«Non dubito che egli si aggiri presso il luogo dove io abito; e se invece avesse cercato rifugio sulle Alpi, si può dargli la caccia come a un camoscio, e lo si può uccidere come un animale da preda. Ma capisco quel che pensate: voi non date credito al mio racconto, e non intendete inseguire il mio nemico e dargli la punizione che si merita.»

Mentre parlavo, l'ira mi brillava negli occhi; il magistrato ne fu intimidito. «Vi sbagliate» disse «farò certamente ogni sforzo; e se è in mio potere catturare il mostro, state certo che subirà una punizione proporzionata ai suoi crimini. Ma temo, dalla descrizione che mi avete fatto delle sue caratteristiche, che la cosa non sia fattibile; quindi, anche se verrà presa ogni misura necessaria, dovete preparavi a una delusione.»

«È impossibile; ma tutto quello che potrei dire non servirebbe a nulla. La mia vendetta non vi interessa; eppure, anche se ammetto che ciò è male, confesso che è la sola, divorante passione della mia anima. La mia ira è indicibile quando penso che l'assassino, che ho sguinzagliato nella nostra società, è ancora vivo. Voi rifiutate la mia giusta richiesta; mi resta una sola risorsa: vivo o morto, mi dedicherò alla sua distruzione.»

Parlando, tremavo per l'intensa agitazione: c'era come una frenesia nei miei modi, e certo anche qualcosa di quella altera fierezza che si dice avessero i martiri di un tempo. Ma per un magistrato di Ginevra, la cui mente era occupata da ben altre cose che la dedizione all'eroismo, questo slancio aveva tutta l'aria della pazzia. Cercò di calmarmi come fa la governante con un bambino, e alluse alla mia storia come a un effetto del delirio.

«Uomo, come sei ignorante nell'orgoglio della tua sapienza» esclamai. «Taci, non sai quello che dici.»

Mi precipitai fuori da quella casa agitato e furibondo, e mi ritirai a meditare su un altro piano d'azione.

Capitolo XXIV

La situazione in cui mi trovavo era una di quelle in cui ogni pensiero razionale veniva inghiottito e cancellato. Ero come spronato da una furia; solo il desiderio di vendetta mi dava forza e pacatezza, informava i miei sentimenti e mi permetteva di essere calmo e deciso in momenti in cui, altrimenti, non mi sarebbe rimasto altro scampo se non il delirio o la morte.

La mia prima decisione fu di lasciare Ginevra per sempre: il mio paese, che mi era stato così caro quando ero amato e felice, ora, nell'avversità, mi era diventato odioso. Presi con me una certa somma di denaro e dei gioielli che erano appartenuti a mia madre, e partii.

E così cominciarono le mie peregrinazioni, che cesseranno solo con la morte. Ho attraversato gran parte della terra, e ho sopportato tutte le difficoltà che i viaggiatori sono destinati a incontrare nei deserti e nei paesi barbari. Non so come sono sopravvissuto: molte volte ho posato le stanche membra su una distesa di sabbia e ho invocato la morte. Ma il desiderio di vendetta mi ha tenuto in vita: non potevo morire e lasciare vivo il mio avversario.

Quando abbandonai Ginevra, la mia prima preoccupazione fu di procurarmi qualche indizio per ritrovare le tracce del mio infernale nemico. Ma i miei piani erano vaghi, e girai molte ore ai confini della città, incerto sulla strada da prendere. All'avvicinarsi della notte, mi ritrovai all'entrata del cimitero dove riposavano William, Elizabeth e mio padre. Entrai, e mi avvicinai al tumulo che indicava il luogo dove erano sepolti. Tutto era silenzio, eccetto per le foglie degli alberi, dolcemente mosse dal vento; la notte era quasi completamente buia, e la scena sarebbe stata solenne e commovente anche per un osservatore disinteressato. Lo spirito dei dipartiti sembrava aleggiare intorno e gettare un'ombra invisibile, ma egualmente percepibile, intorno al capo del visitatore.

Il profondo dolore che, a tutta prima, questa scena aveva suscitato esplose presto in rabbia e disperazione. Essi erano morti, e io vivevo; anche il loro assassino era ancora vivo, e per distruggerlo dovevo continuare a trascinare la mia stanca esistenza. Mi inginocchiai sull'erba, baciai il suolo, e con labbra frementi dissi: «Per la santa terra su cui sono inginocchiato, per le ombre che vagano intorno, per il profondo ed eterno dolore che provo, giuro – e per te, o Notte, e per gli spiriti che presiedono su di te – di inseguire il demone che ha causato tutta questa infelicità, finché o lui o io periamo in una lotta mortale. A questo scopo mi conserverò in vita; per eseguire questa cara vendetta, vedrò di nuovo il sole e calcherò le verdi zolle, che altrimenti scomparirebbero per sempre dai miei occhi. E invoco voi, spiriti dei morti, e voi, ministri erranti della vendetta, di guidarmi e consigliarmi nel mio compito. Fate che quel maledetto mostro d'inferno sia preda dell'angoscia; fate che provi la disperazione che ora tormenta me».

Avevo cominciato questa invocazione con solennità e con un senso di timore reverenziale, tale che mi fece quasi credere che le ombre dei miei cari uccisi mi sentissero e approvassero la mia preghiera;

ma quando giunsi alla fine, le furie mi possedevano, e l'ira soffocava le mie parole.

Nella quiete della notte mi rispose una lunga, diabolica risata. Mi risuonò alta e assordante nelle orecchie, le montagne le fecero eco e mi parve che tutto l'inferno mi circondasse con risate di scherno. Certo, in quel momento avrei potuto essere travolto dalla follia e avrei distrutto la mia miserabile esistenza, se non che il mio voto era stato udito e io ero destinato alla vendetta. La risata si spense, e una voce odiosa e ben nota, apparentemente molto vicina al mio orecchio, mi bisbigliò: «Sono soddisfatto: povero disgraziato, hai deciso di vivere e io ne sono soddisfatto».

Mi precipitai verso il luogo da cui proveniva il suono, ma quel diavolo mi sfuggì. All'improvviso, il grande disco della luna sorse e illuminò la spettrale, deforme figura che fuggiva a velocità sovrumana.

Lo inseguii, e per molti mesi questo è stato il mio solo obiettivo. Guidato da deboli tracce, seguii i meandri del Rodano, ma invano. L'azzurro Mediterraneo mi comparve davanti, e per una strana coincidenza vidi il demone salire a nascondersi, di notte, in un vascello che faceva vela per il Mar Nero. Ottenni un passaggio sulla stessa nave, ma, non so come, riuscì a sfuggirmi.

Persino tra le steppe tartare e quelle della Russia, anche se continuava a eludermi, riuscii sempre a non perderne le tracce. A volte i contadini, spaventati dall'orrenda apparizione, mi informavano sulla strada che aveva preso; a volte lui stesso, temendo che mi sarei lasciato morire dalla disperazione se ne avessi perso completamente la pista, lasciava qualche indizio per guidarmi. La neve scendeva sul mio capo, e vedevo l'impronta del suo passo gigantesco sulla bianca pianura. Voi, che vi affacciate appena alla vita e a cui angosce e preoccupazioni sono ignote, come potete capire quel che provavo e ancora provo? Il freddo, il bisogno e la stanchezza non erano la cosa peggiore che fossi destinato a patire: ero stato maledetto da qualche demone e mi portavo eternamente appresso il mio inferno. Tuttavia, uno spirito del bene mi seguiva ancora e dirigeva i miei passi, e, nel momento in cui più mi lamentavo, all'improvviso mi traeva da difficoltà apparentemente insormontabili. A volte, quando il corpo, sopraffatto dalla fame, veniva meno per la stanchezza, mi veniva preparato nel deserto un pasto che mi ristorava e mi ridava le forze. Il cibo era semplice, quello che mangiano i contadini; ma non dubito che fosse preparato dagli spiriti che avevo chiamato in mio aiuto. Spesso, quando intorno tutto era arido, il cielo senza nuvole e io ero consumato dalla sete, una nube leggera oscurava il cielo, lasciava cadere qualche goccia che mi rianimava, e spariva.

Quando potevo, seguivo il corso dei fiumi, ma il demone generalmente li evitava, perché qui soprattutto si addensava la popolazione del paese. Altrove non si incontrava quasi anima viva; io di solito mi cibavo degli animali selvatici che mi attraversavano il cammino. Avevo con me del denaro, e con esso mi guadagnavo l'amicizia degli abitanti dei villaggi, oppure portavo con me la selvaggina che avevo ucciso e, tenutane per me solo una piccola parte, la offrivo a coloro che mi davano fuoco e utensili per cuocerla.

La vita mi era odiosa, vissuta così, e solo durante il sonno provavo qualche gioia. Oh, sonno benedetto! Spesso, nei momenti di maggiore infelicità, mi abbandonavo al riposo e i sogni mi cullavano fino a rapirmi in estasi. Gli spiriti che mi proteggevano mi procuravano questi momenti, anzi ore, di felicità, perché conservassi le forze necessarie a portare a termine il mio pellegrinaggio. Privo di questo sollievo, sarei caduto sotto il peso delle difficoltà. Durante il giorno ero ispirato e sostenuto dall'attesa della notte, perché nel sonno vedevo i miei cari, mia moglie e il mio amato paese; rimiravo il viso benevolo di mio padre, e udivo la voce argentina di Elizabeth, o vedevo Clerval, pieno di giovinezza e di salute. Spesso, durante una lunga, faticosa marcia, mi persuadevo che stavo sognando fino all'arrivo della notte, quando sarei tornato alla realtà e avrei abbracciato con gioia i miei carissimi amici. Che acuta tenerezza sentivo per loro! Come mi aggrappavo alle loro forme amate, che a volte non mi lasciavano neanche durante le ore del giorno, e come ero convinto che fossero ancora vivi! In quei momenti il desiderio di vendetta, che mi bruciava dentro, mi spariva dal cuore, e io continuavo il cammino che conduceva alla distruzione del demone più come un compito ordinatomi dal cielo, impulso meccanico di un qualche potere di cui non ero cosciente, che come l'ardente desiderio della mia anima.

Non so quali fossero i sentimenti di colui che inseguivo. A volte lasciava tracce scritte sulla corteccia degli alberi o incise nella pietra, che mi guidavano e alimentavano la mia furia. "Il mio regno non è ancora alla fine" (queste parole erano leggibili in una di tali scritte) "tu vivi e il mio potere su di te è totale. Seguimi; sto dirigendomi verso i ghiacci eterni del Nord, dove troverai le sofferenze di un freddo gelido, da cui io sono immune. Qui vicino, se non mi segui troppo a distanza, troverai una lepre morta; mangiala e ristorati. Su, mio nemico: dobbiamo ancora lottare per le nostre vite, ma prima che arrivi quel momento devi ancora sopportare molte ore difficili e infelici."

Diavolo beffardo! Ancora una volta giuro vendetta, ancora una volta infame demonio, ti destino alle torture e alla morte. Non rinuncerò mai a questo inseguimento, finché o lui o io non moriamo; e poi con quale estasi mi ricongiungerò alla mia Elizabeth e ai miei cari perduti, che stanno già preparando il premio del mio logorante travaglio e di questo orribile pellegrinaggio!

Man mano che continuavo il viaggio verso il nord, la neve diventava sempre più alta finché il freddo arrivò quasi al punto di essere insopportabile. I contadini restavano rinchiusi nei loro casolari, e solo alcuni dei più audaci si avventuravano fuori a catturare quegli animali che la fame aveva costretto a uscire dalle loro tane in cerca di preda. I fiumi erano coperti di ghiaccio, e non ci si poteva procurare del pesce; e così restai tagliato fuori dalla mia principale fonte di sostentamento.

Il trionfo del mio nemico cresceva con i miei disagi e le mie fatiche. Una delle iscrizioni che mi lasciò diceva: "Preparati! Le tue difficoltà stanno cominciando solo ora: avvolgiti in pellicce e procurati del cibo, perché presto inizieremo un viaggio in cui le tue sofferenze daranno finalmente soddisfazione al mio odio eterno".

A queste parole beffarde, il mio coraggio e la mia perseveranza si riaccesero; decisi di non fallire nel mio proposito, e, invocando il Cielo in mio aiuto, continuai ad attraversare immense lande deserte con fervore immutato, finché all'estremo confine dell'orizzonte non comparve l'oceano. Oh! com'era diverso dagli azzurri mari del sud! Coperto di ghiaccio, si distingueva dalla terraferma solo per la sua superficie più desolata e irregolare. I greci piansero di gioia quando dalle colline dell'Asia all'improvviso videro il Mediterraneo, e salutarono festanti la fine delle loro fatiche. Io non piansi, ma mi inginocchiai, e col cuore gonfio ringraziai gli spiriti che mi guidavano per avermi condotto in salvo al luogo dove, nonostante il sarcasmo del mio avversario, speravo di incontrarlo e di ingaggiarlo in una lotta corpo a corpo.

Alcune settimane prima mi ero procurato una slitta e dei cani, e così avevo attraversato le nevi a una velocità incredibile. Non so se il demone si avvalesse degli stessi mezzi, ma scoprii che, mentre prima ogni giorno perdevo terreno, ora invece ne guadagnavo; tanto che, quando vidi per la prima volta l'oceano, egli era a un solo giorno di vantaggio, e io speravo di intercettarlo prima che arrivasse alla costa. Ripresi dunque il cammino con rinnovato coraggio, e dopo un paio di giorni arrivai a un povero villaggio sulla riva del mare. Chiesi agli abitanti notizie del demone, e ne ottenni informazioni precise. Un mostro gigantesco, dissero, era arrivato la notte precedente, armato di fucile e di diverse pistole, e aveva fatto fuggire gli abitanti di una casa isolata, impauriti dal suo aspetto terrificante. Aveva portato via le loro scorte di cibo per l'inverno, e, postele su una slitta, dopo aver rubato una muta numerosa di cani addestrati, li aveva attaccati, e la notte stessa, con sollievo degli abitanti inorriditi, aveva continuato il suo viaggio sul mare ghiacciato in una direzione che non portava a nessuna terra; ed essi ne dedussero che sarebbe stato presto travolto dalla rottura dei ghiacci, o che sarebbe rimasto imprigionato nel loro gelo eterno.

A questa notizia, ebbi un momentaneo accesso di disperazione. Mi era sfuggito, e dovevo cominciare un viaggio pericoloso e quasi interminabile attraverso le montagne di ghiaccio dell'oceano, con un freddo che pochi degli abitanti riuscivano a sopportare a lungo e a cui io, nativo di un clima mite e soleggiato, non potevo sperare di sopravvivere. Tuttavia, all'idea che il demone vivesse e trionfasse su di me, la mia rabbia e il mio desiderio di vendetta si ridestarono, e travolsero, come una marea irresistibile, ogni altro sentimento. Dopo un breve riposo, durante il quale gli spiriti dei morti mi aleggiarono intorno e mi incitarono alla fatica e alla vendetta, mi preparai al viaggio.

Cambiai la slitta da terra con una costruita per la superficie irregolare dell'oceano ghiacciato, e, acquistata una abbondante scorta di provviste, abbandonai la terraferma.

Non so quanti giorni siano passati da allora; ma ho sopportato sofferenze che solo l'eterno sentimento di una giusta ricompensa che mi bruciava in cuore poté mettermi in grado di superare. Immense e frastagliate montagne di ghiaccio mi sbarravano spesso il cammino, e spesso sentivo il rombo del mare tumultuoso che mi minacciava di morte. Ma il gelo scendeva di nuovo, e rendeva sicuri i sentieri del mare.

Dalla quantità di provviste che avevo consumato, suppongo di aver viaggiato per tre settimane; e la continua tensione della speranza, che rientrava in cuore delusa, spesso mi strappava lacrime amare di dolore e di sconforto. La disperazione si era quasi impadronita della sua preda e presto sarei caduto sotto il peso di queste sofferenze. Un giorno, dopo che i poveri animali che mi trainavano avevano con immensa fatica raggiunto la cima di un'erta montagna di ghiaccio, e uno di essi era morto per la fatica, guardavo con angoscia la distesa sotto di me, quando all'improvviso il mio occhio scorse una macchia scura sulla pianura desolata. Aguzzai la vista per scoprire cosa fosse, e gettai un urlo di giubilo quando distinsi una slitta e su di essa le proporzioni abnormi di una ben nota figura. Oh!, con che fiotto bruciante la speranza tornò a visitare il mio cuore! Lacrime calde mi riempirono gli occhi; le asciugai in fretta, perché non mi impedissero la vista di quel demonio; ma di nuovo la vista mi fu velata da lacrime ardenti, e allora, cedendo alle emozioni che mi premevano dentro, scoppiai in singhiozzi.

Ma non era il momento di indugiare. Liberai i cani dal compagno morto, e diedi loro un'abbondante razione di cibo; dopo un'ora di riposo, assolutamente necessaria per loro ma estremamente ingrata per me, continuai il cammino. La slitta era ancora visibile, e non la perdevo di vista, eccetto che nei momenti in cui qualche ammasso di ghiaccio si frapponeva tra noi con le sue balze irregolari. Avevo sensibilmente guadagnato terreno, e, quando dopo circa due giorni vidi il mio nemico a non più di un miglio di distanza, il cuore mi balzò in petto.

Ma proprio nel momento in cui l'avevo a portata di mano, all'improvviso le mie speranze andarono distrutte e ne persi le tracce del tutto, come non era mai successo prima. Si udì il ribollire del mare; mentre le acque si levavano gonfiandosi sotto di me, il rombo del suo crescere diventava ogni momento più minaccioso e terrificante. Mi lanciai in avanti, ma invano. Si alzò il vento; il mare ruggì, e, come per una immane scossa di terremoto, il ghiaccio si divise, spaccandosi con un suono assordante e tremendo. Subito tutto finì: in pochi istanti un mare in tumulto si stese tra me e il mio nemico, e io mi trovai alla deriva su una lastra di ghiaccio che diminuiva gradatamente e mi preparava una morte orrenda.

Passarono così molte ore spaventose; parecchi dei miei cani morirono, e io stesso stavo per venire meno sotto il peso della disperazione quando scorsi la vostra nave, che si teneva all'ancora e mi offriva una speranza di vita e di soccorso. Non avevo idea che le navi arrivassero così a nord, e a quella vista restai allibito. Rapidamente distrussi parte della slitta per farne dei remi, e così, con grandissima fatica, riuscii a dirigere la mia zattera di ghiaccio nella direzione della vostra nave. Avevo deciso che se andavate a sud, mi sarei avventurato alla mercé del mare piuttosto che abbandonare il mio scopo. Speravo di convincervi di concedermi una barca con cui inseguire il mio nemico. Ma la vostra rotta era a nord; mi prendeste a bordo che non avevo più forze, e presto, sotto il peso delle innumerevoli difficoltà, avrei trovato una morte che ancora pavento, perché il mio compito non è finito.

Oh quando, conducendomi dal demone, lo spirito che mi guida mi concederà il riposo che tanto desidero? O è destino che io debba morire e lui continuare a vivere? Se è così, giuratemi, Walton, che non sfuggirà, che lo cercherete e compirete la mia vendetta con la sua morte. E oserei chiedervi di intraprendere questo viaggio, di sopportare le fatiche che io ho sopportato? No, non sono così egoista. Tuttavia, quando sarò morto, se dovesse ricomparire, se i ministri della vendetta dovessero condurlo a voi, giurate che non resterà vivo: giurate che non trionferà dei dolori che si sono accumulati su di me e non sopravviverà per accrescere la lista dei suoi neri crimini. È eloquente e persuasivo, e una volta le sue parole ebbero potere persino sul mio cuore: ma non fidatevi di lui. La sua anima è satanica quanto la sua figura, piena di inganni e di astuzia diabolica. Non ascoltatelo; invocate i nomi di William, Justine, Clerval, Elizabeth, di mio padre e del povero Victor, e cacciategli la vostra spada nel petto. Vi sarò vicino e ne dirigerò la lama.

Walton
(*continuando*)

Hai letto questa storia strana e terrificante, Margaret; e non ti senti gelare il sangue di un orrore simile a quello che ancora adesso agghiaccia il mio? A volte, preso da un improvviso spasimo, non riusciva a continuare il racconto; altre, con voce rotta e tuttavia penetrante, pronunciava con difficoltà le parole così piene di angoscia. I suoi begli occhi ora si accendevano di indignazione, ora erano vinti da una tristezza profonda e velati da una infinita infelicità. A volte riusciva a controllare l'espressione e il tono di voce, e raccontava i più orribili avvenimenti con pacatezza, reprimendo ogni segno di agitazione esterna; poi, come per l'esplosione di un vulcano, il suo volto all'improvviso assumeva un'espressione di rabbia selvaggia, mentre urlava imprecazioni all'indirizzo del suo persecutore.

Il racconto è coerente e ha tutte le apparenze della verità; tuttavia, ti confesso che le lettere di Felix e di Safie, che mi ha mostrato, e l'apparizione del mostro avvistato dalla nostra nave, mi hanno convinto della verità della sua narrazione più delle sue asserzioni, per quanto sincere e verosimili. Un tale mostro esiste dunque veramente! Non posso averne alcun dubbio, e tuttavia sono in preda alla sorpresa e alla meraviglia. A volte ho cercato di ottenere da Frankenstein i particolari della fabbricazione della sua creatura, ma su questo punto è rimasto impenetrabile.

«Siete pazzo, amico mio?» ha detto; «dove vi sta portando la vostra insensata curiosità? Volete a vostra volta creare un nemico infernale per voi e per il mondo? Tacete, tacete! Imparate dalle mie sofferenze, e non cercate di aumentare le vostre.»

Frankenstein ha scoperto che ho preso degli appunti sulla sua storia; mi ha chiesto di vederli, e lui stesso li ha corretti e vi ha fatto delle aggiunte in molti punti, soprattutto per rendere meglio lo spirito delle conversazioni che aveva avuto col suo nemico. «Dal momento che avete trascritto la mia narrazione» ha detto «non vorrei che ne fosse tramandata ai posteri una versione mutilata.»

Ho passato così una settimana ad ascoltare la storia più strana che mai l'immaginazione umana abbia creato. I miei pensieri, e persino i miei sentimenti, sono stati assorbiti dall'interesse per il mio ospite, dovuto a questa storia e alle sue maniere nobili e gentili. Vorrei confortarlo; ma come posso consigliare a uno così infinitamente infelice, così privo di ogni speranza di consolazione, di continuare a vivere? Oh no! la sola gioia che potrà ancora provare sarà nel momento in cui comporrà il proprio spirito lacerato nella pace della morte. Tuttavia, un conforto ce l'ha, frutto della solitudine e del delirio: crede, quando nei sogni conversa coi suoi cari e ne ricava consolazione alle sue miserie o incitamento alla vendetta, che questi non siano creazione della sua fantasia, ma quegli stessi esseri venuti a visitarlo dalle regioni di un mondo lontano. Questa fede dà alle sue fantasticherie una solennità che me le rendono interessanti e degne di rispetto quanto la verità.

Le nostre conversazioni non si limitano al racconto delle sue disgrazie. Su qualsiasi argomento di cultura mostra sconfinate conoscenze, e un'intelligenza viva e penetrante. La sua eloquenza è impetuosa e avvincente, e non posso ascoltarlo senza lacrime quando racconta un episodio patetico o tenta di suscitare pietà o affetto. Che splendida creatura deve essere stato nei giorni del suo successo, se è così nobile e simile a un dio nella sconfitta! Egli sembra rendersi conto del proprio valore, e della grandezza della sua caduta.

«Quando ero più giovane» mi ha detto «mi credevo destinato a qualche grande impresa. I miei sentimenti sono profondi, ma possedevo una freddezza di giudizio che mi predisponeva a grandi conquiste. Questo senso del valore della mia natura mi ha sostenuto dove altri sarebbero caduti, perché giudicavo criminoso sprecare in inutili manifestazioni di dolore quei talenti che avrebbero potuto essere utili ai miei simili. Quando riflettevo sul lavoro che avevo compiuto, nientedimeno che la creazione di un animale sensitivo e razionale, non potevo mettermi nella schiera dei comuni inventori. Ma questo pensiero, che all'inizio della mia carriera mi sosteneva, ora serve a sprofondarmi ancora più nella polvere. Tutte le mie ricerche e le mie speranze si sono ridotte a niente; e, come l'arcangelo che aspirava all'onnipotenza, sono ora incatenato in un inferno eterno. Avevo una immaginazione vivace, e tuttavia le mie capacità di analisi e di applicazione erano intense; con l'unione di queste qualità concepii ed eseguii la creazione di un uomo. Anche ora non riesco a ricordare senza emozione i sogni che facevo quando il lavoro non era ancora finito. Con i miei pensieri toccavo il cielo, ora esultando per i miei poteri, ora ardendo di impazienza all'idea dei futuri risultati. Fino dall'infanzia, mi erano state inculcate grandi speranze e grandi ambizioni; ma come sono caduto in basso! Oh!, amico mio, se mi aveste conosciuto allora, non mi riconoscereste più in questo stato di abiezione.

Allora lo sconforto visitava raramente il mio cuore; un nobile destino sembrava sostenermi, finché caddi per non alzarmi più, mai più.»

E devo perdere questo essere ammirevole? Ho tanto atteso un amico; ho cercato qualcuno che mi comprendesse e mi amasse. Ed ecco, su questi mari desolati ne ho trovato uno così, ma temo di averlo trovato solo per imparare ad apprezzarne il valore e poi perderlo di nuovo. Vorrei riconciliarlo con la vita, ma respinge l'idea.

«Vi ringrazio, Walton» ha detto «per le vostre buone intenzioni verso un povero essere così disgraziato; ma, quando parlate di nuovi legami e di nuovi affetti, pensate forse che possano sostituire quelli che se ne sono andati? Può un altro uomo essere per me quello che era Clerval? O un'altra donna una nuova Elizabeth? E comunque, anche quando gli affetti non siano fortemente suscitati da una superiore eccezionalità, i compagni della nostra fanciullezza possiedono sempre un preciso potere sulla nostra mente, come è raro che possa avere un amico incontrato più tardi. Essi hanno conosciuto la nostra indole infantile che, anche se poi ha subìto modifiche, non può mai essere estirpata, e possono giudicare le nostre azioni giungendo a conclusioni molto più giuste sull'onestà dei nostri motivi. Un fratello o una sorella non possono mai sospettare l'altro di frode o di inganno, a meno che tali sintomi non si siano rivelati assai presto, mentre un altro amico, per quanto affezionato, può suo malgrado essere guardato con sospetto. Ma io ho avuto la gioia di avere amici che mi erano cari non solo per abitudine e convivenza, ma per i loro stessi meriti; e ovunque io sia, la voce confortante di Elizabeth e la conversazione di Clerval mi bisbiglieranno sempre all'orecchio. Sono morti, e in questa solitudine un solo sentimento può persuadermi a restare in vita. Se fossi impegnato in qualche alta impresa o in un progetto che fosse di grande utilità ai miei simili, allora potrei vivere per portarli a termine. Ma questo non è il mio destino: io devo inseguire e distruggere l'essere a cui ho dato l'esistenza; allora il mio destino sulla terra sarà compiuto, e potrò morire.»

2 settembre

Mia amatissima sorella,
ti scrivo circondato da pericoli e senza sapere se mai sono destinato a rivedere la mia cara Inghilterra e gli amici ancora più cari che la abitano. Sono attorniato da montagne di ghiaccio che non ammettono scampo, e che a ogni momento minacciano di schiantare la nave. I coraggiosi che ho persuaso ad accompagnarmi si rivolgono a me in cerca di aiuto, ma io non posso darglielo. C'è qualcosa di spaventoso nella nostra situazione; tuttavia, il coraggio e la speranza non mi abbandonano. Ma è terribile riflettere che la vita di tutti questi uomini è ora a repentaglio per causa mia. Se periremo, i miei pazzi progetti ne saranno la causa.

E quale sarà, Margaret, il tuo stato d'animo? Non avrai notizie della mia fine e aspetterai ansiosamente il mio ritorno. Passeranno gli anni, e ti visiterà la disperazione, eppure sarai torturata dalla speranza. Oh! Mia amatissima sorella, la prospettiva del completo fallimento delle tue più profonde speranze è per me un male più terribile della mia stessa morte. Ma tu hai un marito, dei bei bambini: puoi ancora essere felice. Il Cielo ti benedica e te lo conceda!

Il mio sfortunato ospite mi guarda con la più tenera compassione. Cerca di ridarmi speranza e parla come se la vita fosse una cosa che vale la pena di possedere. Mi ricorda quante volte incidenti simili sono successi ad altri navigatori che si sono avventurati su questo mare, e mio malgrado mi riempie di buoni presagi. Anche i marinai sentono il potere della sua eloquenza: quando parla, non si disperano più; egli risveglia le loro energie e, mentre ascoltano la sua voce, si convincono che queste montagne di ghiaccio sono ostacoli da nulla, che spariranno davanti alla risolutezza degli uomini. Questi sentimenti però non durano a lungo; ogni giorno di attesa li riempie di paura e temo quasi un ammutinamento a causa di questa disperazione.

5 settembre

Ha appena avuto luogo una scena così straordinaria, che, anche se è molto probabile che queste carte non ti giungano mai, non posso tuttavia fare a meno di registrarla.

Siamo sempre circondati da montagne di ghiaccio, sempre con il pericolo incombente di restarne schiacciati. Il freddo è tremendo, e molti dei miei sfortunati compagni hanno già trovato sepoltura in questo scenario di desolazione. La salute di Frankenstein peggiora ogni giorno; un fuoco febbrile gli brilla ancora negli occhi, ma è esausto, e, quando si sottopone a un qualsiasi sforzo, subito dopo scivola di nuovo in un apparente torpore.

Nella mia ultima lettera ho fatto cenno ai miei timori circa un ammutinamento. Questa mattina, mentre sedevo osservando il viso smunto del mio amico – gli occhi semichiusi, e le membra completamente abbandonate – fui riscosso da una mezza dozzina di marinai che chiedevano il permesso di entrare in cabina. Entrarono, e il loro capo mi si rivolse.

Disse che lui e i suoi compagni erano stati scelti dagli altri per venire a farmi una richiesta che, in tutta giustizia, non potevo rifiutare. Eravamo imprigionati dal ghiaccio, e, probabilmente, non saremmo mai riusciti a sfuggirvi, ma temevano che, se mai si fosse sciolto, com'era possibile, e si fosse aperto un passaggio sufficiente, dopo aver così felicemente superato tutto questo, io sarei stato tanto temerario da continuare il viaggio e condurli incontro a nuovi pericoli. Insistevano quindi perché promettessi loro solennemente che, se la nave si fosse liberata, io avrei immediatamente invertito la rotta verso sud.

Questo discorso mi turbò. Non avevo ceduto alla disperazione e non avevo ancora mai pensato a tornare, una volta liberi. Tuttavia, era giusto o era mai possibile che io rifiutassi questa richiesta? Esitavo prima di rispondere, quando Frankenstein, che dapprima era rimasto in silenzio e sembrava addirittura non avere la forza di ascoltare, si riscosse; gli occhi gli scintillavano e le guance gli si ravvivarono di un momentaneo vigore. Voltandosi verso gli uomini, disse: «Che cosa volete dire? Cosa chiedete al vostro capitano? È così facile stornarvi dai vostri propositi? Non avete detto che questa era una spedizione gloriosa? E perché gloriosa? Non perché la via fosse facile e piana come un mare del sud, ma perché era piena di paure e di pericoli, perché ogni nuovo incidente avrebbe fatto appello alla vostra forza d'animo e messo alla prova il vostro coraggio, perché pericoli e morte vi avrebbero circondato e voi avreste dovuto affrontarli e vincerli. Per questo era gloriosa, per questo era un'impresa degna di onore. In seguito sareste sempre stati salutati come i benefattori dell'umanità, i vostri nomi sarebbero stati venerati come quelli di uomini coraggiosi che avevano affrontato la morte per il loro onore e per il bene degli uomini. E ora, guardate, alla prima idea di pericolo o, se preferite, alla prima terribile e grandiosa prova del vostro coraggio, vi tirate indietro e vi accontentate di passare ai posteri come coloro che non ebbero forza sufficiente per sopportare il freddo e il rischio; e così, poverini, avevano freddo e tornarono al caldo del loro caminetto. Ma come! Non c'era allora bisogno di tutta questa preparazione, non occorreva arrivare così lontano e trascinare il vostro capitano nella vergogna di un'impresa fallita, solo per dimostrare che eravate dei vigliacchi. Oh, siate uomini, siate più che uomini! Siate fermi nei vostri intenti, solidi come rocce. Questo ghiaccio non è fatto della materia di cui possono essere fatti i vostri cuori: è mutevole, e non può resistervi se decidete che sia così. Non tornate alle vostre famiglie col marchio della vergogna in fronte. Tornate come eroi che hanno combattuto e vinto, e che non sanno cosa voglia dire voltare le spalle al nemico».

Parlava con voce che si accordava così bene ai vari sentimenti espressi nel suo discorso, con l'occhio così pieno di alti propositi eroici, che non ti meraviglierai se ti dico che quegli uomini ne restarono colpiti. Si guardavano l'un l'altro ed erano incapaci di rispondere. Allora parlai io; dissi loro di ritirarsi e riflettere su quanto era stato detto: non li avrei portati più a nord, se desideravano vivamente il contrario, ma speravo che, riflettendovi, gli sarebbe tornato il coraggio.

Se ne andarono, e io mi rivolsi al mio amico, ma era sprofondato in una specie di torpore, e sembrava quasi privo di vita.

Non so come andrà a finire tutto questo, ma preferisco morire piuttosto che tornare vergognosamente indietro senza aver raggiunto il mio scopo. Temo però che questo sarà il mio destino; gli uomini non

possono continuare a sopportare le attuali difficoltà
di loro spontanea volontà, se non sono sostenuti da
idee di gloria e d'onore.

7 settembre

Il dado è tratto: ho acconsentito a tornare se non saremo prima schiacciati. Così le mie speranze sono
state distrutte dalla vigliaccheria e dalla indecisione;
ritorno deluso e privo di conoscenza. Richiede più filosofia di quanta non ne abbia io, sopportare con pazienza questa ingiustizia.

12 settembre

È finita; ritorno in Inghilterra. Ho perso le mie speranze di raggiungere la gloria e di essere utile all'u-
manità.

Ho perso il mio amico. Ma cercherò di raccontarti
minutamente queste amare circostanze, mia cara sorella, e, mentre il vento mi sospinge verso l'Inghilterra e verso di te, non mi lascerò prendere dallo
sconforto.

Il 9 settembre il ghiaccio cominciò a muoversi, e
schianti come tuoni si udivano in lontananza, mentre le isole di ghiaccio si incrinavano, fendendosi in
tutte le direzioni. Il pericolo era imminente, ma poiché potevamo restare solo passivi, la mia attenzione
era concentrata principalmente sul mio sfortunato
ospite, la cui malattia era peggiorata a tal punto che
era ormai costretto a restare continuamente a letto.
Il ghiaccio si spaccò dietro di noi, e fu spinto a forza
verso nord; sorse una brezza da ovest, e il giorno 11
il passaggio verso sud si liberò completamente.

Quando i marinai se ne accorsero, e si resero conto che il loro ritorno in patria era visibilmente assicurato, grida di gioia tumultuosa esplosero tra di loro, alte e prolungate. Frankenstein, che si era assopito, si svegliò, e chiese la ragione di quel tumulto. «Gridano» dissi «perché presto torneranno in Inghilterra.»

«Allora tornate indietro davvero?»

«Ahimè!, sì; non posso rifiutare le loro richieste. Non posso portarli incontro al pericolo a dispetto della loro volontà, e sono costretto a tornare.»

«Fatelo voi, se volete; ma io no. Voi potete rinunciare al vostro progetto, ma il mio mi è stato assegnato dal Cielo e non oso. Sono debole, ma certo gli spiriti che assistono la mia vendetta mi daranno forza sufficiente.» Così dicendo, tentò di balzare dal letto, ma lo sforzo fu eccessivo per lui; ricadde all'indietro e svenne.

Ci volle parecchio tempo prima che tornasse in sé; a varie riprese credetti che la sua vita si fosse estinta. Alla fine aprì gli occhi: respirava con difficoltà, e non era in grado di parlare. Il medico gli diede un sedativo e ordinò di non disturbarlo. Nel frattempo, mi disse che certo il mio amico non aveva molte ore da vivere.

La sua condanna era pronunciata, e io potevo solo addolorarmi e attendere. Sedetti accanto al suo letto osservandolo: aveva gli occhi chiusi, e pensavo che dormisse. Ma dopo un po' mi chiamò con voce debole, e, fatto cenno di avvicinarmi, disse: «Ahimè! Le forze su cui contavo se ne sono andate; sento che presto morirò, e lui, il mio nemico e persecutore, forse è ancora in vita. Non crediate, Walton, che negli ultimi istanti della mia esistenza io provi quell'odio bruciante e quell'ardente desiderio di vendetta di cui vi ho parlato; ma mi sento giustificato nel desiderare la morte del mio avversario. Durante questi ultimi giorni mi sono messo a esaminare la mia condotta passata; e non la trovo riprovevole. In un accesso di folle entusiasmo ho creato un essere razionale, e avevo l'obbligo di procurargli per quanto potevo felicità e benessere. Era mio dovere, ma ce n'era un altro superiore a questo. I miei doveri verso quelli della mia specie richiedevano maggiore attenzione, perché comportavano una maggiore quantità di felicità o di dolore. Guidato da questo concetto, rifiutai, e feci bene, di creargli una compagna. Nel fare il male, aveva mostrato un egoismo e una malvagità inaudite; aveva distrutto i miei cari; aveva condannato a morte esseri che possedevano sentimenti rari, felicità e saggezza; e non so dove questa sete di vendetta finirà. Infelice lui stesso, perché non renda altri infelici deve morire. Mio era il compito di distruggerlo, ma non ci sono riuscito. A un certo punto, spinto da egoismo e da motivi ambigui, vi ho chiesto di addossarvi questa impresa incompiuta, e vi rinnovo questa richiesta ora che sono indotto a farlo solo dalla ragione e dalla virtù.

«Tuttavia, non posso chiedervi di rinunciare al vostro paese e ai vostri amici per portare a termine questo compito; e ora che state per tornare in Inghilterra, avrete poche occasioni di incontrarlo. Ma lascio a voi di riflettere su questo punto, e di valutare quale possa essere il vostro dovere: la mia capacità di giudizio e le mie idee sono alterate dall'avvicinarsi della morte. Non oso chiedervi di fare quel che penso sia giusto, perché potrei essere fuorviato dalla passione.

«Che egli debba vivere per continuare a fare del male, mi angoscia; ma per altri aspetti invece quest'ora in cui da un momento all'altro attendo la mia liberazione, è l'unica ora felice che provo da parecchi anni. Le immagini dei miei amatissimi morti mi aleggiano davanti e io mi affretto verso le loro braccia. Addio, Walton! Cercate la felicità nella quiete ed evitate l'ambizione, anche se si tratta solo di quella apparentemente innocente di distinguervi nella scienza e nelle scoperte. Ma perché dico così? Io sono stato sconfitto nelle mie speranze, ma un altro potrebbe avere successo.»

Mentre parlava, la sua voce si fece sempre più debole; e infine, esausto per lo sforzo, sprofondò nel silenzio. Dopo circa mezz'ora, tentò ancora di parlare, ma non ne fu in grado; mi strinse debolmente la mano, e i suoi occhi si chiusero per sempre, mentre il riflesso di un dolce sorriso passava sulle sue labbra.

Margaret, che commenti posso fare sulla prematura scomparsa di questo spirito straordinario? Cosa posso dire per farti capire la profondità del mio dolore? Tutto quello che potrei esprimere è poco e inadeguato. Le lacrime mi scorrono sulle guance; la mia mente è avvolta in una nube di profondo sconforto. Ma sto viaggiando verso l'Inghilterra, e lì forse potrò trovare consolazione.

Sono costretto a interrompermi. Cosa sono questi suoni? È mezzanotte; il vento spira nella direzione giusta, e la guardia sul ponte si muove appena. Di nuovo un suono come di voce umana, ma più rauca; viene dalla cabina dove giacciono le spoglie di Frankenstein. Devo alzarmi e andare a vedere. Buonanotte, sorella mia.

Gran Dio! che scena ha appena avuto luogo! sono ancora sconvolto a ripensarci. Non so se sarò in grado di descriverla dettagliatamente; tuttavia, il racconto che ho fin qui registrato sarebbe incompleto senza questa straordinaria catastrofe finale.

Sono entrato nella cabina dove giacevano le spoglie del mio sfortunato e mirabile amico. China su di lui c'era una figura che non ho parole per descrivere: era di statura gigantesca ma goffa e sproporzionata. Mentre era piegato sulla bara, il viso era nascosto da lunghe ciocche di capelli incolti, ma una mano enorme, di colore e di apparenza simile a quella di una mummia, era tesa in avanti. Quando sentì il rumore dei miei passi, cessò di gettare quelle esclamazioni di dolore e di orrore, e balzò verso la finestra. Non ho mai visto niente di così orribile come la sua faccia, di una mostruosità disgustosa eppure impressionante. Involontariamente chiusi gli occhi, e cercai di ricordare quale fosse il mio dovere verso questo assassino. Gli gridai di fermarsi.

Si arrestò, guardandomi meravigliato; poi, voltandosi di nuovo verso la forma senza vita del suo creatore, sembrò dimenticare la mia presenza, mentre ogni suo tratto e ogni suo gesto sembravano sconvolti dalla furia selvaggia di una passione incontrollabile.

«Anche questa è una mia vittima» esclamò; «con la sua morte ho consumato tutti i miei crimini; il disgraziato ciclo della mia esistenza si avvia alla fine! Oh, Frankenstein!, essere generoso e pieno di dedizione! A che serve che ora ti chieda perdono? Io, che ti ho irrimediabilmente distrutto distruggendo tutti quelli che amavi. Ahimè!, il suo corpo è freddo, e non può rispondermi.»

La sua voce sembrava soffocata, e il mio primo impulso, suggerito dal dovere di obbedire alla richiesta del mio amico morente di distruggere il suo avversario, rimase ora sospeso per un insieme di curiosità e di compassione. Mi avvicinai a questo essere tremendo; non osavo alzare gli occhi sul suo viso: c'era qualcosa di così pauroso e innaturale nella sua bruttezza. Tentai di parlare, ma le parole mi morirono sulle labbra. Il mostro continuava ad accusarsi con esclamazioni selvagge e incoerenti. Alla fine, in una pausa di quella tempesta di passioni, riuscii a raccogliere abbastanza fermezza per rivolgergli la parola: «Il vostro pentimento» dissi «è ora superfluo. Se aveste ascoltato la voce della coscienza e lo stimolo del rimorso prima di portare la vostra diabolica vendetta fino a questo punto, Frankenstein sarebbe ancora vivo».

«State sognando forse?» disse il demone; «pensate che io fossi insensibile all'angoscia e al rimorso? Lui» continuò indicando il cadavere «lui non ha sofferto per questi crimini – oh! – nemmeno la diecimillesima parte dell'angoscia che provai io durante gli estenuanti preparativi della loro esecuzione. Mi sospingeva un terribile egoismo, mentre il mio cuore era avvelenato dal rimorso. Pensate che i rantoli di Clerval fossero musica per le mie orecchie? Il mio cuore era fatto per provare amore e comprensione; quando fu costretto dall'infelicità a odiare e a fare il male, non sopportò la violenza del cambiamento senza tormentarsi in un modo che voi non potete neanche immaginare.

«Dopo l'uccisione di Clerval tornai in Svizzera sconvolto e col cuore straziato. Sentivo pietà per Frankenstein, e la mia pietà diventava orrore: aborrivo me stesso. Ma quando scoprii che lui, l'autore della mia esistenza e dei miei indicibili tormenti, osava sperare di essere felice, e che, mentre accumulava dolore e disperazione su di me, cercava il proprio piacere in sentimenti e passioni a cui a me era proibito di accedere per sempre, allora un'invidia impotente e un'amara indignazione mi riempirono di un desiderio di vendetta insaziabile. Ricordai la mia minaccia, e decisi che doveva essere messa in atto. Sapevo che mi stavo preparando una tortura mortale, ma ero schiavo, non padrone, di un impulso che detestavo e a cui, ciononostante, non potevo disobbedire. Tuttavia quando lei morì!... no, allora non fui infelice. Avevo buttato via tutti i miei sentimenti, represso ogni angoscia per abbandonarmi agli eccessi della mia disperazione. Da allora in poi il male divenne per me il bene. Dopo essermi spinto così lontano, non avevo altra via se non di adattare la mia natura a un elemento che avevo volontariamente scelto. Portare a compimento il mio demoniaco progetto divenne per me una passione insaziabile. E ora è finita: ecco la mia ultima vittima!»

Da principio fui toccato dalle espressioni della sua infelicità; ma quando mi tornò in mente quello che Frankenstein aveva detto della sua eloquenza e capacità di persuasione, e quando posai gli occhi sulla forma inanimata del mio amico, l'indignazione si riaccese. «Disgraziato!» dissi. «Fai bene a venire a piangere sulla desolazione che hai causato. Getti una torcia in mezzo a un gruppo di case, e quando sono distrutte dal fuoco, ti siedi tra le rovine e ne lamenti la perdita! Demonio ipocrita! Se colui che tu piangi vivesse ancora, sarebbe ancora l'oggetto, diventerebbe ancora la preda, della tua maledetta vendetta. Non è pietà quella che senti: ti lamenti solo perché la vittima della tua malvagità si è sottratta al tuo potere.»

«Oh, non è così, non è così!» interruppe l'essere. «Tuttavia questa è certo l'impressione che ricavate da quello che sembra il senso delle mie azioni. Ma nella mia infelicità non cerco simpatia. Non ne troverò mai. All'inizio, quando l'ho cercata, desideravo di condividere l'amore per la virtù e i sentimenti di felicità e di affetto che traboccavano da tutto il mio essere. Ma ora che la virtù è diventata un'ombra per me, e che felicità e affetto si sono trasformati in disperazione e amaro disgusto, perché dovrei cercare simpatia? Finché dureranno le mie sofferenze, mi basta di soffrire da solo; quando morirò, mi sta bene che solo orrore e obbrobrio pesino sulla mia memoria. Un tempo la mia fantasia si dilettava di sogni di virtù, di fama e di gioia; un tempo speravo vanamente di incontrare esseri che, perdonando la mia forma esteriore, mi amassero per le eccellenti qualità che sapevo dimostrare. Mi nutrivo di nobili pensieri d'onore e di dedizione. Ma ora, i miei crimini mi hanno ridotto a un livello inferiore a quello dell'animale più spregevole. Non c'è colpa né misfatto, malvagità né infelicità paragonabili ai miei. Quando scorro il catalogo pauroso dei miei peccati, non posso credere di essere la stessa creatura i cui pensieri erano una volta pieni soltanto di sublimi visioni della bellezza e della grandezza del bene. Ma è così, purtroppo: l'angelo che cade diventa un diavolo malvagio. Eppure, anche quel nemico di Dio e dell'uomo ha degli amici e dei compagni nella sua desolazione; io sono solo.

«Voi, che chiamate Frankenstein amico, sembrate essere al corrente dei miei crimini e delle sue disgrazie. Ma nei particolari che vi ha rivelato, non ha potuto darvi un'idea delle ore e dei mesi di disperazione che ho passato, consumandomi in passioni impotenti. Perché, mentre distruggevo le sue speranze, non soddisfacevo con questo i miei desideri, che restavano bramosi e ardenti. Desideravo sempre amore e compagnia, e sempre venivo respinto. Non c'era ingiustizia in questo? Devo forse essere considerato l'unico colpevole, quando tutta l'umanità ha peccato contro di me? Perché non odiate Felix, che ha scacciato un amico dalla sua casa coprendolo di ingiurie? Perché non esecrate il contadino, che ha tentato di distruggere chi aveva salvato la sua bambina? No, questi sono esseri virtuosi, immacolati! Io, infelice e abbandonato, sono un aborto che si rifiuta, si prende a calci e si calpesta. Persino ora il sangue mi ribolle al ricordo di questa ingiustizia.

«Ma è vero che sono un disgraziato. Ho ucciso i

buoni e i deboli; ho strangolato gli innocenti mentre dormivano, e ho stretto le mani intorno alla gola di chi non aveva fatto male a me o ad altra creatura vivente. Ho votato all'infelicità il mio creatore, raro esempio di tutto quanto è degno di amore e di ammirazione tra gli uomini; l'ho perseguitato fino a questa irrimediabile rovina. Eccolo lì che giace bianco e freddo nella morte. Voi mi odiate, ma il vostro disprezzo non può eguagliare quello che io sento per me stesso. Guardo le mani che hanno commesso quelle azioni, penso al cuore in cui è stata concepita l'immagine di simili crimini, e attendo con ansia il momento in cui queste mani non mi staranno più davanti agli occhi, e in cui quei fantasmi non perseguiteranno più i miei pensieri.

«Non abbiate timore che io diventi strumento di qualche futuro misfatto. Il mio compito è quasi alla fine. Non occorre né la vostra morte né quella di altri per portare a termine il ciclo della mia esistenza e per fare quello che deve essere fatto: solo la mia è necessaria. Non crediate che esiterò a compiere questo sacrificio. Lascerò la vostra nave, e, sulla zattera di ghiaccio che mi ha portato fin qui, punterò verso l'estremità più settentrionale del globo; costruirò la mia pira funebre e consumerò fino alle ceneri questo povero corpo, in modo che i suoi resti non siano di aiuto a qualche altro disgraziato curioso e sacrilego che voglia creare un altro essere come me. Morirò. Non sentirò più le angosce che ora mi consumano, e non sarò più preda di passioni insoddisfatte eppure irreprimibili. Colui che mi ha chiamato in vita è morto; e quando non ci sarò più, persino il ricordo di noi due sparirà rapidamente. Non vedrò più il sole o le stelle, né sentirò il vento scherzare sulle mie guance. Luce, sentimento, sensazioni spariranno, e in questa condizione troverò la mia felicità. Qualche anno fa, quando le immagini che questo mondo sa offrire mi si rivelarono per la prima volta, quando sentii il calore rallegrante dell'estate, lo stormire delle foglie e il cinguettio degli uccelli, e questo era tutto per me, avrei pianto al pensiero della morte; ora, è la mia sola consolazione. Macchiato di crimini e straziato dai più amari rimorsi, dove posso trovare riposo se non nella morte?

«Addio! Vi lascio, e con voi lascio l'ultimo essere umano che i miei occhi vedranno. Addio, Frankenstein! se tu fossi ancora vivo e provassi ancora un desiderio di vendetta verso di me, questo sarebbe meglio soddisfatto se io restassi in vita che se morissi. Ma non è stato così: tu hai cercato la mia distruzione perché non provocassi maggiori sciagure; e se in qualche modo a me ignoto non hai cessato di pensare e di sentire, non potresti desiderare vendetta migliore dei sentimenti che provo in questo momento. Pur straziato com'eri, la mia agonia era maggiore della tua, perché l'amaro pungolo del rimorso non cesserà di infettare le mie ferite finché la morte non le chiuderà per sempre.

«Ma presto morirò» esclamò con enfasi triste e solenne «e quello che ora sento scomparirà. Presto queste pene brucianti saranno estinte. Salirò trionfalmente il mio rogo funebre, ed esulterò nell'agonia delle fiamme che mi tortureranno. La luce dell'incendio sparirà, le mie ceneri verranno disperse nel mare dal vento. Il mio spirito riposerà in pace; o se penserà, non penserà certo in questo modo. Addio!»

Così dicendo, balzò dalla finestra della cabina sulla zattera di ghiaccio che galleggiava accanto alla nave. Presto fu trascinato via dalle onde e scomparve lontano nell'oscurità.

Indice

OSCAR CLASSICI

Maupassant, Racconti fantastici

Baudelaire, I fiori del male

Austen, Orgoglio e pregiudizio

Goldoni, Il teatro comico - Memorie italiane

Verga, Mastro don Gesualdo

Verga, Tutte le novelle

Goffredo di Strasburgo, Tristano

Leopardi, Zibaldone di pensieri

Wilde, Il ritratto di Dorian Gray

Shakespeare, Macbeth

Goldoni, La locandiera

Calvino (a cura di), Racconti fantastici dell'Ottocento

Verga, I Malavoglia

Poe, Le avventure di Gordon Pym

Chrétien de Troyes, I Romanzi Cortesi

Carducci, Poesie scelte

Melville, Taipi

Manzoni, Storia della colonna infame

De Amicis, Cuore

Fogazzaro, Piccolo mondo moderno

Fogazzaro, Malombra

Maupassant, Una vita

Manzoni, Poesie

Dostoevskij, Il sosia

Petrarca, Canzoniere

Wilde, De profundis

Fogazzaro, Il Santo

Stevenson, Lo strano caso del dottor Jekyll e del signor Hyde

Poe, Racconti del terrore

Poe, Racconti del grottesco

Poe, Racconti di enigmi

Malory, Storia di Re Artù e dei suoi cavalieri

Alighieri, Inferno

Alighieri, Purgatorio

Alighieri, Paradiso

Flaubert, Salambò

Pellico, Le mie prigioni

Fogazzaro, Piccolo mondo antico

Verga, Eros

Melville, Moby Dick

Parini, Il giorno

Goldoni, Il campiello - Gl'innamorati

AA.VV., Poeti del Dolce Stil Novo

Stendhal, Cronache italiane

Shakespeare, La tempesta

De Sanctis, Storia della letteratura italiana

Campanella, La città del Sole e altri scritti

Kipling, Capitani coraggiosi

Machiavelli, La Mandragola - Belfagor - Lettere

Capuana, Il marchese di Roccaverdina

Dickens, Grandi speranze

Shakespeare, Giulio Cesare

Beaumarchais, La trilogia di Figaro

Verga, Storia di una capinera

Tolstòj, Resurrezione

Guinizelli, Poesie

Castiglione, Il cortegiano

Shakespeare, La dodicesima notte

Ibsen, Casa di bambola

Beccaria, Dei delitti e delle pene

Sterne, Viaggio sentimentale

De Roberto, I Viceré

Shakespeare, Enrico IV

Vico, Princìpi di scienza nuova

Erasmo da Rotterdam, Elogio della follia

Shakespeare, Otello

Čechov, Teatro

Boccaccio, Teseida

Petrarca, De vita solitaria

Melville, Bartleby lo scrivano

Shakespeare, Come vi piace

Lutero, Lieder e prose

Grimmelshausen, L'avventuroso Simplicissimus

Marlowe, Il Dottor Faust

Balzac, La donna di trent'anni

Baudelaire, Lo spleen di Parigi

James H., Washington Square

Shakespeare, Il racconto d'inverno

Hardy, Tess dei d'Uberville

Wordsworth, Il preludio

Boccaccio, Esposizioni sopra la Comedia di Dante

Dostoevskij, Le notti bianche

Flaubert, L'educazione sentimentale

Schiller, I masnadieri

Shakespeare, Pene d'amor perdute

Goethe, La vocazione teatrale di Wilhelm Meister

Leopardi, Lettere

Pascoli, Il ritorno a San Mauro

Maupassant, Forte come la morte

AA.VV., Poesia latina medievale

Goldoni, I rusteghi - Sior Todero brontolon

Goldoni, Trilogia della villeggiatura

Goldoni, Le baruffe chiozzotte - Il ventaglio

Goldoni, Il servitore di due padroni - La vedova scaltra

Stevenson, Il signore di Ballantrae

Flaubert, Bouvard e Pécuchet

Eliot, Il mulino sulla Floss

Tolstòj, I racconti di Sebastopoli

De Marchi, Demetrio Pianelli

Della Casa, Galateo ovvero de' costumi

Dostoevskij, I fratelli Karamazov

Shakespeare, Sonetti

Dostoevskij, Povera gente

Shakespeare, Riccardo II

Diderot, I gioielli indiscreti

De Sade, Justine

Tolstoj, Chadži-Muràt

De Roberto, L'Imperio

Shakespeare, Tito Andronico

Stevenson, Nei mari del Sud

Maupassant, Pierre e Jean

Bruno, Il Candelaio

Kipling, Kim

Donne, Liriche sacre e profane - Anatomia del mondo - Duello della morte

AA.VV., Il Corano

Rimbaud, Una stagione in inferno - Illuminazioni

Shakespeare, I due gentiluomini di Verona

Puškin, La figlia del capitano

Blake, Visioni

Nievo, Novelliere campagnuolo

James H., Il carteggio Aspern

Diderot, Jacques il fatalista

Schiller, Maria Stuart

Stifter, Pietre colorate

Poe, Il corvo e altre poesie

Coleridge, La ballata del vecchio marinaio

Sant'Agostino, Confessioni

Verlaine, Romanze senza parole

AA.VV., Racconti gotici

Whitman, Foglie d'erba

Teresa d'Ávila, Libro della mia vita

Boito, Senso e altri racconti

Pulci, Morgante

AA.VV., Innario cistercense

Las Casas, Brevissima relazione della distruzione delle Indie

Lèrmontov, Un eroe del nostro tempo

AA.VV., I Salmi

Paolo Diacono, Storia dei Longobardi

Shakespeare, Antonio e Cleopatra

Shelley M., Frankenstein

Zola, Nanà

Foscolo, Le Grazie

Hugo, Novantatré

Goethe, Racconti

Eliot, Middlemarch

Kipling, Ballate delle baracche

Čechov, La steppa e altri racconti

James H., L'Americano

Lewis M.G., Il Monaco

Bruno, La cena de le ceneri

Shelley P.B., Poesie

Ambrogio, Inni

Origene, La preghiera

Melville, Poesie di guerra e di mare

Ibsen, Spettri

Manzoni, I promessi sposi

Rostand, Cirano di Bergerac

Cervantes, Novelle esemplari

Shakespeare, Molto rumore per nulla

Čechov, Il duello

Stevenson, Gli intrattenimenti delle notti sull'isola

Čechov, La corsia n. 6 e altri racconti

Puškin, Viaggio d'inverno e altre poesie

Novalis, Inni alla notte - Canti spirituali

Monti, Iliade di Omero

Flaubert, La prima educazione sentimentale

France, Taide

Croce - Banchieri, Bertoldo e Bertoldino - Cacasenno

Kierkegaard, Don Giovanni

Turgenev, Rudin

Novalis, Enrico di Ofterdingen

Shakespeare, Vita e morte di Re Giovanni

Baffo, Poesie

Flaubert, Attraverso i campi e lungo i greti

Giuseppe Flavio, Guerra giudaica

Wilde, Ballata del carcere

Defoe, Roxana

Meister Eckhart, Prediche

Hardy, Intrusi nella notte

Čechov, Il monaco nero

Quevedo Y Villegas, Il furfante

De Sade, Lettere da Vincennes e dalla Bastiglia

Shakespeare, Troilo e Cressida

Hugo, I lavoratori del mare

Grillparzer, Il povero musicante - Il convento presso Sendomir

Austen, Northanger Abbey

Brontë C., Jane Eyre

Pascoli, Poemi Conviviali

Goldsmith, Il vicario di Wakefield

Clausewitz, Della guerra

AA.VV., Antologia di scrittori garibaldini

Čechov, L'omicidio e altri racconti

Trilussa, Poesie scelte

Burkhardt, Considerazioni sulla storia universale

De Sade, La filosofia nel boudoir

La Motte-Fouqué, Ondina

Čechov, La mia vita e altri racconti

Grimm, Fiabe

Čechov, La signora con il cagnolino

Stoker, Dracula

Arnim, Isabella d'Egitto

Voltaire, Lettere filosofiche

Bernardin de Saint-Pierre, Paul e Virginie

Tolstòj, La tormenta e altri racconti

Hölderlin, Scritti di estetica

Balzac, La cugina Bette

Turgenev, Nido di nobili

Keats, Poesie

Alighieri, Il Fiore - Detto d'Amore

Zarathushtra, Inni di Zarathushtra

Musset, La confessione di un figlio del secolo

Kierkegaard, La malattia mortale

AA.VV., Antologia dei poeti parnassiani

Hoffmann, La principessa Brambilla

AA.VV., Fiabe romantiche tedesche

Andersen, Fiabe

Hawthorne, La lettera scarlatta

Verlaine, Les hommes d'aujourd'hui

Tolstòj, Lucerna e altri racconti

Abba, Da Quarto al Volturno

Balzac, Béatrix

AA.VV., La saga degli uomini delle Orcadi

Pascoli, Poesie vol. I

AA.VV., Manas

Gaskell, Mary Barton

Boccaccio, Ninfale fiesolano

Gogol', Le anime morte

Vélez de Guevara, Il diavolo zoppo

Rodenbach, Bruges la morta

Dostoevskij, Saggi

Brentano, Fiabe

AA.VV., Haiku

AA.VV., La saga di Egill

Schopenhauer, Aforismi sulla saggezza del vivere

Góngora, Sonetti

AA.VV., La saga di Njàll

Conrad, Lord Jim

Pascoli, Poesie vol. II

Shelley M., L'ultimo uomo

Brontë E., Poesie

Kleist, Michael Kohlhaas

Tolstòj, Polikuška

De Maistre, Viaggio intorno alla mia camera

Stevenson, Poesie

Pascoli, Poesie vol. III

AA.VV., Lirici della Scapigliatura

Manzoni, Osservazioni sulla morale cattolica

Tolstòj, I quattro libri russi di lettura

Balzac, I segreti della principessa di Cadignan

Balzac, La falsa amante

Conrad, Vittoria

Radcliffe, I misteri di Udolpho

Laforgue, Poesie e prose

Spaziani (a cura di), Pierre de Ronsard fra gli astri della Pléiade

Rétif de la Bretonne, Le notti rivoluzionarie

Tolstòj, Racconti popolari

Pindemonte, Odissea di Omero

Conrad, La linea d'ombra

Leopardi, Canzoni

Hugo, L'uomo che ride

AA.VV., Upaniṣad

Pascoli, Poesie vol. IV

Melville, Benito Cereno - Daniel Orme - Billy Budd

Michelangelo, Rime

Conrad, Il negro del "Narciso"

Shakespeare, Sogno di una notte di mezza estate

Chuang-Tzu, Il vero libro di Nan-hua

Conrad, Con gli occhi dell'Occidente

Boccaccio, Filocolo

Jean Paul, Sogni e visioni

Hugo, L'ultimo giorno di un condannato a morte

Tolstòj, La morte di Ivan Il'ič

Wilde, L'usignolo e la rosa

Leskov, L'angelo sigillato - L'ebreo in Russia

Potocki, Nelle steppe di Astrakan e del Caucaso

AA.VV., Lazarillo de Tormes

Shakespeare, Le allegre comari di Windsor

Defoe, Memorie di un Cavaliere

Boccaccio, Rime

AA.VV., Il Libro della Scala di Maometto

Beethoven, Autobiografia di un genio

Wordsworth - Coleridge, Ballate liriche

Farīd Ad-dīn 'Aṭṭār, Il verbo degli uccelli

Alighieri, Vita Nova

Ignacio de Loyola, Esercizi spirituali

Tolstòj, La sonata a Kreutzer

Conrad, Cuore di tenebra

Brontë A., Agnes Grey

AA.VV., Bhagavad Gītā

Baudelaire, Diari intimi

Shakespeare, Tutto è bene quel che finisce bene

Cartesio, Discorso sul metodo

Barrie, Peter Pan

Hardy, Il ritorno del nativo

Verne, Michele Strogoff

Stendhal, Armance

Flaubert, Madame Bovary

Brontë E., Cime tempestose

Twain, Le avventure di Tom Sawyer

Balzac, Addio

Wilde, Aforismi

Dostoevskij, La mite

Dostoevskij, Il giocatore

Hugo, Notre-Dame de Paris

Stevenson, La Freccia Nera

Machiavelli, Il Principe

Shakespeare, Il mercante di Venezia

Ruskin, Le pietre di Venezia

Vamba, Il giornalino di Gian Burrasca

Piranesi, Vedute di Roma

Maupassant, Bel-Ami

London, Il richiamo della foresta

Wilde, Il Principe Felice

Dickens, La avventure di Oliver Twist

Jerome, Tre uomini in barca

Fenimore Cooper, L'ultimo dei mohicani

Molnár, I ragazzi della via Pál

Wilde, Autobiografia di un dandy

Carroll, Le avventure di Alice nel Paese delle Meraviglie - Attraverso lo specchio

Boccaccio, Amorosa Visione

Stevenson, Weir di Hermiston

Balzac, Papà Goriot

London, Zanna Bianca

Conrad, Nostromo

Labé, Il canzoniere

MacDonald, La favola del giorno e della notte

Piacentini (a cura di), L'Antico Egitto di Napoleone

Verdi, Libretti - Lettere 1835-1900

Defoe, Diario dell'anno della peste

Goethe, Lieder

Shakespeare, La bisbetica domata

Stevenson, L'Isola del Tesoro

Collodi, Le avventure di Pinocchio

Twain, Il principe e il povero

Goethe, Le affinità elettive

Baudelaire, La Fanfarlo

Shelley P.B., Poemetti veneziani

Hawthorne, La Casa dei Sette Abbaini

De Amicis, Amore e ginnastica

Ruskin, Mattinate fiorentine

Dumas A. (padre), Vent'anni dopo

Dumas A. (padre), I tre moschettieri

James H., Daisy Miller

Canaletto, Vedute veneziane

Balzac, Ferragus

Flaubert, Novembre

Keats, Il sogno di Adamo

AA.VV., Canzoni di Crociata

Casanova, La mia fuga dai Piombi

Sienkiewicz, Quo vadis?

Poe, Il pozzo e il pendolo

Gautier, España

James H., La scena americana

Cattaneo, Dell'insurrezione di Milano nel 1848

Alcott, Piccole donne

Shakespeare, Romeo e Giulietta

Macpherson, Le poesie di Ossian

Cattaneo, Notizie naturali e civili su la Lombardia - La città considerata come principio ideale delle istorie italiane

Shakespeare, Enrico VIII

Nietzsche, Così parlò Zarathustra

Simmel, La moda

Dickens, Ballata di Natale

James H., La tigre nella giungla

Rousseau, Il contratto sociale